星際狩獵三部曲

1 光芒

艾米・凱瑟琳・瑞安 著
崔容圃 譯

我們必須考慮到，我們就像山上的一座城市，所有人的目光都在我們身上。因此，如果我們向神承諾的工作，沒有善加執行，導致祂不再幫助我們，我們便會被編進一個故事、一個諺語。

——《基督徒愛的模範》，1630年，約翰．溫斯洛普，麻薩諸塞灣殖民地創始成員

穿過穹蒼宇宙，他們倒下，朝向天堂……

——《失樂園》，約翰．米爾頓

目錄

第四部　顛覆

第五部　轉化

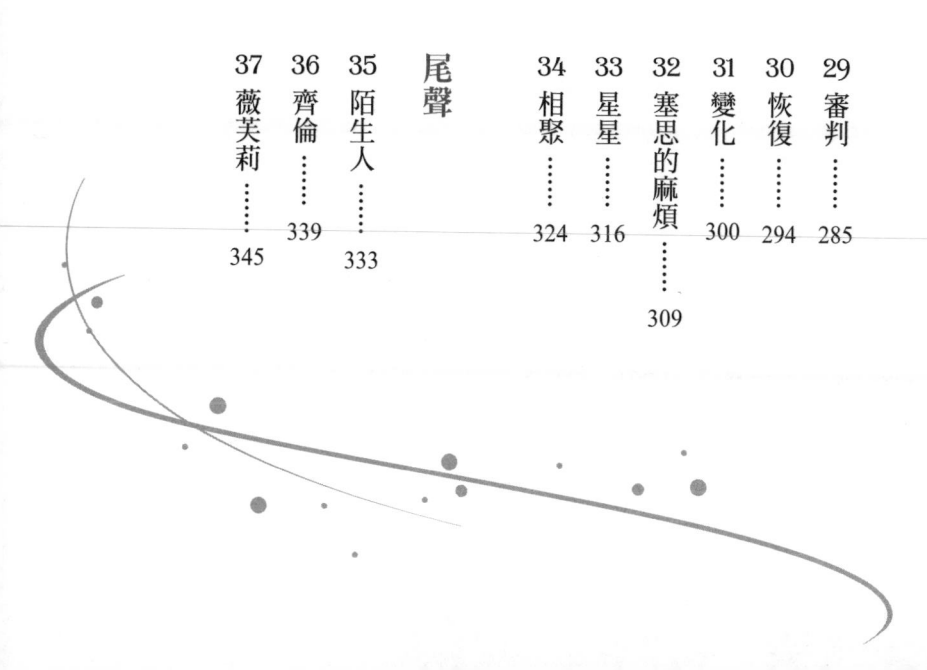

尾聲

第一部

雙船

1 求婚

另一艘船像一枚銀色吊墜，掛在滿布星雲的穹蒼中。薇芙莉和齊倫並躺在乾草墊上，輪流用一個小望遠鏡觀察它。他們知道這是一艘伙伴船，但在這裡，浩瀚的太空中，它可以是一個人那麼小，或者像一顆恆星那麼巨大——因爲沒有參考標的。

「我們這兩艘太空船都好醜，」薇芙莉說道，「我看過照片，但我個人……」

「我知道，」齊倫拿走她手上的望遠鏡，「它看起來就像得了癌症什麼的。」

另一艘船，新地平線號，和星空者號一樣設計得很畸形。像雞蛋一樣，覆著圓頂，裝置了不一樣的船舶系統，使它看起來像個菊芋，那種史迪威太太老是在收穫季後，拿來齊倫家的東西。那艘太空船的引擎發出藍光，照亮了星雲的粒子，當引擎裡燃料槽的氫點燃時，高熱會造成火花，當然，因爲船身加速太快，這些小型爆炸沒有大礙的。

「你覺得他們跟我們一樣？」她問。

齊倫捻著她一團深褐色鬈髮，「當然。他們跟我們有相同的使命。」

「那艘太空船一定是想要我們的什麼東西，」薇芙莉說道，「否則他們不會在這裡。」

「他們想要什麼？」他安慰她，「我們有的，他們都有了。」

內心裡，齊倫也承認，這艘太空船的到來，是很奇怪的。照道理，新地平線號應該在他們前頭幾兆英里遠，四十三年前它率先發射，比星空者號早了整整一年，兩艘太空船根本不可能看得到彼此。不知道什麼原因，新地平線號放慢速度，讓星空者號趕上。事實上，從兩艘船的距離和速度來看，它一定從幾年前便開始減速了——完全悖離原有的使命。

星空者號裡許多成員非常高興，有些人甚至用花體字作出很大的歡迎布條，掛在面向另一艘太空船的大窗上。但也有不少人心懷疑慮，彼此竊竊私語，認爲另一艘船的船員一定染病了，否則艦長爲什麼不讓他們登船？

瓊斯艦長早在對方出現時，便向大家宣布，要自己的船員不要驚慌，他和另一艘的艦長正在協調，一切都會有一個合理的解釋。但幾天過去了，情況似乎膠著在那裡。最後，船員們的情緒發生變化，從原有的興奮變得不安及害怕。齊倫的父母一直討論著新地平線號。前一天晚上，齊倫不發一語喝著蔬菜湯，聽他們絮絮叨叨地談著。

「我不明白，爲什麼艦長還不向大家宣布，」他的媽媽莉娜說道，粉紅的手指緊張地捲著暗金色的頭髮，「中央委員會至少應該告訴我們到底是怎麼一回事，不是嗎？」

「我相信當他們了解全盤的情況後，他們會的。」齊倫的父親不耐煩地回答，「我們沒有什麼好害怕的。」

「我沒有說我很害怕，保羅。」莉娜說道，她看了齊倫一眼。那的確是害怕的表情。「我只是覺得奇怪罷了。」

「齊倫，」他的父親用一貫堅定的口吻說道，「瓊斯艦長有跟你提到那艘船嗎？」

齊倫搖了搖頭。他注意到艦長最近更忙，痲痺的症狀也更嚴重了——他的手老是顫抖，但對新地平線號的神祕出現，他沒有提到任何一個字。「他什麼都沒有跟我提。」

「好吧，」他的母親若有所思地盯著茶杯，「是沒有什麼明確的消息，當然，但……」

「有一件事，」齊倫慢吞吞說道，他有點沉醉在爸媽關注他每一句話的感覺，「昨天我太早走進他的辦公室，他恰巧關掉通訊台，自言自語。」

「他說什麼？」莉娜問道。

「我只聽到一個詞。他說，『騙子』。」

他的父母一臉擔心地看著彼此，保羅臉上的皺紋加深了，莉娜緊張地咬著下唇，當時齊倫覺得自己好像說錯話了。

現在和薇芙莉在一起，讓他感覺溫暖以及安全，他決定今天錄製節目前問問艦長。當然，瓊斯可能不會喜歡他的提問，但齊倫認爲自己可以打探一點消息出來，畢竟，他是瓊斯艦長的最愛。不過這是一會兒的事，他約薇芙莉來這裡見面是有原因的，這件事沒有理由拖延，無論現在他有多緊張，都要完成這件事，於是他強迫自己調勻呼吸。

「薇芙莉，」他壓低聲音，「我們約會好一段時間了。」

「十個月，」她微笑著說道，「如果算上小學時的那個親吻就不止了。」

她的手捧住他的臉。他喜歡她的手，是那麼溫暖以及柔軟，他喜歡她纖細的手臂、橄欖油般柔膩的肌膚，以及前臂上細細的汗毛。

他躺在乾草堆上，深吸了一口氣，「妳知道我多麼無法抗拒妳。」

「我也是。」她低聲在他耳邊說道。

他把她拉近身邊，「我想要把我們意志力的對決提升到另一個層次。」

「什麼層次，肉搏嗎？」

「從某個角度來看，也可以這麼說。」他的聲音有點微弱。

她看他的神情有點深不可測。她等待著，不發一語。

他翻個身，用一隻手肘把自己撐起，「我把話講得明白些，我不想只是這樣和妳在一起。」

「你要我嫁給你？」

他屏住呼吸，他不敢很正式的求婚，但……

「我甚至還沒有滿十六歲。」她說。

「是的，但妳也知道醫生的看法。」

他不該這麼說的。她的臉一下子繃緊了，不是很容易察覺，但他注意到了。

「誰管醫生說什麼？」

「妳不想要孩子嗎？」他問，咬咬下唇。

薇芙莉甜甜地笑了，「我知道你想要。」

「當然。那是我們的責任！」他認眞地說道。

「我們的責任。」她重複他的話，不看他的眼睛。

「嗯，所以我認爲該是我們思考未來的時刻。」

她的大眼睛望著他。

「我的意思是，我們共同的未來。」他眞的不想用這種無趣的方式來說。

她愣愣地看著他，然後慢慢地，一個笑容浮在她的臉上。「你難道不想娶法拉西蒂・維根嗎？她比我漂亮。」

「她沒有。」齊倫很快地說道。

薇芙莉盯著他，「爲什麼你看起來那麼擔心？」

「因爲——」他有些喘不過氣來。

她把他的臉拉向自己，用圓圓的指腹撫著他的臉頰，低聲說道：「不要擔心。」

「那麼妳答應了？」

「也許，」她調皮地說道，「有一天吧。」

「什麼時候？」他的語氣有點過於堅持。

「有一天。」她說，然後輕輕地吻了吻他的鼻尖，他的下唇，他的耳垂。「我還以爲你會嫌我是個不太虔誠的人呢。」

「可以改變。」他開玩笑地說道，雖然他知道這並不容易。薇芙莉從來不出席船上的禮拜，但如果有一個眞正的牧師，他想她可能會。

船上少數幾個信仰得比較專一的人，在禮拜時輪流上台闡釋教義，這些佈道可能滿沉悶的，眞的太可惜了。如果星空者號有一個精神導師，一個強大的精神導師，薇芙莉對事情的看法會有所差異，會了解冥思的意義。

「也許當妳有了孩子以後，」他說，「妳會更在乎神。」

「可能改變的人是你呢，」她的嘴角浮起一個微笑，「我打算讓你像我們其他人一樣，變成一個異教徒。」

他笑了，然後把腦袋倚在她的胸前，聽她的心跳，隨著那規律的聲音而呼吸。她的心跳聲總是讓他放鬆，讓他想睡覺。在星空者號這艘太空船裡，他們兩個是最大的孩子，一個十六歲，一個十五歲，他們十分自然地發展了關係，也受到其他船員的關注和期待。但是，即使不是受到社會輿論的影響，薇芙莉也會是齊倫的首要選擇。

她身材修長，有一頭紅褐色秀髮，也是一個審愼警覺的人，十分聰明，表現在那雙沉穩的深色大眼睛上。她有一種本事，可以看穿人們的心思和做事的動機，這種本能有時幾乎讓齊倫感到不安，儘管他十分尊重她的這個特質。她絕對是船上最好的女孩。如果他如同大家的預期，被推選出來接替瓊斯艦長，那麼薇芙莉會是完美的妻子。

「哦，不！」她指著糧艙門上的時鐘，「你是不是要遲到了？」

「該死！」齊倫說道，起身穿上鞋子。「我得走了。」

他很快地親了她一下，她的眼珠子轉了轉。

齊倫穿過氣息潮濕的果園，在成排的櫻桃和桃樹之間奔跑，抄了養魚池的那條捷徑，感覺到鹽水噴在他臉上。他的鞋在金屬光柵上砰砰踩著，當達塞思太太帶著一缸小魚苗不曉得從哪裡冒出來時，他煞住自己的腳步。

「在養魚池附近不要奔跑！」她罵道。

但他已經跑掉了，穿過密密匝匝的綠色小麥洞穴，一叢叢的麥穗掛在牆邊和天花板上，因爲引擎而不斷抖動著。五分鐘後，他走過麥田，然後是潮濕的蘑菇房，再過去便是一道看起來無窮無盡的手扶梯，通往艦長房間；再過四分鐘，他便應該在那裡開始錄製節目。

那個廣播室就設在艦長辦公室外的一個房間，艦長喜歡在這個地方錄製節目。房間裡有一整面大窗，往外可以看到星空者號穿行一年半的星雲。窗戶下面是一排矮沙發，任何人都可以坐在這裡，觀賞齊倫替地球孩子錄製節目，或是艦長替大人編輯的長新聞。沙發前面是一個解析度很高的迷你攝影機，頭頂有一排強力照明設備，打在齊倫播報新聞的辦公桌上。

今天只有幾個人在廣播室，齊倫匆匆走過去，直奔化妝椅，雪莉拿著粉撲等待他。

「你這幾天老是很趕哦。」她擦掉他臉上的汗水，「你都流汗了。」

「只要從攝影機裡看不出來就好。」

「你還氣喘吁吁呢。」

她用一架小型的風扇吹乾他臉上的汗，他覺得舒服極了。然後她拍上蜜粉。「你要用點心。」

「只是在錄影，沒有離開星雲前，影片是發送不出去的。」

「你知道艦長多喜歡更新存檔。」她眼珠子滴溜溜轉。艦長的確是很挑剔的。

齊倫不知道為什麼他們這麼在乎這些錄影，都已經好多年沒有和地球通訊了。星空者號離家鄉是如此之遠，不管哪一種無線電訊號都得好幾年才能送達。就算送達了，影像也會十分扭曲，需要大量的校正才可以判讀。他可能永遠也不會知道有哪一個地球人聽了他的新聞。齊倫感覺不知道自己在做什麼。

他看看鏡中的自己，對自己的長相仍然沒有什麼信心。如果他的鼻子不是有點歪，下巴不要那麼方，應該算得上英俊。但至少他這雙琥珀色的眼睛還算有神。他有一頭很漂亮的赭色頭髮，亂七八糟地遮住前額。他覺得這個髮型不錯，但雪莉老是用一把濕答答的梳子把他的鬈髮梳直。

瓊斯艦長站在雪莉身後。他是一個極高且大腹便便的男子，粗大的手指不斷顫抖，走路時一會兒往這邊去，一會兒往那邊去，好像漫無目的似的。事實上，艦長是船上最有決心又果斷的人，決策也幾乎總是對的，全船的人都很信賴他，但齊倫注意到他好像比較不被女性欣賞。

艦長不以為然地皺著眉頭，齊倫沒有留意。他知道艦長非常喜歡他。

「齊倫，你花太多時間和薇芙莉．馬歇爾在一起了。我應該出面干預。」

齊倫擠出一個笑容，雖然他不喜歡艦長說起薇芙莉的口氣，好像她是屬於艦長所有，只是他把她借給別人似的。

「你有好好練習那篇稿子吧？」艦長眉毛揪著，試圖表現出一副嚴厲的樣子，然後用拇指和食指順了順鬍髭。

「昨晚我全部讀了兩次。」

「很大聲嗎？」他的口氣中已然帶著一絲幽默。

「是的！」

「很好。」艦長把一份資料交給技術人員森米，讓他準備好提詞。「最後我還是做了一點修改，齊倫，很抱歉，所以你必須即興發揮。我本來打算先和你討論的，但你遲到了。」

「修改了什麼？」

「就是提一下我們的新鄰居。」艦長故意若無其事地說道。但當他望著窗外時，長嘆一聲。

「怎麼回事？」齊倫裝出不擔心的樣子。不過一看到瓊斯艦長的目光，他無法假裝了。「爲什麼他們會慢下來？」

艦長用他獨特的方式眨了眨眼，下眼瞼往上掠。「他們有一個新的艦長，或者說是……領導人，我不喜歡她說話的方式。」

「她說了什麼？」齊倫很好奇，但老是手忙腳亂的森米朝齊倫彈了個響指。

「三十秒鐘。」他說。

「一會兒再說吧。」瓊斯艦長說道，讓齊倫坐在攝影機面前。「好好表演。」

齊倫不安地將手掌平放在橡木桌子上，開始每次的新聞播報。鏡頭一帶上他，他都會展開淡淡的笑容。片頭首先出現星空者號的船員，齊倫的父母，十分年輕，他們正移植一株煙草幼苗到苗圃裡。下一個場景是醫生戴著白色手術帽，向一排試管俯身，小心地用長長的注射器將樣本滴進去。最後是一張照片，船上的兩百五十二個孩子站在家族花園裡，周圍是一整排的蘋果和梨樹，葡萄藤攀在牆上，還有一籃一籃新鮮的胡蘿蔔、芹菜和馬鈴薯。這一副繁榮的景象是為了讓在地球上許許多多飢餓的老百姓相信這一次的任務。

攝影機的紅燈亮起，齊倫開始播報。

「歡迎來到星空者號。我是齊倫．奧爾登，」他說，「今天我們要向你們展示我們的生育實驗室。各位可能記得，長時間的太空旅行將會導致婦女不易受孕，難以生下健康的嬰兒。有六年的時間，星空者號上的婦女試圖懷孕，都以失敗告終。這是一個緊張的時刻，如果她們不能生下孩子，接續原有的船員，就不會有綿延的後代打造新地球。因此，創造未來的一代比什麼都更重要。我們已經準備了一段錄影，向大家展示我們的科學團隊如何解決這個問題。」

廣播室燈光消失，一片漆黑，齊倫背後的螢幕播出生育實驗室裡進行的一切。齊倫有幾分鐘可以喘口氣。廣播室背後突然有一陣騷動。薇諾娜，瓊斯艦長的漂亮祕書，跑過來在他耳邊嘀咕了幾句。老人急忙站了起來，走出房間。

齊倫看著帶子，這一段剪的是自己的誕生。齊倫天性害羞，一開始，他覺得讓所有人目睹他從母親子宮裡出來時那一副黏糊糊的哭叫模樣，讓他不安。但後來他就習慣了。

齊倫是首位在太空誕生的嬰兒。當他出生時，星空者號舉辦了一個盛大的慶典；除了星空者號，可能地球也舉杯同歡，這就是為什麼齊倫會被選為影視廣播的主持人。不過，他不能決定要在節目裡說什麼，只能看著新聞稿照本宣科。他的工作很簡單：給地球的老百姓一個理由相信，地球人的生命不會滅絕。讓他們抱持希望，即使他們自己無法移民到新家園，也許他們的子孫能。

這段錄影接近尾聲，齊倫在椅子上坐直。

「五、四、三……」森米低聲說道。

「不幸的是，我們的姊妹船新地平線號似乎沒這麼幸運，雖然他們的科學家團隊也很努力，但新地平線號上的婦女從未懷孕。」

齊倫的心怦怦直跳，他從來不知道這件事。他和其他人一樣，清楚有許多孩子搭上星空者號，許多孩子則上了新地平線號。現在他聽說這兩艘艦艇已經好長一段時間沒有通訊，難道是故意的？

森米戴著圓眼鏡的臉變得鐵青，一直催齊倫繼續讀下去。

「沒有人知道爲什麼新地平線號要對他們的生育問題保密，」他接著說道，「但最近他們放慢速度和星空者號會合，因此我們預計很快會知道事實的眞相。」

主題音樂開始，鋼琴和絃樂奏出輕快的旋律，齊倫試圖讓自己的口氣配合這種歡樂的音樂氛圍。「這是星空者號的第兩百四十七場播出。我是齊倫．奧爾登，今天的節目告一段落。」

當音樂消失後，齊倫聽到叫喊聲。通常冷靜而自制的艦長，竟喊得那麼大聲，齊倫可以聽到他的聲音穿過辦公室的金屬牆傳來。

「我不在乎妳以為妳可以怎麼做！妳不可以登船，妳得等到我和我的中央委員會檢討過有關情況！」

他沉默片刻，但很快又開始大吼，甚至更響了。「我不是要拒絕會面。坐單人小艇來，我們開會。」

沉默。

「我不明白妳為什麼要帶整船的人員上我們船，女士，如果妳只是要交談的話。」

有著憤怒意味的沉默。

艦長再度開口，語氣恐嚇卻平靜：「妳沒有道理不信任我，我從來沒有騙過妳，同樣，妳也不能擅自決定偏離任務計畫……哦，這是偏執的廢話！沒有什麼蓄意破壞！我說好多遍了！」

齊倫聽到艦長走來走去。偷聽讓他有些許罪惡感，但他沒辦法不聽。從整個屋子寂靜無聲的狀況看來，每個人都在偷聽。

「如果我們兩艘船不能一起合作……」

森米忽然開始走動，很快地打開廣播室控制台的燈，齊倫辦公桌後的螢幕閃現星空者號右舷的影像。

房間裡有人倒抽一口氣。新地平線號出現在螢幕上，巨大陰森，近到可以用肉眼看到一扇扇大窗。一開始齊倫認為這個影像應該是放大版，但發現不是，他的五臟六腑揪緊了。就在他錄製節目的短短時間裡，新地平線號又航行三百公里，現在它距星空者號更近了。

爲什麼呢？

齊倫注意到一個細微的動靜，一個像昆蟲般的小點離開新地平線號，朝星空者號過來。從它的子彈外形看來，他猜那應該是一艘太空梭，這種飛船設計用來載運老百姓以及他們的裝備，將他們從大太空船送到新地球表面。這種太空梭沒有進行過太空旅行或兩船對接，而這艘太空梭正在做這件事。太空梭上的人打算登上星空者號。

「噢，我的天啊！」雪莉坐在化妝椅上，兩手捂住粉紅色的嘴唇。

「這艘太空梭究竟載了多少人？」森米問道，表情迷惑又恐懼。

艦長衝出他的辦公室，指向森米。「這是攻擊，」他宣布道，「森米，告訴中央委員會，到右舷航站等我。」

接著，他又補充說道：「打電話給護衛隊。該死，呼叫所有人。」

齊倫的心跳得很厲害。他的母親是護衛隊的志工，經常要負責解決船員糾紛，或者出席社區活動。這個護衛隊沒有武器。

「這是怎麼回事，艦長？」齊倫問道，聲音沙啞。

艦長的一隻手放在男孩的肩膀上。「說實話，齊倫，」他坦言，「我不知道。」

2 花園

「我們有的，他們都有。」薇芙莉低聲反覆說道，沿著走廊，走向她和母親的宿舍。齊倫對她越認眞，他的口氣有時就越高人一等的樣子。如果他認爲她會是一個溫順的小女人，沒有自己的主見，那麼他會十分意外的。

儘管如此，船上所有和她年紀相仿的男生當中，他似乎是最好的，不只是因爲他長得高大健康，親切又聰明，她還喜歡他的精力充沛，身體輕盈，態度自然。她喜歡看他的臉，他長長的下巴，他淺棕色的眼睛，和嘴唇上方初生的點點暗紅色鬍渣。當她和他說話時，他會俯身，將耳朵貼近，彷彿不願意錯過任何一個字。他將會是一個好丈夫，她想她是幸運的。

但是她的內心仍然有所疑慮。每個人都期待他們結婚，包括艦長和雙方的父母，她不知道是不是因爲這種壓力，齊倫才會求婚。

他們彼此眞的十分相愛，可以快樂地生活在一起嗎？如果不涉及生育，她會在這個年紀嫁給齊倫，或者任何人嗎？她不知道。很少人會在乎她的遲疑，有許多事比她單純的幸福重要。

她打開宿舍門，走進起居室。許多布料擺在餐桌上，原本薇芙莉想縫一件洋裝的，但實在沒這個本事。她必須把才縫好的線拆掉，或者考慮乾脆把這一團亂七八糟的東西全扔了。

她媽媽的織布機立在角落，上頭有條織到一半的藍色羊毛紗布條——可能是打算替誰做一條毯子。牆上掛著家人的照片：胖嘟嘟的薇芙莉蹣跚學步的模樣；在寒冷的針葉林裡，她的父母親臉頰紅通通的，牽著彼此的手；她的祖父母眼神憂鬱，他們一直都待在地球上。還有一些風景照，有地球的海洋、高山，明亮的天空裡飄著白雲。

「我眞希望妳可以看到天空。」她的母親常常這樣說道。

薇芙莉覺得很奇怪，她本來就在天空，不是嗎？她被太空包圍。但，她的母親堅持不是如此，她從來沒有見過天空，她也見不到天空，除非四十五年後他們降落在新地球。

薇芙莉聽到廚房裡傳來敲敲打打的聲音。

「媽媽！」她大叫。

「在這裡！」她母親回答。

蕾吉娜．馬歇爾很高，有一頭黑髮，就像薇芙莉，雖然她不太瘦。她正在揉麵團預備做雜糧麵包，一直背對著女兒。如果今天是媽媽的烤麵包日，薇芙莉絕對很難讓母親專心聽她講話，但她知道今天的狀況會有些不同。

「齊倫向我求婚了。」薇芙莉說道。

蕾吉娜迅速轉身，甩掉金黃色的麵團，急急地上前兩步，把薇芙莉抱在懷裡。「我就知道！我太高興了！」

「是嗎？」薇芙莉問道，在母親過緊的擁抱中扭動著，「妳眞的高興？」

「薇芙莉，他是船上最好的男孩。每個人都這樣認爲。」蕾吉娜的眼睛閃著光芒，「你們定好日子了嗎？」

「沒有。現在做計畫好像有點怪。」

「妳是指來了另一艘船？生活還是要繼續的呀，寶貝女兒。」

「但妳不覺得很奇怪——」

「哦，別掃興了。」蕾吉娜輕快地說道，但薇芙莉看到她眼底的焦慮。「再幾個星期，玉米就可以收成了。就那個時候舉辦儀式吧，人們也想放鬆一下的。」

「這麼快？」

「那時候會看得到花，百合盛開呢。」

薇芙莉在餐桌旁坐下，這張桌子只能坐兩個人。「我想齊倫希望舉辦宗教儀式。」

「哼。」蕾吉娜皺起鼻子，「這就是大家都無法理解奧爾登一家人的地方。爲什麼他們沒有被挑到另一艘船去……」

「另一艘船？」

「哦，妳知道的。」蕾吉娜回去做她的麵包，滿手麵粉，揉著麵團。「擬定這項任務的人選擇船員時，根據的是基本的價值觀，以增加團體的凝聚力。因此，兩艘前後出發的太空船中，一艘沒有宗教信仰，另一艘是有宗教信仰的。」

「所以另一艘船才會回來？要向我們傳教？」

蕾吉娜揉好麵團，放到櫥檯上。「我不知道。」

「嗯，我覺得有些奇怪。他們在這裡待了好幾天，卻沒有人上船。」

「這我們注意到了。」

「艦長一定和他們談過。但他爲什麼不告訴我們他們要做什麼？」

「別擔心。」蕾吉娜大聲說道。她不願意薇芙莉揣度艦長，彷彿讓薇芙莉少開口才能保住她的安全，但薇芙莉並不知道。蕾吉娜轉身，目光一閃，「妳有一個婚禮要規劃。」

薇芙莉嘆了口氣，「妳二十四歲才嫁給爸爸的，對不對？你們交往了兩年。」

「是的，親愛的。但現在狀況不同了。妳現在有最好的生育能力，我們不能拿下一代來冒險。」

薇芙莉聽了不下一萬次了，「只是太快了。」

「我們談的是人種的延續，沒有什麼快不快的。妳很清楚。」

太空船上每個人的生活當中，最重要的就是這項任務，因爲人類的存續依賴於此。兩艘船上強壯的年輕成員將要到他們的新行星落腳安居，延續人種，這意味著所有女孩在整段航程裡必須至少生四個孩子。大家都期待薇芙莉結婚，盡快成爲母親。這是無庸討論的。

薇芙莉不知道如何向所有人要求給她一些時間，讓內心的情感能趕上職責所在。

「我希望妳的父親在這裡，」蕾吉娜說道，「我眞的很生氣，只要一想到——」

「這是個意外，媽媽。這不是任何人的錯。」

蕾吉娜似乎深陷在丈夫死去的回憶裡，一時間，薇芙莉察覺到母親的臉上掠過一絲恐懼，她想起一直以來不容許自己想的事。

「媽媽，那是個意外，是吧？」

「當然，親愛的。」她露出一個緊張的笑容。

「妳有什麼事瞞著我嗎？」

蕾吉娜把女兒擁進懷裡，「我只是很恨這樣的事發生罷了。妳說得對，這件事不該怪任何人。」

「好吧。」薇芙莉慢吞吞說道。自從另一艘船來了，她的母親就表現出一種奇怪的矛盾，薇芙莉不注意她的時候，她便一副若有所思的樣子。一旦薇芙莉問起，她便笑說沒什麼，說她只是老了。

「我只是很想念妳父親，就是這樣。」蕾吉娜喃喃道。

「他會喜歡齊倫嗎？」父親去世時，薇芙莉太小，他對她而言幾乎是個陌生人。

「我想他會的。我喜歡齊倫。他會好好待妳。」

「他一定要。」薇芙莉說道，「如果他沒有，我知道要怎麼懲罰他。」

「不可以這樣，」蕾吉娜責備地說道，「妳可以讓齊倫爲妳走出氣閘，不意味妳這麼做是應當的。」

「別擔心，他不像他看起來的那麼沒骨氣，他只是需要……」薇芙莉沒有把話說完，其實她並不眞的知道齊倫需要什麼。他的想法也許不像她那麼固執，但她猜想他的內心深處其實是強大的。

他是一個周到、安靜的人，經過深思熟慮後才會把話說出口。她相信，假以時日，他將會是個優秀的領導人。但是，他究竟需要什麼，她希望在結婚前能夠了解。

「他會鍛鍊自己的。」她說，希望這是眞的。

「我猜，娶了妳，就是對那個可憐的孩子最艱困的鍛鍊了。」蕾吉娜戲謔地說道，「妳今天去過花園了？」

「我現在去。」反正她也想一個人靜一靜，挖挖土總是能讓她心情平復。

沿著走廊，走下兩段階梯，家族花園就在太空船正中央一處很大的艙室裡，幾乎很難從這一頭看到另一頭。植物上的照明設備爲中午的亮度，當她走在一排排南瓜、番茄、萵苣、青花菜中間時，肩膀被照得熱熱的。

每個登上星空者號的家庭都有自己的菜園，可以種一些屬於家族的蔬菜。因爲無法知道哪些農作物可以在新地球生長，所以每個人都種了些不同的品種。薇芙莉選擇種植一種美麗的黃色番茄，它會結出小巧精美、微酸的果實，吃起來的味道不像眞正的紅色番茄，但它們是如此美麗。

她跪在走道邊最大的一株植物前面，有一顆已經黃澄澄的，可以採了。她用手指摸著光滑的外皮，很想把它摘回去當晚餐，但還是決定再等一天，讓它更成熟些。於是，她把雜草拔掉。

「妳長大了。」

薇芙莉嚇了一大跳，抬頭看到梅森．阿德凡爾，太空船的首席飛行員，正靠在她花園的柵欄邊。他幾乎和瓊斯艦長一樣老，也是艦長的好朋友。薇芙莉從來沒有眞正喜歡過他，這兩年就更討厭了，他老是用一種賊兮兮的眼光看她。

「我沒有看到你。」她不安地說道。

他把一綹金髮從眼前撥開，「我看見妳了。」

她聳聳肩，繼續拔雜草，但當她抬眼，他還在那裡。

「這些天每個人都有點慌亂，人們都認爲首席飛行員會告訴他們一些事。」他挺起胸膛，薇芙莉猜他是想讓她覺得他了不起。「但我很討厭被逼著回答一些不能回答的問題。」

他看著她，好像希望她問他什麼，但她不打算陪他玩這種無聊的遊戲。她只是說道：「他們很好奇，不是嗎？畢竟在這裡獨自待了四十二年後，突然有了鄰居。」

「不用擔心。」梅森說道，露出一個邪門的笑容。「如果發生什麼事，我會保護妳。」

「我一點也不擔心，」她不理會他話中的含意，「我只是覺得艦長能向大家解釋他們到底要做什麼，人們會放心一些。」

「妳在這艘船上不是用來擔心這種事的。」

「哦，不是嗎？」她挑釁地問道。

「妳有其他任務。」他慢吞吞說道。

薇芙莉跪坐著，冷冷地看著他。當他的笑容消失後，她說：「你是什麼意思？」

「妳知道沒有哪一個男人沒注意到妳吧？除非他瞎了。」

薇芙莉站了起來，「這不關你的事。」

「是這樣嗎？」帶著一個歡樂的笑容，他爬上隔在他們之間的柵欄。

薇芙莉跳了起來，將小鏟子扔向他，離他的臉只有幾寸。「別過來。」

他頭一低，瞪了她一眼，「妳差一點弄傷我的眼睛！」

「這條船的每個人都知道你是個怪胎，梅森．阿德凡爾，所有女孩都在背後笑話你。」

「爸爸？」梅森的兒子塞思從走道上向他們走來，拿著一包稻草。「怎麼回事？」

「回園子去，」梅森叫道，「我一會兒就過去。」

「我等你。」塞思放下稻草包，坐在上面，一雙陰鬱的眼睛看著父親。

他是要保護我嗎？薇芙莉不明白。

「妳不要拿東西朝別人亂扔。」梅森對薇芙莉說道，「這不是一個年輕女孩該做的事。」

「沒錯，我很年輕，梅森。」薇芙莉拿起耙子，扔到半空中，又一把抓住。「我不適合你。」

梅森的臉上掠過一個受辱的表情，艙室後頭傳來哈哈大笑，他轉過頭去。特恩布爾太太和她的丈夫正在挖蘿蔔，他們聽到了。梅森不再理會薇芙莉，耍痞子似的慢慢拿起一麻袋蓋土，走向窄窄的田畦。塞思則留了下來。

「他不是故意的。」塞思說，無法直視她的眼睛。他把薇芙莉丟出來的鏟子還給她。

「感謝你留下來。」

塞思難為情地點點頭。塞思在船上也很不受歡迎，但薇芙莉一直覺得和他有相似處。同樣一個意外，也殺了他的母親。塞思比她小幾個月，他的骨架粗壯，聲音低沉，寶石藍的眼睛很有洞察力。小學四年級開始他們坐在隔壁座，薇芙莉便老是注意到他的眼睛。

有一次，當時他們年紀還很小，塞思在遊戲室吻了她。他們一起玩拼圖，她老是去注意他平穩的呼吸，以及他喜歡用舌頭很快地舔濕嘴唇的動作。

她把最後一張圖片拼上時，對他一笑。「我們成功了！」

他停了一下，然後用一種痛苦的聲音說道：「我愛妳。」

她目瞪口呆，忽地把裙子往下一拉，遮住結痂的膝蓋，雙頰紅了起來。「你是什麼意思？」

他猝不及防地俯身吻她，很輕柔。但她不記得這是個美妙的吻，因為他的嘴一直停在她的唇上，他在她的臉上吐著氣，一次，兩次，然後他就突然跑掉。她看著他離開，想喊住他，但始終沒有出聲。

第二天，塞思到了課堂上，坐在她身邊，他期待地看著她，但她別開臉。感覺太複雜了，她不知道該怎麼辦。後來，當齊倫．奧爾登邀她一起去參加收穫季的舞會時，她接受了。她和齊倫跳舞，假裝沒看到站在酒缸邊的塞思，雙手插在口袋裡，看著地板。

那時她為什麼會選擇齊倫？一定是有一個原因的，只是她不記得了。一個衝動下，她說道：

「你還記得我們一起玩拼圖的那天嗎？」

他似乎對這個問題感到驚訝，「當然，我記得。妳為什麼提這件事？」

他看著她，等待她的回答。突然間，她意識到他有多高。比齊倫高。他站在那裡低頭看她，雙手垂在兩側。她感到一股強大的力量把她拉向他，像是一種引力。

「因為……」她環顧四周，她能說什麼？她要怎樣說才不背叛齊倫？還是她已經背叛了？「這是一個甜蜜的記憶。」

塞思的臉漾起一個笑，但他很快地斂住這個笑。「我以為妳和齊倫還在一起……」

「是的。」她低語。

他的面容嚴肅，「你們在一起，可以想見，他是一個金童。」

「他不是金童。」

「哦，是的，他是。」

他們相互注視了一會兒。

「我猜你不太喜歡他。」她說。

「我只能說，我對完美有一種本能的不信任。」

薇芙莉讓自己的口氣冷淡下來，「你在乎每一個人？」

塞思抬起眼睛牢牢地看著她，她知道自己應該做點什麼打破這一刻沉默，所以她說出腦袋裡浮出的第一件事。「你有沒有思考過那起意外？」

他不必問她到底在說什麼。「妳思考過？」

「媽媽今天說了一些事讓我覺得奇怪。」

塞思望了父親一眼，他蹲在瓜田。「是。我也覺得奇怪。」

「我一直以爲這是一個意外，但……」

塞思上前一步，「妳需要多想想。」

「你是什麼意思？你聽到過什麼嗎？」

塞思用腳尖去踢青椒的根，「我只能說我對妳男朋友的恩人心存懷疑。」

「瓊斯艦長？」

「他不是人們所想的那種和氣的老頭。」

「你是什麼意思？」

塞思半張著嘴，看著她的鞋，「妳知道嗎？我很偏執，一直都是。」

「快告訴我你到底知道些什麼。」

塞思咬著嘴唇，目光逗留在她臉上，但最後只聳聳肩。「薇芙莉，老實說，這只是一種感覺。我知道的不比妳多多少。」

薇芙莉瞇起眼睛，他手裡有樣東西藏在背後。「我不相信。」

「和齊倫在一起要小心點，好嗎？瓊斯艦長的朋友有些……複雜。」

「你是說你爸爸？」

「我不是在談特定的哪個人。」

「你到底要保護誰？你爸爸還是我？」

男孩再度盯著她，他的臉上有一種悲哀的渴望，她不得不把目光移開。她跪下來，開始除草。塞思轉身去找他的父親，因爲背著乾草堆而彎著腰。薇芙莉看著他離開，等待他回頭看她一眼，但他沒有。

突然，船上的警報響了。艦長的聲音從喇叭傳來，既刺耳又響亮，她甚至聽不懂他在說什麼。她環顧四周，看到特恩布爾先生放下鐵鍬，沿著走廊奔向右舷。

「薇芙莉！」她的鄰居姆貝威太太向她跑來，「我要妳去幫我叫醒塞拉菲娜。」

「爲什麼？她在哪兒？」

「她在我們的宿舍午睡。叫上所有的孩子，帶他們到禮堂！」

「爲什麼？」她不懂到底怎麼了。她放下鐮刀，那東西撞在她的踝骨上。「這是怎麼回事？」

「所有人都被叫到右舷航站。我要走了。」姆貝威太太回頭喊道，「到幼兒園去，確定所有孩子都到禮堂了，然後再去找塞拉菲娜！」

塞拉菲娜是姆貝威太太的女兒，薇芙莉照看她四年了。她是一個可愛的小女孩，喜歡把鬈曲的黑髮結成辮子，在頭頂盤成圓髻。但塞拉菲娜是一個聾子，所以她聽不到廣播，要有人帶她到禮堂去。

薇芙莉跑向最近的廣播站，打出緊急代碼，向全船廣播。「這是薇芙莉．馬歇爾！所有孩子

把門打開的開關。它裝在黃色塑膠盒裡，但銅線末端會露出來，固定在一塊板上。

現在，面板打開了。眞的會這麼簡單？薇芙莉壓住那塊銅板，扯那條銅線。一股可怕的電流穿過她的手臂、她的胸膛。好長一會兒，她整個人呆住了，心臟狂跳，整隻手臂像燒起來了似的。緊急情況，這是緊急情況，她不能昏過去。她強迫自己調勻呼吸，當她又能思考時，門打開了。

「塞拉菲娜。」她低聲喊道，跌跌撞撞地進到小屋裡。她的右半身觸電了，特別是手臂。她盡可能地趕到小女孩的房間，裡頭沒人，但衣櫃的門半開著。薇芙莉打開，看到塞拉菲娜蜷縮在中間的一個架子裡，抱著膝蓋壓住胸口，眼睛閉得緊緊的。她一定是感覺到船身奇特的震動。

薇芙莉輕輕地把手放在塞拉菲娜的身後，小女孩睜開眼睛，先是十分驚恐，看清楚是誰後，便似乎鬆了口氣。「我們走吧。」薇芙莉說道，伸出那隻沒有受傷的手。

塞拉菲娜牽著薇芙莉的手，跟著她穿出屋子，沿著走廊走向禮堂。當她們進到樓梯間時，燈熄了。塞拉菲娜的手指緊緊掐著薇芙莉的拇指。薇芙莉的心狂跳，她覺得自己心臟病要發作了。

緊急照明亮了，暗橙色的光打在金屬樓梯上，兩個女孩走向禮堂。

薇芙莉穿過船艙時，感覺到另一股震動，船身發出吱吱聲響。走廊裡的空氣開始飄升翻動，就像一個無形的風扇被打開來。

她們轉彎，看到禮堂，燈光昏暗。一開始，薇芙莉認爲其他的孩子還沒有到，因爲靜悄悄的一點聲音也沒有。若是兩百個五十個孩子都待在這個屋子裡，似乎不可能這麼安靜。

慢慢地，塞拉菲娜和薇芙莉走向打開的門口，她們看到裡面了。

「哦，太好了，他們都到了。」薇芙莉喃喃說道。

她看到法拉西蒂蜷縮在地上，身旁圍著十幾個幼兒園的孩子，他們都怔怔地看著面前的什麼東西。薇芙莉離門口大約十英尺左右，法拉西蒂看到她了，她幾乎難以察覺地搖搖頭，舉起一隻手，讓薇芙莉和塞拉菲娜停步。

塞拉菲娜停下來，但薇芙莉卻走向前，想知道法拉西蒂到底想說什麼。她一瘸一拐地接近打開的門口，向法拉西蒂揮手，但法拉西蒂沒有看她。

塞思也沒有，薇芙莉看到他了，看起來一副很生氣的樣子——不，要殺人的樣子，窩在房間的角落裡。他的手用力扭著粗大的手腕，彷彿要從裡面拔出一把劍似的。

薇芙莉正要遠離門口，打算溜掉，一個她從來沒有見過的男人出現在面前。

「嗯，妳好。」男人說。

薇芙莉眨了眨眼睛，她以前從來沒有見過陌生人。

他並不是一個高大的男子，左臉有一道難看的疤痕，笑起來的時候好像有一道深溝。他拿著一種武器，薇芙莉在課堂上從錄影帶裡看過。這些武器，他們叫做槍，在新地球上用來對付有敵意的動物。星空者號一直都把它們鎖在保險庫中，沒有人可以拿出來。

那個男人用這把兵器指著薇芙莉的臉，不斷晃動。「妳知道這是什麼，對不對？」

薇芙莉點點頭。如果他扣動扳機，一粒子彈會穿過她的肌肉，粉碎她的骨頭，會殺了她。

薇芙莉看著整個房間，見到幾個陌生男子，其中五個同時看著她。這麼多陌生的面孔，讓她迷惘：杏仁形狀的棕色眼睛，扁塌的鼻子，蒼白的嘴唇，粗大的牙縫。這些人和她母親的年紀差不多，也許再大一點。他們站著，等著看她會怎麼做。

孩子們蹲在地上，抱住自己，雙手握住腳踝，手肘抵住膝蓋。他們縮著身子遠離這些人。她試著理解眼前的一切：男人在一個滿是孩子的屋子裡持著槍，她的內心認爲她應該感到害怕。

「別擔心，」臉上有疤的男人說道，「這是一個救援任務。」

「那你爲什麼要拿這個東西？」薇芙莉指著槍。

「以防萬一而已。」他用一種天眞活潑的態度說道，彷彿他在跟一個很小的孩子說話。

「什麼萬一？」她問。

他臉上露出一個淡淡的笑容，「我很高興我們互相理解。」

他拿槍指著她，示意她進到房間裡。從他轉身背對她的態度可以看出，他不會容忍別人的不服從。

她大口喘氣，低頭看塞拉菲娜，抓住她滿是汗水的小手，順從地走了進去。

3 破壞

齊倫跟著艦長飛快走到右舷航站，一個護衛隊加入他們，總共二十個人，只帶著板球球棒。齊倫希望這是足夠的。他找尋母親，但她並沒有來。

齊倫預期會有一場混亂，卻發覺一種沉悶的安靜。護衛隊擠在航站的門口，望進裡面，只看到太空梭和單人艇森森然、靜悄悄地排在那裡，讓齊倫想起自己曾經看過的、在地球上拍的金屬深海潛水服照片。

齊倫看著艦長，他若有所思地捻著自己的鬍子。瓊斯艦長走向門邊的通訊台，按下他辦公室的密碼。「森米，他們在幹什麼？」他對著麥克風說道，「你能從螢幕上看到他們嗎？」

森米的聲音劈里啪啦地從喇叭傳出來。「他們在航站外面徘徊，長官。」

「你放大影像了嗎？」

「等等。」

一陣緊張的沉默，護衛隊面面相覷。齊倫從來沒有見過恐懼的表情，他不喜歡這個樣子。他們一個個身子僵直，眼睛發紅，嘴巴張開，表情沮喪。

「艦長……」森米的聲音有些遲疑，「我想我看到了一艘單人艇接近外面那道氣閘。」

齊倫看著艦長，「他在做什麼？」

「破門而入。」艦長一拳打在通訊台上，喊道：「安全漏洞！所有可用的人手到右舷的太空梭站集合！」

他打開航站大門，所有護衛隊進了航站，齊倫跟在艦長身後。

艦長把他推開，「出去，齊倫！」

「我想幫忙！」齊倫說道，儘管四肢顫抖得令自己害怕。

船上的人員一個個來到這個大型的航站。奧洛克．伯胡凡那斯，中央委員會主席，跑到手動氣閘控制台前，試了很多次想把它們鎖起來。「他們從外頭把門鎖破壞了！」

廣播突然響起，薇芙莉尖細的聲音從喇叭傳出，講了一些把孩子帶到禮堂之類的話。

很好。在那裡她會安全一點。

齊倫看到一隊技師在修理那個鎖，其他人在一旁觀看。芭芭拉．柯立芝的小手呆呆地拿著她的鏟子。加南．庫馬爾委員的嘴巴張開，一雙黑眼睛盯著門口。塔德奧．席爾瓦的鋤頭像矛似的架在肩上。每個人似乎都屏住呼吸。

已經有一半的船員到來，齊倫希望這樣就可以打贏這場仗。

除非……

「也許他們希望我們這麼做。」齊倫對自己說道，「也許他們希望我們都集合到這裡來？艦長……」

但艦長把他推開，「去！你去看看所有的孩子是不是都到禮堂去了，將他們從加壓管道帶到中央碉堡裡。」

「但是——」

「你不是想幫忙？去！」艦長大吼。

現在多說也沒用。齊倫穿過巨大的航站，躲過幾十個從對面方向衝過來的人。

但是，齊倫下意識地感到，把所有人員集中到航站是一個可怕的錯誤。

走廊上，齊倫看見物理老師哈佛・史黛伯雷登，也正要跑到航站去。齊倫抓住他的袖子。

「哈佛，萬一他們就是要我們把所有人都集合起來呢？」

「現在沒時間說話，齊倫！」

齊倫不肯讓他走，「如果……」當他一邊說話時，一個想法漸漸在他的腦袋裡成形，「如果他們打算炸掉航站呢？」

哈佛停下來，思索他的話；另外一群人跑過去。

「我們必須攔住其他人。」齊倫對哈佛說道，老師花白的頭髮下臉色鐵青。「我們不能讓整船的人都到那裡！他們會成爲甕中之鱉！」

「你要我違抗艦長的命令？」

「是的！」齊倫尖叫，這時另一群人跑了過去。看起來幾乎整船的人都衝向氣閘了。

「哈佛，你得跟他們說！」齊倫急急說道，「他們不肯聽我的。」

「也許你說得對。」老師的眼睛掃視群眾，望向艦長。

又有十幾個人從他們身邊過去，齊倫的父母也在其間。他看到父親強健的背影，母親的金色長髮。

「媽媽！爸爸！」

他的母親揮手讓他走，「齊倫，離開！」

「不要去那裡！」齊倫說道，「這是一個陷阱！」

但她已經跑向氣閘。現在有多少人已經將大門圍得水洩不通，正在那裡傻傻地等待？三百人？四百人？他們站在那裡，手上拿著耙子和鐵鍬，看起來就是不懂得如何作戰的愚蠢農夫。

「為什麼他們不聽我的？」

「你走吧。」哈佛走向航站門口，「我會告訴艦長的。」

突然，一股震耳欲聾的強風從齊倫身邊捲過。他試圖站穩，卻覺得腳下不由自主地滑動。他被船邊一個巨大的洞吸了過去。

不，它不是一個洞。

氣閘已經打開來，可看到外頭的太空星雲。

齊倫抓住門框。「哦，天啊！」他大叫一聲，卻聽不到自己的聲音。齊倫瘋狂地張望。數以百計風車形狀的東西被捲向氣閘門口。是人。

「媽媽！爸爸！」他不斷迎風大叫，驚慌地找尋自己的父母。

「齊倫！」有人在叫他。

哈佛．史黛伯雷登在十英尺遠處，趴在地上爬向齊倫。風不斷地要吸走他，扯著他的衣服，壓平他的頭髮，揉著他的臉。

齊倫也伏低身子，一直朝哈佛那裡過去。「抓住我！」

「把門關上！」哈佛尖叫，掙扎著向齊倫爬過去。

「就剩下兩米遠，你可以做到的！」齊倫吼道。

哈佛撲向齊倫的腳，用雙手拚命把自己往上拉，兩人掙扎著進入走廊。

齊倫才剛剛感覺哈佛的手鬆掉一些，突然間航站的金屬門關上。

風停下來了。

周遭那麼安靜。

「你在幹什麼？」齊倫尖叫。「他們會沒有空氣的！」

「我們不能失去艙壓，齊倫。」哈佛說道，但他哭了。

齊倫的臉抵在玻璃上，看到一群倖存的人打開一段舷梯，到最近的太空梭。有幾個人落在隊伍後面，在眞空的環境下失去意識。齊倫盯著他們，找尋父母的蹤跡。當他快絕望時，他看到母親從一艘單人艇後頭冒出來，虛弱地爬向打開的小艇。

「她需要空氣！」齊倫尖叫道，拍打門鎖。門打開，狂風又開始了，震耳欲聾，而且十分致命。

齊倫看到他的母親得到空氣，起身虛弱地跑向小艇舷梯。她潛入舷梯，有人從裡面把她拉進去。哈佛又把門關上，狂風消失。

「你媽媽安全了，可以了吧？」哈佛說道，「現在去禮堂。」

「其他人怎麼辦？」齊倫叫道，「我們必須把他們拉進來！」

「不行，齊倫。」哈佛說道。這個人是如此漠然而無情。

「我們不能扔下他們！」

「齊倫，他們死了。」哈佛抓住齊倫的肩頭。「我們現在不能想這件事。」

齊倫盯著哈佛。他整個人好像被掏空了，身心和那些他這一輩子認得的人一起飛出氣閘，在星雲中旋轉。父親也和他們一樣窒息，或凍死了嗎？

「齊倫……」有人在搖他。齊倫心智中那一塊黑暗不見了。哈佛的手環住他。「來吧，我帶你去禮堂，好嗎？」

齊倫痛恨自己順著雙頰流下的眼淚。

哈佛要勇敢冷靜得多，但齊倫想尖叫、想任性地倒下，想殺人。殺了那些做這件事的人。

「他們爲什麼要攻擊我們？」齊倫不解地問道。

「我不知道。」哈佛一臉茫然。他扶住齊倫，把他帶到樓梯間，走向禮堂。

齊倫震撼的心想退回去，回到一切都還如此安全正常的早晨，回到他和薇芙莉聊天、他的新聞節目結束前的那段時間。

他的新聞廣播，幾分鐘前才剛剛結束的新聞。

新聞廣播。

最後一條消息。

「他們沒有孩子。」齊倫怔怔地說道。他聽到自己說出來的話，除了驚訝，還有恐懼。「哈佛，他們沒有孩子！」

哈佛呆住了。

「莎曼珊。」哈佛低聲說道。這是他女兒的名字。

他們飛快地跑起來，兩步併做三步，沿著樓梯狂奔。齊倫先走到樓道門口，倏地將門打開。他們衝過通往禮堂大門的鐵柵，已經聽到淒厲的哭泣聲。

「哦，天啊。」哈佛喃喃道。

他們轉彎，注意到禮堂的大門關起來了，門從外面鎖住。哈佛在鍵盤鎖上按著，門打開來，幾十個孩子擠在講台底下，不斷顫抖哭泣。齊倫狂跳的心緩下來。「感謝老天。」

「莎曼珊！妳在哪裡？」哈佛不斷大叫。

齊倫尋找薇芙莉，她也不在。他跑下走道，在每排座位之間找著。因爲恐慌，他幾乎被塞思·阿德凡爾絆倒，塞思倒在地上，勉強還有一點意識。他的額上有一道很深的傷口，嘴唇破了。「他怎麼了？」

「我們試圖阻止他們。」西利·阿恩特說道，他坐在塞思身邊，手捂住耳朵的傷口，血從他的指間流下來。「他們把所有女孩都帶走了。」

「帶到哪裡？」哈佛大聲問西利，「他們去哪兒了？」

「我不知道。」男孩呆呆地說道。

「航站。」哈佛說道，「航站出口。」

當然。離開右舷艙，他們必須利用航站出口把女孩們帶離星空者號。

哈佛跑到通訊台，大聲吼道，「他們綁架我們的孩子！所有人到航站出口！」他按了一個按鈕，把訊息傳送出去，哈佛的聲音不斷地迴盪：「他們綁架我們的孩子……航站出口……綁架我們的孩子……航站出口……」

哈佛開始跑向樓梯間，但齊倫喊道：「不！我們要先拿到槍！」

「沒有時間！」哈佛邊喊邊跑，齊倫緊隨其後。

跑的時候，齊倫聽到頭頂有許許多多的腳步聲。他奔到樓梯間，飛快下樓，進到航站那一層樓。

奇怪的刺耳尖聲迴盪在整艘太空船上，聽起來像鵝卵石擊中金屬。

「那是什麼聲音？」齊倫在哈佛背後大喊。

哈佛沒有回答，但齊倫知道了。他猜得出來。

最重要的是，齊倫希望自己手上有槍。

4 營救任務

「我們只是要把妳們這些女孩帶到一個安全的地方。」疤臉男人告訴薇芙莉，他和其他六個手下挾持所有女孩下了走廊，朝左舷方向過去。

女孩們最小的兩歲，最大的十五歲，跑起來時像一支小型軍隊，薇芙莉不知道如果所有女孩同時間四散逃跑，這些人會怎麼做？會開槍？剛剛他們這麼凶狠地對待塞思，她不願去深想。

孩子們像山羊似地被圍捕起來，待在兄弟身邊的女孩被一個個拉開，這些人用一種哄騙輕快的語氣說道：「女士優先！」

挾持者讓女孩在門口列隊，疤臉男人則拿著槍指著所有男孩，他們身子往後退縮，不敢違抗。

所有人，除了塞思以外。他站了起來，拳頭垂在身子兩側。「你們不能這麼做。」他目光瞟向薇芙莉，她熱切地望著塞思，期待他做點什麼。

塞思撲向疤臉男人，但這個人用一種流利的動作拿起槍柄重擊塞思。西利・阿恩特跑到塞思身邊，他用槍劃破西利的耳朵，把這個男孩打倒在地。

「人們一旦心生恐慌就會發生這種事。」他對其他的男孩這樣說道，轉身朝向女孩，「快點，快走！」

這些人小心翼翼下了走廊，大口大口地喘著粗氣，汗水從他們的額頭流下。疤臉男子顯然是負責人，雖然有點瘦骨嶙峋，但一副很有能力的樣子。

他們是害怕，還是生病了？薇芙莉自己也喘不過氣來。她全身的肌肉緊繃，心臟胡亂地跳著。她需要調勻自己的呼吸，恐慌只會讓事情更糟。

「發生一點意外，」疤臉男子不知道在回答誰的問題，「航站站口那邊是最安全的。」

「爲什麼留下男孩子？」薇芙莉問道。

「我們也帶走男孩子們，」他輕快地說道，彷彿她問的是一個愚蠢的問題，「他們就在我們後面。」

她想相信他，但他把槍握得這麼緊，一種揮之不去的不安在她中心蔓延。如果他是來幫忙的，爲什麼需要拿槍？

但是，她能怎麼辦？她得想個方法擺脫這些奇怪的人，她急死了，簡直無法清楚思考。於是，她聽從這些人的指揮，保持沉默。

走廊空蕩蕩的，大概是因爲全船的人都跑去應付這個意外。緊急照明設備將四周蒙上黯淡的蒼白。

塞拉菲娜牢牢抓住薇芙莉的上衣，跟著所有人在走廊上小跑。每次經過走廊間的岔道，薇芙莉便拚命張望有沒有星空者號的人。但一個也沒有。

終於，疤臉男人站住，舉起一隻手要其他人也停步。

薇芙莉回頭望向身後一排女孩，看到莎曼珊，一個很高的十四歲女孩，她抱著霍頓絲．穆勒，小女孩因爲跌倒而膝蓋流血，小聲地抽泣著。七年級時打了一場架後，莎曼珊和薇芙莉的關係便十分緊張。莎曼珊一直嫉妒薇芙莉被選中受飛行員訓練，她自己則分配到農業。

「妳作弊。」莎曼珊咬牙切齒說道。

薇芙莉沒有看到第一拳朝她而來，但她也沒有讓莎曼珊有打她第二拳的機會。兩個女孩打得鼻青臉腫的，之後就一直努力避開對方。

但現在，薇芙莉發現莎曼珊是這裡唯一一個沒有因爲恐懼而癱軟的女孩。她十分警戒地瞪視守衛，留意四周。

莎曼珊張大眼睛看著薇芙莉，就這一眼，她們的宿仇便消失了。薇芙莉希望自己可以想出什麼辦法讓大家擺脫這個困境，但她沒有辦法，只能無奈地搖搖頭。莎曼珊也搖搖頭，好像在說，眞不敢相信會發生這種事。

沒錯。薇芙莉簡直不敢相信這種事會發生。

疤臉男人示意女孩們繼續走。薇芙莉跟在他身後，心裡十分害怕，因爲他走向一道大門。一開始她還想不出，他到底要把她們帶到哪裡去，但一當他打開門，露出一間很大的艙室時，薇芙莉停下腳步。

太空梭站。他帶她們到太空梭站的站口。

那個人看到薇芙莉怔怔的，笑了。「妳沒聽說另一個航站的氣閘發生故障了嗎？我們得把妳們帶到壓力室裡。」

「禮堂可以加壓。」薇芙莉說道。她彷彿記得姆貝威太太告訴她，這就是為什麼孩子們要待在那裡的原因。「我們已經在一個安全的所在。」

「但，如果船出了問題，你們會困在那裡。」男人說道。

他在撒謊。薇芙莉知道有一條加壓管道可以從禮堂通到中央碉堡，在那裡他們可以生存好幾個月，如果有必要的話。

「你要帶我們去哪裡？」薇芙莉的聲音飄在空中。

「如果太空船失壓了，我們就必須帶妳們到新地平線號，」那人說道，「妳們在那裡會很安全的。」

「安全？」薇芙莉說道，仔細思索。

「走吧。」男人在她面前揮舞著槍支，這個動作似乎消耗他所有的力氣，他不得不用雙手拿著槍。

這個人不太對勁，他也觸電了嗎？

她的腳像是有點站不穩了，顛顛倒倒走過門口。艇站森冷單調，金屬牆壁就像一個籠子，天花板很高，像是消失在陰暗中。堅實的太空梭在房間裡排成一圈，放在起落架上，就像警戒的禿鷹。單人艇掛在牆上，女孩們走過去時，厚手套一雙雙排在那裡，彷彿在等待一個告別的擁抱。

這個艙室如此之大，薇芙莉認為至少要五分鐘才能完全穿過。五分鐘，但願齊倫、塞思，或者她的母親會來找她。誰都好，一定要有人來。

她聽到幾百雙小腳丫在她身後移動的聲音，因為回音的關係，感覺上要更多些。塞拉菲娜不再拉住她的衣服，但她太痛苦以至於無法回頭去看看那個小丫頭。

一艘太空梭已經不在位置上，整流罩對著氣閘，尾部朝向薇芙莉，推進器發出熱氣和光芒。太空梭舷梯向下延伸到平地，薇芙莉走近時，可以看到貨艙和通向乘客座位的樓梯間。幾個人站在機身附近，拿著槍。其中還有女人。

突然，對講機發出響聲，一個十分急切的聲音從喇叭裡傳出來，一遍又一遍說著同樣的話。但航站實在太大，再加上回音，這些話聽起來更模糊了，薇芙莉聽不出來在說什麼。那是關於孩子的什麼事。

也許就是關於我們的，她想。夥伴們來了。

當他們走近太空梭時，很多人圍在附近，薇芙莉注意到，有一個女人沒有拿槍。是阿爾瓦雷斯太太，托兒所的老師，她站在舷梯上一個看起來很生氣的女人前面。這個女人的眼睛機械式地看著女孩，幾個最小的孩子跑到阿爾瓦雷斯太太身邊，她張開手臂。

「大家好，」她說，「瓊斯艦長派我來告訴妳們，沒事的，妳們都搭上這艘船，也許星空者號的艙壓有問題。」

薇芙莉長嘆一聲，鬆了一口氣。原來真的沒事。她走上舷梯，但有一隻手拉住她，阿爾瓦雷斯太太望著薇芙莉。

「妳的臉色看起來不太好。他們……」她開口，緊張地看著拿槍的女子，似乎在思索該怎麼問。「出了什麼事？」

「我觸電了。」

阿爾瓦雷斯太太的一隻手摸了摸薇芙莉的臉頰，看著她紅腫的手臂，已經開始滲出體液。

「這孩子需要看醫生。」她對女人說道。

「新地平線號有醫生。」女人簡短地說道。她有一張胖胖的、粉紅色的臉，和她纖瘦的身體一點都不搭配。

「她不能等那麼久。」阿爾瓦雷斯太太說道，「她觸電了！」

「我們會馬上處理的。」女人說道，然後又壓低聲音嘀咕，「記住我們談過的話。」

阿爾瓦雷斯太太撫著薇芙莉的肩膀，「去吧，親愛的。他們會盡快幫妳的。」但她焦急的臉龐似乎和溫柔的聲音形成對比。

薇芙莉走上舷梯，但又停了下來。這個怪女人說的話讓她起了戒心：新地平線號有醫生。

「只有在星空者號失壓後，我們才會去新地平線號，不是嗎？」薇芙莉問拿著槍的女人。

「是，」女人簡短地說道，「上去，然後坐下。」

薇芙莉正要上去時，便聽到有人叫喊。她轉身，看到一波波人潮湧進航站，尖叫著揮舞他們的兵器。那個女人猛推了薇芙莉一把，把她絆倒了。阿爾瓦雷斯太太蹲下來幫她，但那個女人用槍托打女老師，阿爾瓦雷斯太太滾下舷梯，摔在地上。

尖銳的鬧聲迴盪在航站裡，薇芙莉看到許多跑向她們的人倒了下去。斯羅特斯基太太、普拉特先生和安古里先生以及太太全都躺在地上，一動不動。安德斯太太，小賈斯汀的母親，眼睛張開，盯著薇芙莉。

她等著這位母親眨眨眼，動一下，爬起來。但她沒有。她就這麼盯著。

薇芙莉感到頭暈目眩，無法理解自己剛剛看到的這一幕。她想尖叫，但她的喉頭像卡住了似的。

這些陌生人拿槍射擊。這些陌生人在殺害她的朋友。

越來越多人湧入航站。有些人衝向他們倒下來的朋友，有些人躲在太空梭的後頭。奧斯維爾太太衝進門口，在這團混亂中搜尋著，指向薇芙莉喊道：「他們把女孩捉進太空梭裡！」

大家似乎忘記了敵人的槍，他們再度跑向襲擊者。薇芙莉看到她的朋友穿過整個房間。其中一個陌生人尖叫：「他們要來圍攻我們了！」

更刺耳的聲音迴盪在航站，薇芙莉的耳朵發痛。人們不斷倒下，包括阿卜杜勒先生，賈法爾的爸爸，阿什頓太太，特雷弗和霍華德的母親，全都匍匐在地，一動不動。

「不，請不要。」薇芙莉對那個打中阿爾瓦雷斯太太的女人說道。但女人好像嚇壞了，沒有聽到，她不停扣下手裡槍枝的扳機，前仆後繼的人們倒下。

薇芙莉感覺到一雙手撫著她的背，法拉西蒂蹲在她身旁。「妳得站起來。」

「他們要把我們帶走！」

「看看四周。只要我們在這裡，他們便會持續殺人，妳一定要站起來！」

「薇芙莉！」是齊倫，和哈佛一起跑向她。「離開太空梭！」他大叫，臉漲得通紅，嘴裡噴出白沫。「現在就離開！」

「妳留在這裡的時間越長，會有更多人被殺。」這個聲音就在她耳邊響起，她抬起頭，疤臉男人站在她面前。爲了證明他的觀點，他舉槍朝人群射殺。

「他是認眞的，薇芙莉。」法拉西蒂說道。

「我們離開這裡吧！」疤臉男子惡狠狠地喊道，然後他跪在舷梯底端，他的夥伴登上太空梭。當他看到薇芙莉的眼睛盯著他時，他拿槍指著齊倫。「我要不要殺了他？」

不需要決定。她沒得選擇。

薇芙莉倚在法拉西蒂身上顚顚倒倒地上了舷梯。

「不，薇芙莉！」她聽到有人尖聲叫喊，不是齊倫，是別人。她回頭望了家園最後一眼，看到塞思。他站在單人艇旁，雙手插進頭髮，手肘和膝蓋、腦袋全都流著血，大聲喊道：「別進去，薇芙莉！」

她搖搖頭，試圖大叫，但她只能低語：「我很抱歉。」

她拖著身子跟在法拉西蒂身後，聽到舷梯升起關上時發出空洞的聲音。

5 身後

齊倫盯著薇芙莉修長的背影，無聲地懇求她：不要走，離開太空梭。她回頭了，望向塞思．阿德凡爾，她對他搖了搖頭，然後一瘸一拐地上了舷梯，舷梯關閉，她走了。

當太空梭的引擎發動時，一個女人慟哭失聲。太空梭的尾端冒出一團橙色火焰，然後變成藍色，光子排氣管發出病態的光芒，照在那些被殺害的人身上。倖存的星空者號船員們後退，遠離飛行器，呆呆望著。

齊倫看著離他最近的幾張臉，絕望地盼著有人能做點什麼，但每個人似乎都呆掉了，動也不動。安德森太太的嘴巴開開的。太空梭飛離地面，慢慢轉向氣閘門。伯恩斯坦跪了下來。

「手控氣閘！」塞思喊道。他跑上前，打算自己操縱，但雙手才舉到頭上，便不支跪了下來。

航站裡人群騷動，十幾個人驚醒似的跑向門邊的控制面板。哈佛是第一個跑過去的，他一拳打在鍵盤上，但面板燈全熄了。他不斷捶打鍵盤，大喊道：「他們把大門開關的操縱轉移到太空梭裡了！」

「聯絡中央指揮部。」齊倫對哈佛喊道，「他們可以從那裡把大門鎖上。」

哈佛朝對講機大喊，「森米！你聽得到我嗎？」

一片沉默。

哈佛按了對講機按鈕幾次。「中央？喂？」他驚恐地看著齊倫，「沒有人在那裡。」

所有人都跑出來救他們的孩子，大家離開自己的崗位。四十二年的和平及隔絕，讓他們完全無法應付敵人的攻擊。

「我去。」齊倫說道，跑了回去，經過塞思時，看到他伏在地上，茫然地盯著面前的一團嘔吐物。

「每個人都進到太空梭裡！」他聽到哈佛尖叫。

當齊倫奔向走廊後，爲防萬一，他將太空梭站的站門關了起來，然後轉身，很快地跑向空無一人的坡道。太空船顯得空蕩蕩的。走廊上曾經到處都是農夫和工程師，教師和學員，許多家庭和朋友，現在卻冷清清。

多少人死了？還會再死多少人？

他的爸爸在哪裡？

齊倫先不去想這些事，全速跑向四樓，衝進船上的行政區，然後他一個左轉，在走廊上飛奔，進到艦長辦公室。他希望瓊斯艦長會在那裡，像往常一樣，坐在辦公桌前從容地控制一切。但當然，艦長不在那裡。他甚至可能已經死了。

齊倫跑到中央指揮部，這裡是船員控制船上各個系統的地方。通常這個房間都是人，他們通過對講機和太空船的每一個艙室溝通，處理系統維護的問題。但現在一個人都沒有。房間顯得非常小。

齊倫沿著半圓形的電腦站跑著，想找到控制太空梭停泊艙艙門的終端機。但這些工作站沒有標記，齊倫絕望地呻吟著。他看到辦公室玻璃門映出自己的影像，愣愣地盯著，彷彿它可以告訴他該怎麼辦。

「艦長的電腦應該什麼都可以做。」齊倫對自己的影像說道。他坐到艦長的椅子上，連接著伸縮手臂的顯示器移到他面前。螢幕右手邊有一排按鍵，齊倫從選單裡點了一下「太空梭停泊艙站口」，螢幕出現航站的影像，齊倫看到一部太空梭已經進入發射程序，移向氣閘門，但門仍然關著。他點下艙門的控制鍵，喃喃自語：「鎖上。」

現在，敵人的太空梭無法離開了。他整個人靠在椅背上，鬆了口氣。他成功了。

但螢幕上出現哈佛那張驚慌失措的臉。「打開氣閘門！」他尖叫，「他們剛剛已經走了！」

「但我從這裡看到他們還在進行發射程序。」

「那是我們的太空梭，」哈佛尖叫，「打開氣閘門！」

齊倫趕緊解鎖。螢幕上，氣閘門打開來，開得十分緩慢。

天啊，他得花多少時間？

哈佛重新出現在螢幕上。「他們在哪裡，齊倫？你可以從艙外攝影機中看到他們嗎？」

齊倫從來沒有覺得自己的手指有這麼笨拙，他只能慢慢地移動太空艙外的攝影機影像，從引擎找到通信天線、望遠鏡和雷達，看到靜態冰冷的船身。一直到齊倫找到船尾，有一個小點引起了他的注意。他放大影像，看到一部飛行器經過太空船的引擎邊緣，目標是右舷。它看起來像一隻小螞蟻爬過巨大的排氣隧道。

齊倫把影像接到哈佛的太空梭上。「他們回到引擎附近了。」

「爲什麼要回去那裡？」哈佛問道。

齊倫把影像放得更大，看到第二個更小的黑點，就飛在敵人第一部飛行器旁。他幾乎認不出來那是一艘人形單人艇。

「那是我們的單人艇嗎？」齊倫問道。

「這部單人艇正開向冷卻系統！」哈佛叫道，「齊倫，趕快讓所有的孩子到中央碉堡去！」

難道他們眞的打算破壞反應爐？

齊倫點出禮堂的影像，男孩們還在那裡，成群地蜷縮在地板上。他在人群中看到西利・阿恩特，還捂著他撕裂的耳朵。齊倫不喜歡西利，但這個男孩能召集大家離開。齊倫打開對講機，對著艦長的話筒向禮堂發話。

「西利，集合所有的男孩，把他們帶到中央碉堡，快！反應爐隨時會爆炸！」

西利傻傻地盯著攝影機，直到齊倫大喊：「快！」

西利開始行動，抓住兩個男孩的肩膀，把他們往前推。他粗魯地對待那些落後的人，但他們的確需要這樣的刺激來振作清醒。很快地，所有的男孩走出禮堂。

齊倫不知道塞思·阿德凡爾在哪裡，但他不在意。目前，還有一點時間，他要找他的母親。

齊倫點出右舷太空梭站的攝影機，陰森森的一個人也沒有，氣閘門是鎖上的。沒有人在那裡。他放大影像試著找尋母親的行蹤，結果嚇了他一跳，她坐進去的那一部太空梭不見了。它不在航站裡。殺戮過後，他們一定離開了。

他們去哪裡了？

齊倫把影像調到左舷航站，希望看到母親的太空梭在那裡。但沒有，只看到幾十具人體詭異地趴在地上，殘破而可怕。只有幾個人露出臉龐，每一個他都認得：教過齊倫如何剝玉米的安東尼·蕭；電影之夜教孩子們爆玉米花的梅麗爾·布勞恩；歌聲十分優美的米拉·扈利；焊接磨損零件做成金屬雕塑的多米尼克·費里尼。

現在這些人都死了。被殺了。完蛋了。那些殺人兇手帶走了薇芙莉。

齊倫再度把影像移到船尾，看到敵人的單人艇徘徊在右舷的冷卻系統附近。他真希望看清楚對方在做什麼，不過他猜也猜得出來。他們要破壞引擎，船上唯一的動力。如果他們成功了，星空者號的每一株植物會在幾天內死去，每個人會在一個星期內凍死或窒息。

麥斯韋爾·萊斯特的聲音從對講機傳來。「齊倫，我們準備好要去追捕單人艇。把螢幕轉到維護部，找到反應爐維護系統。告訴我們讀數。」

齊倫找到正確的影像前，幾個男孩進到中央指揮部，站在齊倫的身後觀看。齊倫聽到其他男孩穿過中央碉堡的走廊，許多人低聲地哭泣和說話。和一些驚慌的成年人比起來，這些男孩似乎因爲太震驚，而顯得鎮定肅靜。

「你們有誰知道怎麼找到冷卻液的讀數嗎？」齊倫大聲問房裡的人。

「我來看看。」一個疲憊的聲音說道。是塞思，他一瘸一拐地走到螢幕面前，一手抱頭，一手搜尋螢幕。

「你可能腦震盪了。」齊倫告訴他。

「別開玩笑了。」塞思瞇起眼睛，盯著面前的圖表。齊倫不清楚他怎麼會這麼懂電腦，但他知道塞思花了很多時間和他的首席飛行員父親待在中央指揮部。

「冷卻液看起來正常。」塞思說道，齊倫將這個訊息利用通訊台轉述。

「那好，」麥斯韋爾透過對講機說道，「現在我要你點點男孩的人數。一旦確定他們都在，就封鎖中央碉堡。」

「我不能這樣做！」齊倫反駁道，「船上其他人怎麼辦？」

「一旦我們關上反應爐，你就讓我們進去，這只是一個預防措施。」

齊倫認爲他說得有理。「塞思，你去清查人數，好嗎？」

塞思宣布讓所有在中央指揮部外走廊上的男孩向他報數，然後掙扎著站起來點人頭。齊倫把影像調到船外。

敵方的單人艇還在冷卻液槽附近，它的推進器發出光芒，加速趕上星空者號。新地平線號的太空梭就在附近，星空者號的太空梭則朝敵人的太空船而去，另一端，還有三部單人艇沿著船身，向敵人飛去。他不知道他們打算做什麼，他們實在沒能力反擊。星空者號的太空梭或單人艇上都沒有武器。

「所有的男孩都在這裡。」塞思說道。齊倫沒有注意到他回來了。「亞瑟．德崔克正在封鎖中央碉堡。」

「看看能不能聽到兩部太空梭間的通話。」齊倫喊道。

「不要吼。」塞思的聲音沙啞，但他控制自己，坐在父親的顯示器面前。他的手指在面前的顯示器上飛掠，齊倫聽到哈佛壓低的憤怒聲音。

「……我們可以分享技術。你們不必——」

「我們有一切你們所擁有的技術。」這是一個男人的聲音，齊倫不認得。他的口氣聽起來彷彿在懇求似的。「我們來不及了。」

「如果你是真誠的，我們會幫助你們。」

「他們在說什麼？」塞思低聲說道，但齊倫要他安靜。

「我們試過了！」男人說道，「我們曾經懇求你們艦長和我們合作，但他拒絕了！」

「我很肯定，瓊斯艦長只是想保護我們的太空船。」哈佛說。

「我們也是要這麼做！我們不能讓自己滅絕！」

齊倫看到敵方的單人艇遠離星空者號，加速向自己的太空船飛去。

「他在做什麼？」塞思問道。

突然，星空者號因爲一個爆炸而震動。齊倫面前的影像發出一道強光，他捂住自己的眼睛。船身發出一聲巨響。

「哦，天啊！」塞思叫道，他移動螢幕評估損害。

敵人迅速飛向新地平線號，哈佛的太空梭和星空者號的三部單人艇在後頭追趕。

「他們要去哪裡？」塞思問，他沒有辦法再保持一貫的審慎冷淡態度。

「我不知道。」齊倫說道。

齊倫看著他的通訊台，無法呼吸，直到一條訊息傳到中央指揮部的電腦，上頭寫著：停電。留在航道。速回。

「他們要到新地平線號上把女孩們救回來。」齊倫說道。

「停電？」塞思讀道。

「只有這麼做才能出其不意。」齊倫解釋，「一停電，就會停掉所有通訊。」

塞思點點頭，沉著臉。齊倫感覺得到他不喜歡有人向他解釋或說明，通常只有塞思去向人解釋。

警報突然尖聲大響，齊倫從座位上跳起來。

他的螢幕上不斷閃爍著斗大的紅字：反應爐熔毀。輻射從機房外洩。

而齊倫卻一點辦法也沒有。

第二部

俘虜

魔鬼也會引證聖經來為自己辯護。

——威廉・莎士比亞

6 太空梭上

太空梭發射，離開星空者號，然後以一個平穩的速度飛行。

對薇芙莉而言，習慣了大農場艙站旁的自己家，太空梭小得快要讓她窒息。靠牆是兩排乘客座位，一百三十個女孩面對面坐在機艙的中央，望向艙門，害怕地看著彼此。

莎曼珊．史黛伯雷登席地盤腿而坐，雙手扭著放在腿上。女孩用一雙圓眼睛看著薇芙莉。

無重力讓薇芙莉覺得反胃。她繫上安全帶了，但感覺不到自己身體的重量，她的手掌不斷去扶著座位，確定它還在。她的一顆心虛幻縹緲，彷彿離開了自己的軀殼，漂浮在這些令人恐懼的人上面。她應該聽塞思的話。她應該跑掉的。

至少我還活著。薇芙莉告訴自己。她知道，因爲她感覺到法拉西蒂的腿靠著自己。她想伸手去碰碰她的朋友，握住朋友的手，就像她們還是小女孩時那樣。那還是不久前的事，但是法拉西蒂現在似乎離她很遠，因此，薇芙莉沒有動。她不喜歡被嚇壞，所以也不願意表現出一副嚇壞的樣子。

那個在星空者號開槍的紅臉女人，飄在駕駛艙裡，用掛在牆上的背帶勾住自己，把武器抱在胸前。她的那雙小眼睛不斷掃視女孩們，她有些不太穩定，每隔一段時間就吸吸鼻子。薇芙莉以爲她在哭，但這種怪物應該沒有淚水。

薇芙莉碰了碰法拉西蒂。即使這麼一個小小的動作也讓她痛徹心扉。她非常虛弱。

「怎麼？」法拉西蒂低聲說道，幾乎聽不太見。

「我們的人數比他們多。」薇芙莉輕聲說道。光是這一句話便用光了她所有的力氣，讓她氣喘吁吁。「也許我們可以奪下這個太空梭。」

「他們有槍。」

「如果登上新地平線號，我們永遠也無法脫身。」

「但我們會活著。」

薇芙莉想回應些什麼，但她肋間的肌肉抽搐，她彎下腰，臉揪了起來。她感到法拉西蒂的手摸著她的背，女孩低聲在她的髮邊說道：「閉嘴，別動。妳傷得太重了，什麼事也做不了的。」

薇芙莉完全不能同意。一定有什麼事可以做的，一定有辦法能阻止這種可怕的事情發生。但她越沮喪，四肢便越虛弱，她的心跳得更厲害，頭腦更不清楚了。她倒在法拉西蒂身上，法拉西蒂的一隻手臂摟著她，她專心聽著朋友穩定的心跳，希望自己的一顆心也慢慢平復下來。

通往駕駛艙的門滑開。女孩們身子往後一縮。

一個豐滿胖大的中年婦女走了出來，她的灰色頭髮束成一個髻，盤在頭頂。女人有著和善的灰色眼睛和寧靜的笑容。她伸出雙手，彷彿要擁抱客艙裡所有的女孩。

薇芙莉覺得有點奇怪，爲什麼這個女人能夠在無重力的狀態下站著，但後來才發現她穿著磁重力靴。所有搭乘太空梭的人似乎都因為無重力而不適，但這個女人的腳像釘在地上似的。

「女孩們，我是安妮．馬瑟，我是來幫助妳們的。妳們受了很大的驚嚇，我很抱歉。」

「妳很抱歉？」莎曼珊．史黛伯雷登喊道，「你們殺了人！」

「殺人？哦，哦，哦！」女人喊道。她抬起莎曼珊的下巴，讓女孩看著自己。「不，親愛的，我想妳誤會了！我們這趟是救援任務，不會有人死去！只是幾個人被注射了鎮靜劑，但我向妳們保證，他們會健康以及安全地醒來。」

許多女孩在自己的位置上坐直，一雙雙充滿希望的眼睛望著這個令人安慰、充滿母性的女人。

「我的媽媽不會有事嗎？」一頭鼠色亂髮的梅麗莎．迪金森問道。

「我向妳保證，她沒事，親愛的。」

梅麗莎倒在旁邊的女孩身上，放下一顆心，哭了起來。

蘿菈．馬丁抬起細瘦的手臂，清了清喉嚨。薇芙莉覺得這真是太荒謬了，這些女孩表現得好像在一個正常的班級裡，而她是一個正常的老師。她們驚魂未定，看到任何一個看似溫和一點的人，便迫不及待地奔過去。

「這是一個拯救任務？拯救什麼？」

「妳們不知道嗎？」女人的聲音充滿憐愛。「甜心，星空者號有一個氣閘故障，導致爆炸而減壓。我們試圖從船外修復，但失敗了，所以只能讓妳們這些女孩盡快離船。」

薇芙莉看到幾個小女孩臉上露出深信不疑的表情。終於，有一個值得信賴的大人把這一切都解釋得很合理。

但也不是每個人都買單的。莎曼珊直直地盯著這個女人，目光凌厲如箭，彷彿可以把人射死似的。莎菈．霍奇斯，一個喜歡運動的嬌小女孩，過去便是一個最喜歡折磨老師的學生，她公然地用一種挑釁的態度搖了搖頭。

「只要星空者號沒事了，」女人說道，「我們就把大家送回父母身邊。」

「我親眼目睹整個殺戮的情況，」薇芙莉盡可能大聲地說道，但仍然只有附近的幾個女孩聽到，「他們迅速倒地，像是死了。」

那個女人濕冷的掌心貼著薇芙莉的臉頰，她的眼睛是藍色的，笑容溫柔慈愛，乳白色的皮膚和年齡並不相稱，花白的頭髮則豐厚而柔順。薇芙莉想喜歡她，想相信她，但她緩慢而不容置疑的說話口吻卻讓人畏怯。

「親愛的，我們給他們打了強力的藥物，作用非常快。眼睜睜看他們一個個倒下，一定讓妳很震驚。但我向妳保證，只要能修好星空者號，他們不會有事的。」

「但你們爲什麼要射昏他們呢？」莎菈開口。頑固的莎菈，總是挑戰老師，拖延上課的進度，讓人頭疼。但在這裡，在這個可怕的情況下，薇芙莉喜歡莎菈的桀驁不馴。「你們爲什麼給他們注射藥物？」

「當時的情況已經形成一種莫名的恐慌，」女人解釋道，「所有人都要上太空梭，我們必須把他們趕開。這部飛行器有特別的載客目的，女孩們。太多人上來，我們大家都活不了。」

「你們爲什麼只帶走女孩？」薇芙莉問道，聲音像蚊子那麼細小。她一分鐘比一分鐘更虛弱。

「我們希望男孩搭第二艘太空梭，」女人遺憾地說道，「但經過太空梭站的那一場騷亂後，我們不能讓新地平線號更多的船員冒險。避免暴動，大家才會更安全些，妳不覺得嗎？」

只有年紀很小的女孩對這種說法沒有心生疑問，年紀大一點的則因爲震驚而沉默。莎菈和莎曼珊憤怒地盯著地上。莎菈長著褐色雀斑的臉顯得蒼白，一綹紅髮掛在眼前。莎曼珊一臉恨意。法拉西蒂的眼神空洞，一點情緒也沒有，坐得直挺挺的，好像有人正在評估她是不是端莊穩重似的，她的目光集中在大腿上的優雅雙手上，退回到自己內心世界裡。

但是，有很多女孩看起來像是放心了。這個女人說了一個令人欣慰的故事，她們聽信了，充滿期望，希望它是眞實的。

「女孩們，我需要留在駕駛艙，」女人說道，「如果妳們有任何需要，就說要找安妮阿姨，我會馬上過來，好嗎？只要妳們登上新地平線號，我們會給妳們一些食物和飲料。妳們會很安全的。」

這個女人向她們展露一個溫暖而熱情的笑容，幾個女孩報以微笑。然後，她轉身回到駕駛艙內，門從她身後關上。

薇芙莉覺得任何抗爭的希望都沒有了。安妮．馬瑟的故事成功地打動人心。也許本來就不會有什麼抗爭，女孩們不會團結起來的，因爲她們比薇芙莉更願意相信這個女人。

薇芙莉感到自己的呼吸變慢，一陣陣灼痛的半邊身子倚著法拉西蒂，痛苦和疲倦打敗了她。

她閉上眼睛，儘管內心十分恐懼，薇芙莉還是睡著了。

7 新地平線號

「醒醒。」一開始，這個聲音似乎飄盪在薇芙莉的周遭。當她醒來以後，放下一顆心，她聽到這一生中最熟悉的聲音——星空者號引擎的嗡嗡聲。她安全回家了。

有一隻手撐住她的脖子，把她的眼皮撐開。昏暗的燈光下，她看到一個五十多歲的圓臉女人，有著粗糙的粉紅色皮膚，淺棕色頭髮下是一雙莊嚴的灰色眼睛。

薇芙莉倒抽一口氣，她不在星空者號。他們把她和所有女孩帶到新地平線號了。

「喝一口，甜心。」女人說道。薇芙莉張開嘴巴，喝了一口清香的雞湯，還有香菜味。「妳昏迷了好一段時間。」女人說道。

薇芙莉聽到湯匙敲在瓷碗上的聲音，然後湯匙貼在她的唇邊。肉湯熱騰騰的，很好喝。當薇芙莉吞下以後，才明白自己有多餓。

「好喝嗎？」女人輕聲地問。

這個女人摸她，照顧她，對她說話的方式是如此輕柔，薇芙莉覺得有些矯揉造作，她點點頭，這種奇怪的親切令她不安。

太空船的抖動，引擎的聲音，玉米粉的氣味，橢圓形的玻璃門，艦艇外的星雲閃爍如燈。一切都和星空者號如此相似。像家，卻不是家。

「我怎麼了？」她沙啞著聲音問道。

女人把湯匙放到薇芙莉的手上，然後跌坐在靠床的一張椅子上。她顯得十分疲憊，彷彿四肢有一百斤重。她和把薇芙莉她們從禮堂帶來的男人一樣虛弱。新地平線號裡的人生病了？

「我是妳的護士，」女人說道，「我的名字叫瑪格達。」

「其他的女孩去哪裡了？」薇芙莉喝了一口湯問道。

「她們很安全。」女人沒有正面回答薇芙莉的問題，讓她憂心忡忡。

「我們到新地平線號了？」

「救援行動後，星空者號損害得更厲害了。」她說話的語調平板，讓薇芙莉感覺像在背書或什麼的。「我們得把妳們帶到船上來。」

「我們在哪裡？」薇芙莉伸長脖子往門外看去，「星空者號在哪裡？」

「從這裡看不到。新地平線號必須離你們的船遠一點，親愛的。這樣會安全一些。」

「爲什麼？」

「那艘太空船不安全了。」

「爲什麼你們只帶走女孩子？」

「別急，好嗎？」女人說道，指了指薇芙莉手上的湯匙，聽起來這個女人彷彿會透露一點訊息，但一次不會太多。

這個肉湯就像一個靈丹妙藥，薇芙莉急急地呑了下去。如果她夠強壯，也許能絕食抗議，要求他們讓她回到母親身邊。但薇芙莉不夠強壯，她的手指在顫抖，腿疼痛難忍，不管她喝了多少肉湯，喉嚨依然極度乾澀。

「我觸電了。」她想起這件事。

「是的。妳的心臟和神經受到影響，妳也被燒傷了，需要立即接受治療，這也是爲什麼我們的人急忙把妳們帶走。」

「你們朝人開槍。」薇芙莉的棕色眼睛定定地看著女人突出的下巴。「他們是我的朋友。」

護士垂下眼睛望著薇芙莉的膝蓋，不安地撥著指甲。「當時形勢恐慌，他們必須控制群眾，但沒什麼傷亡。」

「我爲什麼要相信妳？」

她認爲她看到女人眼睛裡閃現一絲恐懼。房間非常安靜，四堵牆壁彷彿有一種奇特的意志。

「妳沒有選擇，只能信任我們。」護士很小心地慢呑呑說道。她望著薇芙莉的目光透出一個訊息，希望女孩明白：妳的確沒有選擇。薇芙莉覺得很無助。

「喝飽了嗎？」

薇芙莉點點頭。一當她明白情況，便一點胃口都沒有了，也許她再也見不到自己的母親、齊倫、塞思或其他任何人。哦，她很想吐。

「我知道什麼事會讓妳振作。」護士臉上露出一個會心的微笑，起身離開房間，但很快又回來，帶著法拉西蒂。「這丫頭一定是妳的朋友，她不停地問妳到底怎麼了，現在妳們可以好好聊聊了。」

法拉西蒂面容憔悴，雖然她的一頭金髮紮得很整齊，綁在腦後，身上穿著一件普通的藍色長裙，襯出藍色眼睛，腳上是一雙正式的涼鞋。看到薇芙莉坐在床上，她嘆了口氣。

「我們一直很擔心妳。」她說。

「妳沒事吧？大家都安全嗎？」薇芙莉問道。

法拉西蒂審慎地回答：「他們沒有傷害我們。」

薇芙莉望向法拉西蒂身後。護士坐在門邊的椅子上，雙腿交叉，她的褲管太短，露出一雙棉襪。她低頭假裝看薇芙莉的病歷，但顯然是在偷聽女孩說話。

「我們來這裡多久了？」薇芙莉問道。

「他們沒給我們看時鐘。我只知道我睡了兩覺。」

「星空者號在哪裡？」

法拉西蒂的下唇抖著。「他們說我們離開後，便聯繫不上了。他們正在尋找殘骸。」

床忽然傾斜似的，有那麼一會兒，薇芙莉覺得自己可能會摔下來。毀了，她的家，這一輩子所認識的人，她的母親，齊倫。

不，這是不可能的。如果她接受這個結果，她不知道自己還要怎麼活下去。薇芙莉抓住法拉西蒂的手，當她們的目光相遇時，她壓低聲音說道：「這一切都是他們說的，對不對？」

法拉西蒂吸一口氣，「是。」

「別放棄。」

「妳是什麼意思？」法拉西蒂神思恍惚地問道。

薇芙莉了解自己的朋友。當薇芙莉的父親因爲氣闇的意外去世，法拉西蒂便悄悄地疏遠她。每回薇芙莉談到自己的父親，以及她有多想念他時，她覺得法拉西蒂一開始會試著聆聽，說一些合宜的話，但不一會兒便總是設法改變話題，讓薇芙莉的注意力轉移到一件什麼有趣的事上。

有一回她大吼：「我不想開心起來！我要盡情地悲傷！」

但法拉西蒂似乎沒有聽進去。她們的友誼自此發生了變化，但表面上依然是最好的朋友，只是不再眞正親密。

薇芙莉知道，這不是她的錯，法拉西蒂只是沒那麼堅強。但薇芙莉仍然覺得受傷。

在這種情況下，女孩們只能堅強。薇芙莉拉著法拉西蒂的手，握得十分堅定，她可以感覺到朋友的手指在發抖。「我需要妳爲我勇敢起來，法拉西蒂，妳做得到嗎？」

「當然。」法拉西蒂說道，但她把手從薇芙莉的掌中抽出。

一陣敲門聲在門口響起。灰髮女人安妮．馬瑟，面帶微笑進入房間。

「我們的病人怎麼樣了？」

薇芙莉沒有回答。

這個女人坐在近床頭的一張椅子上，她的動作也和護士一樣無力。薇芙莉看到她的臉上布滿潮濕的汗水。

「妳恢復得很快。」安妮．馬瑟觀察道。

薇芙莉望著自己的膝蓋，她不想看這個女人，她擔心自己會被籠絡、說服。

「妳受了太多罪，孩子。」女人輕聲說道。

薇芙莉抬起眼睛，「我不是孩子。」

「哦，親愛的，沒錯。妳要過青春期了，是嗎？」

這是一個奇怪的問題，薇芙莉一怔。

「哦，對不起。在新地平線號上，我們對這種事非常坦率。四十三年獨自在太空讓人……彼此親密，不是嗎？」

護士竊笑，但安妮．馬瑟冷冷地看了瑪格達一眼，她馬上住嘴。

「薇芙莉，」馬瑟說道，「我們正在盡一切能力搜索星空者號的倖存者。還不能放棄，對吧？」

「眞的嗎？你們會幫助他們？」

「眞的，我們會竭盡所能。」安妮．馬瑟和善地把手放在薇芙莉的膝蓋上。「親愛的，我們需要妳來幫助我們說服其他女孩。法拉西蒂已經……」

法拉西蒂瞥了女人一眼。安妮．馬瑟沒有注意到，雖然這個女孩就站在她旁邊。

「我們認爲女孩們需要妳的安慰，薇芙莉。畢竟妳是最大的孩子。」安妮．馬瑟審愼地觀察薇芙莉臉上細微的表情。但有點不對勁。

「妳是什麼意思？」薇芙莉問道，「安慰什麼？」

「告訴她們，她們會受到妥善照顧，我們會好好照顧她們，會照顧得很好。」

薇芙莉瞇起眼睛，想弄清楚這個女人眞正的意思。

「她們受了很多苦，這個救援任務又這麼撲朔迷離的。她們信任妳，認爲妳知道什麼是對的，是吧？」她一本正經地站起來，等待薇芙莉的回應。

她好像可以永遠等下去似的。薇芙莉太生氣，她不願意合作。她需要思考。

安妮．馬瑟又開口了，她的聲音更加堅定。「我知道妳很難受，但所有的女孩都是如此。沒有時間自艾自憐了。」

薇芙莉的憤怒沸騰了。她希望自己力氣夠大，可以扼住這個女人的喉嚨，把她掐死。但如果她說的是眞的呢？如果這個女人是營救她們，而非綁架她們呢？這可能嗎？

「偉大的征程都一定會有磨難的，」安妮．馬瑟灰色的眼睛梭巡整個房間，「如果我們合作，事情會容易得多。」

「如果不合作呢？」薇芙莉冷冷地問道，「會怎麼樣？」

「希望我們不必知道會怎麼樣。」安妮．馬瑟的口氣不再溫暖，她回瞪薇芙莉的凝視，等到女孩別開目光後，又開口說話。「我們很高興妳們這些女孩能來到這艘船上。」她又換了副甜蜜的口氣，「眞高興又看到了年輕面孔，是不是，瑪格達？」

「這是一件好事。」護士輕快地說道。她站回法拉西蒂身後，女孩退到薇芙莉的床邊，捉住床邊的欄杆，指節發白。護士一笑，手放在法拉西蒂的肩上。女孩被她一摸，似乎更加萎靡了。

「妳該睡了，薇芙莉。」安妮．馬瑟向護士點點頭，護士走向一個櫃子，從抽屜裡拿起一個小瓶子，用一個注射針頭刺進去。

「那是什麼？妳要做什麼？」一股恐慌在薇芙莉腦中升起。她坐直，但護士很快地把針劑打進她手臂上的一個小管子裡。她一直沒有注意到它。

這段時間他們一直給她用藥？所以她才會這麼虛弱？

「睡吧，孩子，」安妮．馬瑟在她耳邊低聲說道，「等妳好一點，可以幫助我們和其他的女孩們，我們就不會再給妳打針，妳也可以加入我們。明白嗎？」

「如果我不幫妳，妳就要一直讓我這樣？」薇芙莉問道，聲音已經變得模糊。

沒有人回答，但她覺得有乾澀的手指摸著她的臉頰，然後，移到她的脖子，她的喉頭。一股恐怖的感覺在心頭油然升起。

薇芙莉想舉起手臂要求法拉西蒂留在她身邊，但她的手臂是如此沉重。她模糊地看到安妮．馬瑟和身旁的護士講著悄悄話。一旦她睡著，無助地陷入黑暗中時，她們會對她做些什麼？

她掙扎著睜開眼睛，但眼皮上好像不斷有沙子蓋上去似的，很快地就變得又滿又沉。她閉上眼睛，覺得自己縮得越來越小，越來越小。

所有的聲音和光線全都消失，終於她覺得自己安全了。

8 集體宿舍

當薇芙莉睜開眼睛時，她看到瑪格達護士拿著注射器站在她面前。

「現在幾點？」薇芙莉說道，聲音很平板。

「好吧，嗯，」瑪格達輕快的說道，「妳想和妳的朋友在一起，還是打算再睡一覺？」

「我希望看到我的朋友。」薇芙莉說道。她的嘴巴十分乾澀，幾乎要黏在一起。

瑪格達放下手中的注射器，坐在薇芙莉的床邊。「馬瑟牧師聽到會很高興的。」

薇芙莉渴望地看著床邊桌上的水壺。瑪格達似乎懂了，她拿起水壺，卻好像太重了似的揪著一張臉，她倒了一杯水給薇芙莉。

女孩坐起來，喝水，然後給自己再倒一杯，再一杯，終於又躺倒在枕頭上。這幾杯水讓她振作了不少，她甚至覺得有力氣可以做更多要求。

「我希望現在去看看其他女孩。」

「馬瑟牧師想先和妳談談。」瑪格達按下薇芙莉床邊桌子上的一個按鈕。「同時，妳也該洗個澡，換上衣服。」

女人帶薇芙莉去浴室，又給她一塊柔軟的海綿，以及聞起來有茉莉花香味的肥皂，隨後離開房間。熱水舒緩她僵硬的關節，她的整個右側仍然因爲電擊而酸疼，但已經覺得慢慢恢復。

薇芙莉必須讓自己灼傷的手保持乾燥，所以花了更多時間洗澡。在肥皀香氣裡，薇芙莉恍恍惚惚的，她假裝自己在家裡，媽媽隨時都可能會敲門嘮叨：「薇芙莉！快點！」

她想一直躲在浴室裡，但感覺到有人在門外等著。於是，她離開浴缸，用毛巾擦乾身體，穿上掛在角落鉤子上的裙子。那是一件小女孩的裙子，薇芙莉平時總是穿麻紗長褲的。這條裙子很舒服，甚至很漂亮，但感覺像戲服。

薇芙莉梳著一頭濕漉漉的長髮，把它們從前額撥開，深吸幾口氣，打開浴室的門。

安妮．馬瑟等著她，就坐在病床旁邊的椅子上，低頭在一個記事板上寫著東西。薇芙莉走進來時，她臉上浮起一個微笑。

「妳看起來好多了。感覺如何？」

薇芙莉握了握自己的手，灼傷的掌緣還有一點刺痛，但可以忍受。「我還好。」

「太棒了，我想在妳去見那些女孩之前好好談談。」牧師拍了拍床，意思是讓薇芙莉坐在她旁邊。薇芙莉坐下，但離這個女人指的地方遠遠的，她坐在床尾。

「坐近一點，親愛的，我不會咬人。」

薇芙莉沒有動，她看著戴金絲眼鏡的女人，這個女人也牢牢地盯住她。

馬瑟牧師的眉頭皺起來，但聲音依然柔和輕快。「親愛的，恐怕我得告訴妳一個可怕的消息。我們的感測器無法找到星空者號的任何倖存者。」

薇芙莉的心一緊，眼前發黑。

不，這個女人是個騙子！薇芙莉不會相信她所說的任何一個字。齊倫和她的媽媽還活著。

馬瑟牧師看著薇芙莉茫然的臉龐，目光一閃，「妳一定嚇壞了。」

「是的。」薇芙莉低語。

「親愛的，我知道這對妳而言是一個打擊，但我們需要妳幫助這些小女孩們。她們需要一個熟悉的權威人物，一個她們可以信任的大姊姊。法拉西蒂盡可能地幫忙了，但是，嗯……」馬瑟的微笑十分溫暖，「我擔心她的性格不夠堅強。」

對於馬瑟牧師的恭維，薇芙莉擠出一個謙虛的微笑。「嗯，我是最大的。」

「沒錯。伴隨而來的是一份責任，對不對？」

「我會盡力。」薇芙莉說道。

安妮．馬瑟盯著她，終於放心了。「那我就請妳向她們宣布，我們還在持續搜索那個區域，尋找妳們的父母。新地平線號沒有放棄星空者號，這會讓她們精神振作起來。」她站起身子，握住薇芙莉的手。「我猜她們要去吃早餐了，妳可以在那裡宣布。」

安妮．馬瑟領著薇芙莉穿過一道走廊，進到一個大餐廳裡，裡面擺著一張張長方形的桌子。才走過這麼一段走道，馬瑟似乎精疲力竭，氣喘吁吁。薇芙莉心想，這裡的人一定生病了。

一百三十個從星空者號來的女孩坐在桌前吃飯。她們都和薇芙莉一樣，穿著同樣有褶邊的連身裙，頭髮綁成辮子。沒有任何人說話。只有銀製碗盤碰在鐵托盤的叮噹聲，打破房間的靜默。

小布蘭妮．貝克從她面前的盤子抬起頭來，看見薇芙莉，發出一聲驚呼。另一個女孩也注意到了，掩住一聲尖叫。她們衝向薇芙莉，摸著她，拉著她，大喊著問她。

她舉起一隻手，「我沒事，我沒事！」

安妮．馬瑟走到一旁，坐在一張可以看見薇芙莉的椅子上，揚起眉毛，期待地望著薇芙莉的眼睛。

薇芙莉盡量讓自己的聲音聽起來平穩鎮靜，「所有人聽好，我有一件事要宣布！」

她等待所有人安靜下來，她們看起來都很相似，頭上綁著一樣的緞帶，穿一樣的裙子，充滿希望地盯著薇芙莉，等著她說話。

塞拉菲娜．姆貝威安安靜靜地走向薇芙莉，伸出胖嘟嘟的小手圈住薇芙莉的食指，仰臉讀她的唇語。

「馬瑟牧師給了我一些消息……」

「安妮阿姨嗎？」雷蒙娜．馬斯特斯在頭頂上揮舞著她的小胖手，環視周遭一眼，看到馬瑟坐在一旁，於是邁開小小的步伐歪歪倒倒地走到女人腿邊。幾個小女孩也跟過去，靠在女人身上，有的則坐在她旁邊的椅子上。

被孩子團團圍住的馬瑟，看起來就像一位慈祥的祖母。她似乎明白自己的影響力，呵呵一笑，眼睛閃耀光芒。

這個女人是一個操縱高手。薇芙莉才昏迷幾天，她就已經讓大多數女孩認爲她是她們的朋友。薇芙莉打了個寒顫。

「這裡的人拚命地找尋我們的父母……」她內心湧起一股悲傷，幾乎說不出話來。「他們沒有放棄，妳們也不要。」

她聽到莎曼珊發出一聲輕蔑的嘲笑，盯著她。莎菈・霍奇斯站在她旁邊，搖了搖頭。一會兒後，薇芙莉會和她們談談。

「我們什麼時候才能見到媽咪？」維妮・拉菲棋問道，她幾乎是最小的一個孩子，黑色鬈髮像巧克力雲一樣堆在頭頂上。「我想念媽咪。」

「我也是。」薇芙莉說道。她的腦海掠過母親的笑容，她突然很想尖叫。

忍住，忍住，忍住，她告訴自己，要堅強。

房間裡那麼安靜，所有的女孩都能聽到她的低語，「我不知道什麼時候能再看到我們的家人，我們只能抱著希望。」

「還有祈禱。」安妮・馬瑟舉起手，好像捧著空中什麼珍貴而看不見的東西，像唱歌似的吟誦著：「親愛的主啊，請祢保護星空者號的成員。用祢的愛包圍他們，靠近他們，保護他們的安全。如果那是祢的意志，主啊，請指引我們找到他們，幫助我們找到迷失的兄弟姊妹們，把他們帶到我們的身邊。

在此之前，也幫助這些親愛的孩子，讓她們知道自己是無限珍貴的。我們會把這些孩子當作自己的女兒一般照顧，我們一定會愛她們，保護她們的安全，直到有一天，她們可以重新和家人團聚，無論今生或來世。阿門。」

無論今生或來世。薇芙莉聽到這些字眼，簡直想狠狠地呸一聲，但她吞下悲傷，對安妮·馬瑟一笑。莎曼珊和莎菈憤怒地盯著她，她定定地看著她們好一會兒，莎曼珊的目光終於變得柔和了。

「現在我要坐到哪裡吃一點早餐呢？我餓死了。」

塞拉菲娜牽著她的手走到廚房，托盤上有麵包、水果和冷雞肉。薇芙莉裝了一個盤子，回到餐廳，她發現安妮·馬瑟正在和莎曼珊以及莎菈談話，她們不發一語盯著自己的手指。

薇芙莉沒有做任何手勢，只是嚴肅地瞪大眼睛，告訴她們自己並沒有放棄。莎曼珊回望馬瑟牧師的臉時，她的眸子像鋼鐵一樣冰冷。

薇芙莉知道自己不是唯一一個不信任馬瑟的人，內心不再感到孤單。如果這個女人在撒謊，那麼她的技巧很高明，她的故事也幾乎是可信的。

但薇芙莉無法忘記她的那些「救援部隊」開槍殺人。法拉西蒂親眼看到射殺的場面，她會告訴其他女孩，讓她們明白，馬瑟是一個騙子。

她必須想辦法單獨和法拉西蒂談談。

9 同盟

當薇芙莉試著在那邊的宿舍過她的第一夜時，安妮．馬瑟的祈禱猶在耳邊。這個女人的話讓她打了個哆嗦。

我們會把這些孩子當作自己的女兒一般照顧。這些字眼的背後有著邪惡的涵義，就像一個轉動的齒輪，一步步把薇芙莉帶向一個可怕的眞相。她反覆輾轉地想著，這些事滲入她的夢境裡。當作自己的女兒。

薇芙莉嚇得起身坐直。她知道馬瑟的下一步行動了。她得立刻和法拉西蒂談談。

薇芙莉望向門口，她看到一個個頭不大的矮胖女人坐在椅子上。安妮．馬瑟叫她「舍監」，但薇芙莉知道這個女人是來監視她們的。雖然薇芙莉看不到她的臉，但認爲這個女人可能在打瞌睡。於是她悄悄的從被窩裡起來，沿著牆邊爬向法拉西蒂。

她一邊爬時，睡袍磨擦著她的腿，感覺發出極大的響聲。終於她爬到法拉西蒂的床邊，搖了搖朋友的肩膀。

法拉西蒂的眼睛倏地睜開，薇芙莉用手捂住她的嘴巴，低聲說道：「安靜。」

「妳在幹什麼？」法拉西蒂輕聲說道。

「我認爲他們要把我們拆開來，把我們一個個分散到各個家庭裡。」

「什麼？」

「他們打算把我們分開，讓我們不能相互聯絡。」

聽到這句話，法拉西蒂咬著下唇，「妳確定？」

薇芙莉細想自己爲什麼會如此肯定，但最後她只能這麼說：「因爲，如果我想控制一幫孩子，我就會這麼做。」

法拉西蒂點頭沉思，但當她再度看著薇芙莉時，眼神變得淡漠。「嗯，那又如何？」

薇芙莉搖搖頭，「妳是什麼意思？」

「我們又能做什麼呢？」

薇芙莉一屁股坐在自己的腳上。

「薇芙莉，他們有一切的優勢，」法拉西蒂說道，「也許妳認爲我膽小，但我想活下去，我不會和妳一起採取什麼行動的，妳明白嗎？」

「但他們做了——」

「他們做了什麼？誰能證明？他們把我們從一艘即將爆炸的太空船救了出來。」

「我不相信。」薇芙莉瞥了舍監一眼，但女人一動不動。「妳看到太空梭停泊站裡所發生的一切。」

「我看到恐慌的人們。我只知道這個。」

「妳怎麼——」

「閉嘴！閉嘴！」法拉西蒂用手捂住自己的眼睛。

「法拉西蒂——」薇芙莉的聲音又開來，她咬住下唇，不讓自己大叫。當她冷靜下來以後，低聲說道：「我需要妳。我一個人做不到。」

「做什麼？有什麼可以做的？」

「我們不能待在這裡，」薇芙莉含淚說道，「妳明白的，不是嗎？」

法拉西蒂雙手環住薇芙莉，把她擁進懷裡。薇芙莉的頭倚在法拉西蒂的肩上，聞著朋友身上甜甜的香氣。

「一定有方法的。」她說。

法拉西蒂坐直，壓低聲音說話。「我不想被妳害死。」

「如果妳相信他們的故事，爲什麼還要怕他們殺了妳？」

法拉西蒂的唇抿得緊緊的，像根鋼針。「如果妳不相信這個故事，爲什麼妳不害怕？」

我害怕！薇芙莉心想。一張鐵床上有點響動，她看到莎曼珊支著手肘，聽她們談話。

她們目光相遇，莎曼珊點了點頭。

門口的女人清了清喉嚨。她沒有動，但聽起來像醒了。薇芙莉的手指戳了法拉西蒂一下。

「好吧，妳放棄吧。但別攔我。」

她沒有等女孩反應，便立刻爬向莎曼珊的床鋪。

薇芙莉低聲說道：「妳也不相信他們的故事吧？」

「不。但妳認爲他們會把我們分開？」莎曼珊問道，一臉嚴峻。

「很快。當我們被分開後，得想一個辦法互相聯絡。」

燈打開了。薇芙莉趴到地上，當她抬眼看莎曼珊時，女孩像是發神經了。她揉著自己的眼睛，嘴巴張開，很痛苦似的。

「妳——」薇芙莉問道，但一個尖銳的聲音打斷了她。

「妳在幹什麼？」

舍監站在她身前，短短的手臂環住胖胖的胸膛，銳利的目光盯著薇芙莉。

「是我的錯，我不該哭的，她只是想安慰我。」莎曼珊哭了出來，還眞的流下了眼淚。「她聽到我在哭，走過來看看我。」

女人坐在床邊，抱著莎曼珊，被薇芙莉從未見過的、這副虛假的眼淚打動了。

「她眞的很有愛心，」女人柔聲安慰，拍著莎曼珊的背，「心腸很好。」

女人向薇芙莉點點頭讓她放心，於是她回到自己的床鋪。莎曼珊在老太太的肩上抽泣，這個景象幾乎讓她忍不住想笑，於是她把臉埋在枕頭裡。

莎曼珊止住哭泣，女人關了燈，薇芙莉把恐懼擺到一邊，她得好好思考才行。

很快，起床時間到了。穿好衣服，女孩們坐在早餐桌前，靜靜地吃著東西，安妮．馬瑟進到房間，臉上露出一個悲哀的表情。她的身子幾乎倚在一個男人身上，他是薇芙莉來到新地平線號後第一個看見的男人——就是那個把女孩帶上船的疤臉男人。他油膩的嘴對薇芙莉微笑，薇芙莉縮手沒有拿自己盤子上的食物。

安妮．馬瑟舉起一隻手，「女孩們，我有星空者號的消息。」房間陷入沉默，所有的女孩都看著她，等待著。薇芙莉覺得每個人都屏住自己的呼吸，整個屋子靜悄悄的，只有疤臉男人的指甲來來回回在大腿褲子上摩擦。

「我們找到一些殘骸，親愛的，」安妮．馬瑟說道，「恐怕情況不太好。」

幾個女孩開始抽泣。

「妳是什麼意思，殘骸？」莎菈問道，她的臉上毫無表情。

「我帶妳們去看看，跟我來吧。」安妮．馬瑟舉起手，幾個小女孩向她走過去，她帶著她們走出了房間。

薇芙莉牽起塞拉菲娜，她在哭。其他女孩跑向馬瑟，拉著她的衣襬，不斷問著問題。整個過程就像作夢一樣。女孩們跟著馬瑟和她的同伴通過走廊，和星空者號的走道極爲相似。這是薇芙莉第一次離開餐廳，走在和家園那麼相似的地方，讓她心痛。

他們左轉到了太空船的左舷，雙扇門在他們面前打開，他們又到了太空梭航站。

薇芙莉倒抽一口氣。這裡簡直和星空者號航站一模一樣，放置著太空梭和單人艇。當她走向氣閘，那一場射殺的回憶湧入她的腦海，她望向那一艘最接近門口的太空梭，就在那裡，她最後一次見到齊倫，當時他和塞思求她不要上去。如果她聽他們的話就好了。

突然，她非常想念齊倫，簡直無法呼吸。

安妮·馬瑟示意女孩們站成一圈，圍在一塊看起來像是石頭的東西，但薇芙莉明白那是一塊融化的金屬。

「在我告訴妳們這是什麼東西以前，我想說，我們仍然持續在尋找妳們的家人。」女孩們圍成一圈盯著地上這一大團東西。那個男人拉過一張凳子面朝圓心，安妮·馬瑟坐了下來，雙手放在膝蓋上，一臉遺憾的表情。

「這是我們找到的第一片殘骸。經過測試，我們證實它屬於星空者號的船殼。我很難過，但這可以證明星空者號炸毀了。」

有人哭了出來。薇芙莉認爲這個哭聲聽起來像法拉西蒂，但她不想回頭看。她感到一陣反胃，必須集中精神才能好好站著、呼吸。這塊金屬烙在她的心中，強迫她面對她的家園也許已毀的事實。

安妮·馬瑟拍了拍手，讓大家注意她。「我們沒有放棄希望，船上可能有許多倖存者登上太空梭，我們還在尋找，但我想我們都必須做最壞的打算。金屬熔成這樣，表示有一場熱核爆炸，可能來不及讓全船的人疏散。」

四壁迴盪著女孩的哭喊聲。薇芙莉的母親、齊倫、塞思……每個她所認識的人，都化爲灰燼了。他們痛苦嗎？

她回不去了，幾天來的恐懼和悲傷充斥在她的內心，她用手摀住臉，哭了起來。

「女孩們，妳們要有信心，」安妮．馬瑟說道，「要在這團星雲裡搜索是很困難的事。我們的雷達範圍有限，但我們仍在尋找任何飛行器的蹤跡。他們也許還在外面。事實上，我相信他們還在。」

女孩們安靜下來，滿懷希望地看著馬瑟。即使薇芙莉也相信她的說法，希望馬瑟和她的船員能夠成功地搜救星空者號的親人。

但薇芙莉眼角的餘光看到莎曼珊嚴峻的神情。

別相信她，她似乎正在這樣說。於是薇芙莉點點頭，她擦乾眼淚，堅持地抱著希望。不是安妮．馬瑟給的那種渺茫希望，而是她自己的希望。

她覺得有人在拉她的衣服。塞拉菲娜用力咬著嘴唇，唇邊留下紅色血絲。薇芙莉抱起她，用嘴形對她說道：「不會有事的。」

塞拉菲娜疑惑地看著她，但牙齒已經鬆開流血的唇。

安妮．馬瑟舉起手，讓女孩安靜聽她說話。「在我們發現倖存者之前，有一件事我想問問大家，妳們喜歡這裡的食物和床嗎？」

女孩們搖搖頭。阿曼達．妥賓斯抬起一隻手說道：「我的被子讓我發癢。」

「妳們想不想有自己的床？自己的房間？有更好的毯子？」

薇芙莉舉起一隻手，大聲說道：「我喜歡我的朋友，我不希望和她們分開。」

正如她所料，女孩們大哭，薇芙莉看到幾個朋友抓住彼此，害怕被分開。安妮．馬瑟盯著薇芙莉，一副了然於心的樣子。

「好吧，」女人不在乎地說道，「妳們不願意就算了。在有其他更好的安排以前，妳們可以留在宿舍。這一段期間，妳們想看看船上其他地方嗎？我認爲應該早點帶大家參觀。」

薇芙莉看到馬瑟在疤臉男人的扶持下，掙扎著抬起她的腳。男人自己也走得很慢，像護士，像馬瑟，像昨天晚上的舍監那樣。這條船上的每個大人似乎都十分虛弱疲憊。

薇芙莉突然想起來了。他們這麼虛弱一定是有原因的，也許她可以利用這一點。天啊，她知道了，只是她得好好思考。

「親愛的……」薇芙莉感到一隻手握住她的手肘，轉頭，看到安妮·馬瑟向她微笑。「我們可以私下談談嗎？」

「談什麼？」薇芙莉問道。這個女人碰她時，讓她渾身起雞皮疙瘩，但薇芙莉任由這個老太太勾住她的手，走向走廊的一頭。

「我需要妳的意見。」

薇芙莉沒有答話，馬瑟開口繼續說下去。

「妳先不要參觀太空船，和我喝杯茶吧。」女人對薇芙莉微笑，她發現自己也報以微笑，看起來幾乎是發自內心的笑。「我認爲妳和我應該更了解彼此一些才好。妳是個聰明的女孩，我肯定妳心裡有很多疑問。」

「也好。」薇芙莉說道，希望她的聲音沒有透露出她的一顆心正狂跳不已。

10 過去

安妮．馬瑟把薇芙莉帶到像星空者號艦長辦公室那樣的地方，只是這個房間有女性氣息。刺著聖經內容的繡花毯掛在牆上，金光閃閃的；一隻木雕鴿子在辦公桌上。顯然這是馬瑟的辦公室，她是這艘船的艦長，但薇芙莉注意到沒有人叫她艦長，他們都稱她爲牧師。

辦公桌上有一個陶壺，馬瑟給薇芙莉倒了一杯茶，然後給自己倒了一杯，她靠在椅背上，望向大窗。薇芙莉看到她柔和的側面，覺得她是故意要擺出這一副姿態。

「剛剛進到星雲裡時，我覺得它很美，妳呢？」

薇芙莉看到一道紅寶石顏色的氣體飛過窗口。這一個區域的雲是比較密集的，能見度幾乎爲零。「我想念星星。」薇芙莉嘆了口氣。

「是的，我有同樣的感覺。」

薇芙莉喝著茶。即使是這樣的小事，她也不願和馬瑟一樣。

「洋甘菊，對神經很好。」馬瑟從杯緣上盯著薇芙莉。女孩看著她，她喝了一口，然後偏著頭，彷彿薇芙莉身上有什麼新東西。

「我忘記年輕的面孔有多美了。眞的，妳眞漂亮。」

「爲什麼這條船上沒有孩子？」薇芙莉問道。這不是她最迫切的問題，但她有一種感覺，這是整個事件的關鍵。

馬瑟毅然地把杯子放下，「妳有多了解瓊斯艦長？」

「我每天都看到他。」

「他是一個……正直的人嗎？」

薇芙莉垂下眼睛，「他是一個優秀的領導人。」

「的確，富於魅力和智慧。但他是個好人嗎？」

「是的。」薇芙莉撒謊，不願意回想每次經過走廊時，他總是上上下下地打量著她。當薇芙莉漸漸長大成熟，她發現自己不喜歡星空者號的許多男人。

「離開舊地球前，我和他一起受訓。我猜妳不知道。」

薇芙莉不知道，但她看著馬瑟，沒有說話。

「氣候學家在設計太空船的生態系統時，我們在同一個人造生物圈裡，在一個小組裡共事過四年。」

薇芙莉拿起茶杯，喝了一口。茶加了蜂蜜，很甜。她舔掉嘴唇上的茶。

「我不跟妳談細節，薇芙莉，但艦長和我處不來。」

「爲什麼？」薇芙莉說道，盯著杯底的茶葉。

「我們在道德觀上有非常大的歧異。我指的是正派不正派。」最後一個字是從女人的齒縫間繃出來的。「他認爲，人們可以對他們所喜歡的人做任何他們想做的事。但我不覺得。」

「妳指的是性？」

馬瑟苦笑了一下，「不完全是。」

薇芙莉又喝了另一口茶，她感到不安。

「妳不相信我，是吧？」

這些話讓薇芙莉十分吃驚，但她努力隱藏。「不相信什麼？」

「我們把女孩帶來的原因。」

薇芙莉聳聳肩。

「我不怪妳。」女人站起身來，望著玻璃窗，手指在背後纏繞著。「我沒有告訴妳全部的故事，我們必須先救女孩是有一個理由的。」馬瑟走向桌子，指尖捏住薇芙莉顫抖的手。「妳們在星空者號是不安全的。我們知道妳們這批比較大的孩子會漸漸成爲年輕的成熟女性，我們不希望妳們經歷我們所經歷的一切。」

「誰是『我們』？」

「我自己、瑪格達、露絲，就是昨晚照看妳們的舍監。還有其他人。這些女人年紀比較大，記得瓊斯艦長眞正的面目。」

薇芙莉盯著大窗，外面什麼都沒有。她不想聽這些。

馬瑟重重地坐在書桌上，向薇芙莉俯身。「我不知道該怎麼跟妳描述和瓊斯艦長以及他的朋友在同一個生物圈是什麼樣子……」她的目光專注於薇芙莉的眼睛。「告訴我，星空者號上有沒有男人讓妳感到……害怕？」

「沒有。」薇芙莉說道，不願去回想和梅森．阿德凡爾在花園裡見面時，他那種油腔滑調的說話方式。「每個人都……都……眞的很好。」

「眞的嗎？但在這個生物圈裡的女人倒有非常不同的經驗。」

薇芙莉沒說什麼。

「先是讚美。瓊斯艦長……嗯，當時他只是一個中尉。大家一起吃飯的時候，他會讚美我的眼睛有多美麗之類的。」薇芙莉的表情讓馬瑟一笑。「妳現在也許不相信，薇芙莉，但我曾經是很漂亮的。他的關注讓我覺得受到奉承。不久，其他人也紛紛效法，在生物圈的所有女性都得到大量的讚美。一開始，我們是很開心的。」

女人單手撐起身體一部分重量，從桌子上起身，木頭吱吱作響。她回到自己的椅子上，嘆了口氣。

「一段時間以後，這些恭維似乎在性質上有所改變。我怎麼形容才好呢？當我向瓊斯報告一些樹苗的進度，他會說我的襯衫有多漂亮，打斷我的話。只是我清楚他指的不是我的襯衫。」她拉了拉自己的外套，用顫抖的手撫平衣服上的皺褶。

「接下來，不管我做什麼事，都會有人打斷我，說我有多麼美麗。然而……」她沒有把話說完，臉轉向窗外。「口氣卻改變了。」

薇芙莉忍不住想聽下去。她的確得到星空者號裡許多男人的阿諛，瓊斯艦長一直說她的腰是多麼細，而她的感覺就和馬瑟一樣，覺得他指的不是她的腰。中央委員會那些男人似乎用一種打量的目光在看她，而瓊斯艦長也彷彿默許星空者號裡的男性對女孩的這種行爲。

也許瓊斯艦長選擇的都是和他思想作風十分接近的船員。

「然後，男人不再聽我們說話，」馬瑟接著說下去，「我記得有一天晚上，我們在餐廳吃飯，露絲向瓊斯中尉提出關於水質檢查設施的一些建議。沒有任何男人有所回應，他們繼續互相交談，好像根本沒有聽到似的。她又重複了一遍，我甚至叫他們，但他們不斷地笑，彷彿我們根本不在那個房間裡。那時我開始感到害怕。」

馬瑟給自己倒另一杯茶，薇芙莉注意到杯裡的水在抖動。馬瑟喝了幾口，把杯子放下來。

「第一個是露絲。」

「什麼第一個？」

「他們叫它『派對』，我無法向妳描述這件事如何改變她。她從一個充滿活力的年輕女人變成——」

「怎麼回事？」薇芙莉喊道，「妳到底在說什麼？」

一個守衛看了房間一眼，但馬瑟揮手讓他走開。

「我想妳知道我在說什麼，薇芙莉。我從妳的表情可以看得出來。」

「我不知道……」

「不，妳知道。妳知道我在談的那群男人，他們是誰，還有他們是怎麼想的。妳知道！」馬瑟往辦公桌上捶了一拳。「他們都是這樣對待船上的女人的。」

「我不相信。」

「我們談的無關乎暴力，這就是棘手的地方。他們的手段是哄騙、戲弄、乞求、洗腦。他們說我們要建設一個新社會，一切舊規則已經不重要了，我們要激發我們的潛力，確定會有很多嬰兒出生。他們大言不慚地聲稱這一切都是關於繁衍後代的問題。

我們軟化了，每一個人都放棄抵抗，不再拒絕。我想，是出於恐懼。但最重要的是，我們迫切希望被選爲太空船的一員。」

女人笑了，笑容裡有著苦澀。「如今人們把舊地球浪漫化了，但相信我，我們離開的時候，那裡的確是一個可怕的地方。整個地球已經完全變成沙漠，很難在那裡生活，女人更是如此。我們需要讓自己看起來可以合作、融入。所以我們做了我們認爲必須做的事。我們……」女人嘆了口氣，聲音聽起來很遙遠似的。「我們順從他們。」

薇芙莉突然察覺引擎在腳下的震動，周圍的空間似乎被扭曲，她整個人像上下顛倒了過來。

「這還不是最糟的。」女人苦澀地一笑，「當兩艘船分別都有生育的問題時，妳可能還記得星空者號的研究小組有所突破。」

薇芙莉的雙手環抱住自己。

「他們把處方傳給我們。那是一種刺激卵巢的藥物。嗯……」突然，女人垂下臉看著自己的手。當她抬起頭來，眼眶泛紅。「他們寄來的這個處方破壞了我們的卵巢。他們殘害我們。」

「那是不可能的。星空者號的人不會做這種事。我的父母……」

「也許不是妳的父母，但也許是艦長核心圈子的那群人。妳確定他們不可能做這種事？」

薇芙莉搖搖頭。她想起艦長和梅森．阿德凡爾一起笑起來的樣子。他們是令人厭惡，但他們會這麼做？

「如果妳要的話，我可以把記錄給妳看，薇芙莉。」

「但，這太瘋狂了。爲什麼他們要讓妳們不孕？」

「權力。他們從來都不喜歡我們在新地平線號所做的事。我們崇信宗教，而比較少……我相信他們稱之爲『自由思想』，我認爲他們想讓新地球成爲他們想要的自由社會。」

馬瑟打了個寒顫，「我不能讓他們這樣做，這不只是關乎我們的未來，薇芙莉，這也是妳的未來，以及到新地球去的每一個世代女性的未來。妳明白情況有多危急了嗎？」

薇芙莉充滿憤怒。她恨馬瑟讓她懷疑自己，但她眞的懷疑。

沒辦法，這個女人的故事是合理的，甚至和她自己的感覺吻合，船上年紀大一點的女人似乎對這些男人不滿。許多次薇芙莉自己的母親便摟住她的肩膀，要她答應如果有任何男人騷擾她，一定得告訴媽媽。媽媽從來沒有說清楚到底是什麼事讓她擔心，但薇芙莉知道，她的母親試圖保護她。

馬瑟的故事印證了這些事。

「我看得出來妳遇過這種麻煩，薇芙莉。雖然我不願意讓妳痛苦，但我眞的認為妳有必要看看這個。」

那個女人把螢幕轉到薇芙莉面前，按下一個按鈕。螢幕出現一個年輕的瓊斯艦長，對安妮・馬瑟說話。沒有鬍子的他看起來怪怪的。他的臉頰瘦削，眼睛似乎更藍一些。

「安妮，」他說，「我不知道妳希望我們怎麼做。星空者號已經傳送我們的研究過去，我看不出還能怎麼幫助你們。」

「你給我們傳送的是什麼該死的研究，」年輕的馬瑟呸了一聲，「你毀了我們。」

「這一定是實驗室出錯。」

「不。你傳來的處方是特意設計來破壞我們的生育能力的。」

「我們討論的是錯置的苯酚分子，安妮。一個簡單的錯誤。」

一個令人不安的沉默，然後馬瑟的聲音變得空空洞洞，她氣得發抖。「你怎麼知道苯酚的事？我沒有告訴過你。」

「我們一聽到你們的問題，就立刻檢查了。」艦長緊張地舔舔上唇。好一會兒，他好像很害怕的樣子，但後來五官一扭，變成憤怒。「妳知道妳在指控我什麼嗎？」

「我當然知道。現在我希望你做一些補救。我們需要盡快會合，讓你的一些家庭到新地平線號來，否則六十年內，這艘船上的人便會全部死去了。」

「會合是不可能的。你們領先我們一光年的距離！」

「你可以加快速度。如果我同時減速，可以在幾年內會合。」

「妳知道這會對我們的人造成什麼影響嗎？」

「不要忘了，這個引力還是比地球的引力小得多。我們的身體承受得了的。」

「我們一生都處在低重力的狀態下，現在要做這樣大的改變，不，我不能要求他們這麼做。」

「你一定得做！不然我就將你的罪行向地球上有關當局報告，他們會發動兵變的。」

「他們沒辦法傷害我的，安妮，妳很清楚。」

「所以你承認了，你承認你是故意破壞我們！」

瓊斯艦長的臉上露出一個邪惡的表情，他用食指指著螢幕。「聽著，妳這個冷酷的潑婦，我不會冒著船員健康受損的風險，滿足妳的偏執及妄想。」

「我再問一次，你是怎麼知道苯酚這個事的，艦長？如果不是你故意傳送這個該死的錯誤處方，你怎麼知道？」

艦長苦笑，「有關係嗎，安妮？成不了新地球的先知，讓妳憤怒？」

馬瑟按下一個按鈕，艦長的影像停格。他臉上扭曲的表情令薇芙莉驚恐。「妳看到了，」馬瑟說道，「我們別無選擇。我很遺憾妳和這群女孩們被捲了進來。但我們的目的是生存。」

薇芙莉不想採信馬瑟的故事，但影像中的艦長似乎有些問題，安妮．馬瑟也是。

「那麼船艙失壓的事，完全是一個謊話，」薇芙莉說道，「這才是妳挾持我們的目的。」

「不，我沒有撒謊。的確是減壓了，這只是加速了我們的行動。我們沒有時間進行協商，我們必須馬上救援妳們，不管利用什麼手段。」馬瑟閉上眼睛，彷彿爲回憶所苦。「我們嘗試避免傷害人命，但看起來我們是失敗了。」

兩個人隔著辦公桌互相對視，彼此打量。

「我想今天談得夠多了，親愛的。妳還有很多事要知道。」

馬瑟掙扎著站起來，陪薇芙莉走到門口，她的手放在女孩的背上。薇芙莉覺得很迷惑，她希望跑掉，跑到船上一個人都沒有的地方，再也不要有誰找到她。但她只能跟著守衛們，沿著走廊，向電梯走去。

馬瑟所說的一切，像飛快旋轉的陀螺混亂薇芙莉的思緒，她一邊跟著警衛往前，一邊想找出馬瑟故事的漏洞，但她找不到。

事實上，根據她自己的經驗，她相信這個女人所說的關於瓊斯艦長在人造生物圈對女性的態度。不過，她不信任馬瑟。絕不能。

她幾乎沒有注意到，引擎進到一個較高的轉速，地板震動。人工引力上升一個級數。當她抬起一隻腳的時候，覺得自己變得沉一些，她再抬起一隻腳，思索牧師說的話。守衛似乎也感覺到了。他們弓身走著，呼吸困難，汗珠沿著頸後流下。太空船剛剛一定加快了速度，所以人工重力也增加了。

薇芙莉停住腳步。

重力。她完全了解了。航站那塊金屬不會是從星空者號來的，新地平線號根本沒有在搜索什麼星空者號的倖存者。最重要的是，薇芙莉終於明白為什麼太空船上的人都病懨懨的。

「快。」其中一個守衛氣喘吁吁地說道。

薇芙莉跑上前去，他們在電梯那裡等待。

電梯門打開，她和守衛進去。

她確定星空者號還在，她已經找到回家的鑰匙。

11 榕樹

薇芙莉在熱帶作物艙遇到其他女孩。

雖然太空船的其他地方和星空者號十分相似，但農業站卻完全不同。咖啡樹幾乎是薇芙莉習慣的兩倍大。

事實上，所有新地平線號上的植物似乎都生氣蓬勃。導覽員，一個五十歲的小個子，聲音溫和，用自豪的語氣談起船員如何成功地實驗出施肥技術，提高百分之二十的作物產量。

薇芙莉假裝關心地走在女孩中間，然後到了莎曼珊和莎菈身後。

「那條母狗把妳帶到哪兒去了？」莎菈壓低聲音說道。

薇芙莉很感謝這個女孩是如此生氣勃勃。她小小的身子讓薇芙莉想起樹苗：如果你把它彎折得太厲害，它會彈開來，打到你臉上。

薇芙莉認爲自己低估了莎菈。她在學校一直喜歡唱反調，但顯然這個麻煩製造者的背後有著清醒的頭腦和鋼鐵的決心，薇芙莉非常欣慰。

「她帶我到她的辦公室去談了談。」薇芙莉低聲說道，目光望向兩個滿身是汗、站在導覽員身旁的守衛，他們慈愛地笑著，一邊放慢自己的呼吸。

法拉西蒂站在一旁，手指摸著脖子上的一條項鍊。薇芙莉以為兩名守衛和導覽員會像星空者號的男人一樣，對法拉西蒂流露出渴望的目光。但他們幾乎沒有瞟她一眼。事實上，他們熱情地對一些坐在地板上的小女孩微笑。

「這裡的男人不大一樣。」她低聲說道，莎菈和莎曼珊不解地望著她。「妳們有沒有……」薇芙莉閉上嘴巴。因為導覽員停止解說，望著她，等她專心。然後他轉身指向一株香草，薇芙莉又繼續談下去，「妳們有沒有覺得星空者號的男人很怪？尤其是船長的朋友？或者中央委員會的人？」

「妳為什麼這麼說？」莎曼珊疑惑地問道，「今天到底發生了什麼事？」

「妳們幾個女孩有什麼事要和我們大家分享嗎？」導覽員喊道。其他女孩的目光轉向她們三個。薇芙莉張嘴想說一個藉口，但，莎曼珊已經發話了。

「我們想知道那是什麼樹。」她指向房間一些巨大、外形扭曲的樹，沿著艙邊站成一排。「星空者號沒有這個東西。」

導覽員似乎很高興，「這些都是榕樹，我們有很成功的樣本。跟我來。」

這個人和守衛帶領女孩穿過一排排花生，走到榕樹前，它們的根深深地陷入沼澤的泥土裡。這些樹和薇芙莉所見過的完全不同。它們有著粗大的鬚根，從樹根伸出，交織纏繞成為一個粗幹，然後散開朝天花板延伸成枝枒。

「這些是舊地球最美妙的生物之一。」生態學家讚嘆地說道。

「好像很適合攀爬。」莎菈建議，其他女孩們都同意。

「這倒是！妳們爲什麼不試試看？妳們聽我說了好長一段時間，我們休息一下，大家可以到處走走看看，就是不要離開房間。」他向一個守衛點點頭，這個人按了一個遙控器的按鈕，薇芙莉猜他鎖了門。

薇芙莉走向最近的一棵榕樹，拉住一根較低的樹枝。莎曼珊跟著她，莎菈則輕巧地爬上一根較高的枝枒。導覽員和警衛看著最小的幾個女孩，她們歪歪倒倒地走向一處向日葵。

「妳剛剛沒聽到，」莎曼珊說道，眼睛陰鬱地望向三個看守她們的人，「我們全都被邀請去加入他們所謂的『家庭時間』。」

「那是什麼？」薇芙莉問道。

「今天晚上我們各自和不同的家庭吃飯。」莎菈苦澀地說。

這讓薇芙莉深自警惕：不管馬瑟怎麼了解瓊斯艦長和他的核心幕僚，都改變不了她把這些女孩從自己家人身邊奪走的事實。這是無可原諒的。「我思索出一些重要的事情，」她對朋友說道，「妳們兩個有沒有注意到這裡的人都病懨懨的？」

「是，」莎曼珊若有所思地說道，「有點奇怪。」

「我想我知道是爲什麼，」薇芙莉說道，「他們把船速慢下來，等候星空者號。」

「所以呢？」莎曼珊揉了揉她的圓鼻，抽鼻了一下，每次她這麼做便顯得焦慮而凶悍。

「那麼，妳覺得他們減速多久，才等到星空者號？」

莎菈不耐煩地聳聳肩，「幾個星期吧，我想，就看星空者號的速度有多快。」

「錯了。他們慢下來好幾年，我們才趕上。記得物理課老師們是怎麼說的嗎？」

莎菈茫然地想了一會兒，接著說道：「是的！每一年我們比前一年多走幾百萬公里，因爲我們的速度在加快。」

「對。而且每一年，星空者號和新地平線號的距離會越來越遠，因爲這艘太空船比我們整整早一年發射。而我們幾乎到了旅程的中站，所以現在應該是我們有史以來最遠的時候。所以，想想兩艘船之間的距離。」

莎菈看著頭頂上的葉子，仔細思索。「但這和他們的虛弱有什麼關係？」

「他們必須放慢速度讓我們趕上。記住，我們有重力就是因爲加速度的慣性。」

莎曼珊先聽懂了，「因此，過去的幾年裡，他們放慢速度等候我們，所以……」

「他們的重力太小。或者，根本就沒有。」薇芙莉替她把話說完。

「但爲什麼他們不調頭，朝相反的方向推進？」莎曼珊問，「這樣會快一點和我們會合。」

這問倒了薇芙莉。當然，那是原先的計畫。到新地球的半途，兩艘船都應停止加速，調轉方向，讓推進器朝新地球的方向，逐漸減速。隨著船舶朝相反的方向，放慢速度，會創造一種像加速時的重力感覺。那麼，新地平線號爲什麼沒有這樣做呢？薇芙莉不懂了。

「也許是因爲星雲。」莎菈低聲說道。

「噢，我的天啊，妳說得對，」薇芙莉說道，「在星雲裡發動攻擊，是一個最完美的時機，這樣星空者號就不能用雷達追蹤，把我們救回來，所以，他們棋高一著。」

「而瓊斯艦長可能一直不知道他們要來，直到他們已經到了我們面前，」莎菈說道，「這是出其不意，攻其無備。」

「但，爲什麼不在一、兩年前發動攻擊？」莎曼珊問道，「在我們剛進入星雲時？」

「太空船不是設計用來在零重力狀況下運作的，」莎菈簡短地說道，「植物和動物會無法生存。」

「所以他們一進到星雲便盡可能放慢，」薇芙莉想像時間和廣闊的距離，「一年半前星空者號穿越星雲……」

「所以他們在這裡等超過一年半以上了！」莎菈說道。

「這些年造成他們肌肉萎縮，」薇芙莉高興地說道，「可能永遠不會復原。」

莎曼珊點了點頭，「因此，比較起來，我們的力氣要大一些。」

「我認爲我們的力氣要大許多，」薇芙莉說道，「但還有一件事情，自從我們來這裡後，幾乎都是接近標準重力，不是嗎？」

「差不多，」莎曼珊說道，「一開始我覺得輕一些，但大多數情況下，幾乎是正常的。」

「因此，他們是怎麼取得星空者號殘骸的？爲了維持固定重力，他們不能停船再啓動，或是改變方向。」

莎曼珊低呼一聲，鬆了口氣。「我就知道他們在說謊，但妳說得對，如果星空者號爆炸了，我們早就離殘骸很遠了。」

「所以那塊金屬是騙人的。」薇芙莉說道。

淚水從莎菈的雀斑臉頰流下，「感謝上帝。」

莎曼珊細長的臉顯得剛硬，「這條母狗。」

「還有一件事，」薇芙莉深吸一口氣，「這艘船上沒有任何孩子。」

兩個女孩警戒地看著她。「妳是什麼意思？」莎菈問道。

「我的意思是，他們的生育問題從未得到解決。」

三個人環視著漫步在花園裡的所有女孩。薇芙莉很想拉著那些小女孩就跑，跑到一個安全的地方。她知道莎菈和莎曼珊也在想相同的事。

「這就是他們爲什麼只帶走女孩的原因。」莎菈的聲音顫抖，臉色蒼白。

「越來越多人開始信任她了，」莎曼珊說道，「我們需要擬定一個計畫。」

「我們怎麼計畫？他們打算把我們分開！」莎菈說得太大聲了，薇芙莉看到敵人走到榕樹附近，她們可能被監聽中。

「沒事的，」薇芙莉大聲說道，然後又壓低音量，「我們只要想出互相聯絡的方法。有沒有主意？」

兩個女孩著急地望著薇芙莉，「在徹底了解他們到底打算怎麼對付我們以前，我們是做不了什麼計畫的。」莎曼珊氣憤地說道。

莎曼珊是對的。被困在這條船上，接下來又發生種種事情，薇芙莉的內心被憤怒所淹沒。前幾天，她最大的煩惱便是要不要嫁給齊倫。那天，她應該毫不猶豫地答應的。是的，齊倫，我會嫁給你，我愛你。他想聽到這句話，她應該告訴他。

「好了，休息時間結束。」導覽員說道，女孩們又走到他身旁。

「我們得想出一個辦法。」薇芙莉低語，莎菈開始往下爬。

接下來是參觀糧倉和果園，一切都收拾、修剪得很完美，最後回到宿舍。

一旦女孩們獨處了，大家的心情又變得沉重，她們的腦海浮起安妮·馬瑟今天早晨給她們看的那塊扭曲的金屬，有幾個人蜷縮在自己的小床哭泣。

莎菈到每一個女孩耳邊竊竊私語，她們的臉又變得開朗。薇芙莉知道自己必須解釋爲什麼那塊金屬不可能來自星空者號，馬瑟就不能這麼輕易控制她們。

不久，兩個人拿著幾個托盤的食物進來，他們的臉因爲食物的重量而通紅。他們離開後，薇芙莉拿起那些對敵人而言十分沉重的托盤。不可思議，實在太輕了。

薇芙莉發覺法拉西蒂坐在屋後她的床邊，面對窗子。窗外發光的星雲看起來令人窒息。她們離星空者號有多遠？她們怎麼能從這一團粉色的雲泥中找到自己的家？

薇芙莉走向法拉西蒂，一隻手放在她的背上，坐在她身邊。

「妳要幹什麼？」女孩忿忿地問道。

薇芙莉沒有回答，她靠在朋友身上。「有一次，」薇芙莉說道，「在星空者號，梅森·阿德凡爾想吻我。」法拉西蒂的耳朵似乎豎直了，但眼睛依然盯著窗外。

「我給了他一巴掌，摑得他嘴唇流血。」

「他就算了？」

「當時我們在電梯裡。門剛好打開，有人走進來。」

「妳很幸運，」法拉西蒂臉上露出一抹淒涼的笑，「那傢伙……」

薇芙莉屏住呼吸。告訴我發生了什麼事，法拉西蒂，讓我幫妳。

法拉西蒂想了好一會兒，然後把頭轉開。

「妳受到傷害了，是嗎？」薇芙莉輕聲問她。

「我不會跟妳談的。」

「爲什麼？也許會有幫助。」

「只能忘了，假裝沒有發生過。」

「我不這麼認爲。」她伸出手，輕輕握住朋友的手腕，但法拉西蒂把手埋進裙子裡。「告訴我發生了什麼事。」

「如果妳的男友不是艦長的愛將，」法拉西蒂呸了一聲，「妳就知道發生什麼事了。」

這個話刺痛了薇芙莉，但她不生氣。「法拉西蒂，我想幫妳。」

「現在齊倫不在，妳就有時間來幫我了，是吧？」

「妳在說什麼？」

「拜託，薇芙莉。別裝了。只要齊倫一出現，妳從來沒有時間理會任何人的。」

「我沒有。」

「是眞的。所以不要假裝妳很關心。我可以一直隱忍下去，不需要對任何人說——」

「也沒有跟父母說？」

「我爸不能處理的，薇芙莉。他會崩潰，要不然就是鬧到被殺死。」

「但是，妳媽媽——」

「告訴我避開他們。而我們在外太空一個密閉的金屬鐵盒裡！」

「他們？是指誰？」

「無所謂了。」

法拉西蒂的身子倚著厚厚的玻璃窗，嘴邊微微皺了起來。薇芙莉看到她的唇角有著淚滴。她了解法拉西蒂．維根，但她卻無法說些什麼來幫助她。

「如果妳不想回家，我也不會怪妳。」薇芙莉說道。

「這裡和家有什麼不同？」

「可能不同。妳打算留下？」

「妳太天眞了。」法拉西蒂輕蔑地一笑，「妳看不清楚他們的本質？他們是動物。每一個都是。」

「法拉西蒂。」薇芙莉抓起女孩的手，用力握住。法拉西蒂抬起眼睛望著薇芙莉。「我們也是動物。我們可以反抗。」

法拉西蒂猛地把她的手推開，「妳這個傻瓜，妳怎麼反抗都沒有意義。」

「對我有意義。」薇芙莉低聲說道。

「那妳去反抗吧。」法拉西蒂回頭呸了一句。

薇芙莉站了起來，緊握拳頭，「我會的。」

12 家庭時間

負責接待薇芙莉的家庭是阿曼達和約西亞．馬文，他們比她更緊張。阿曼達長長的手指顫抖著，約西亞不斷地經過一張擺著工具和滿是刨花的凌亂工作檯邊，進進出出檢查食物。

「妳看到了，約西亞有一個嗜好。」阿曼達笑了，皺紋從她綠色的眼睛延伸開來，但她有一副溫柔善良的面孔，讓人忽略她的年紀。她指了指掛在牆上的幾把木雕樂器，是各種不同款式、形狀和大小的吉他，有一種質樸的美麗。

「約西亞做的。他是一個了不起的音樂家，他為大會彈琴。」

「大會？」薇芙莉問。

「佈道大會。我們都會出席。」

「我明白了。」

阿曼達指著一張凳子，薇芙莉坐了下來。「我無法形容看到這樣青春的面孔有多麼開心！我幾乎忘了年輕的皮膚是什麼樣子了。」阿曼達身體前傾，彷彿想摸一摸薇芙莉的臉頰，但女孩往後一縮。

薇芙莉警惕地看著女人的臉龐、高高的額頭和突出的顴骨，心裡琢磨著怎麼從她身上套出一點有用的訊息。「今天和安妮．馬瑟喝茶，她也說過同樣的話。」

「感謝馬瑟牧師。」阿曼達十分開心。「我不知道沒有她我們該怎麼辦。新地平線號上的每個人都是如此沮喪，直到她當上……直到她被選爲領導人。」

「我注意到大家稱她爲牧師。在星空者號我們叫艦長。」

「一開始，我們也叫艦長，」阿曼達一副很苦惱的樣子，「以前是塔克馬拉艦長。」

「他去哪兒了？」

阿曼達搖搖頭，「生病了，很嚴重，他其實不算太老。」

「但不是應該由他的首席幕僚完成他的任期嗎？」

阿曼達看了看廚房門口，彷彿希望約西亞會進來幫她答話。「嗯，事實上，萊利指揮官在艦長放棄太空船指揮權的幾個星期前便自殺了。」她眨了眨眼睛，擠出一個微笑。

「於是安妮．馬瑟接手？」

「是選出來的，」阿曼達說道，「教會長老選的。」

「長老？」

「我相信妳們船上叫中央委員會，是嗎？」

「我以爲如果首席幕僚無法接任，會有一場普選，每人都能投票。法律不是這麼規定嗎？」

「哦，」阿曼達咯咯一笑，「我不懂政治的，對吧，約西亞？」

約西亞進到房間，拿了一盤熱氣騰騰的燉蔬菜上桌。「這是眞的，薇芙莉，阿曼達不太管這種事。她是一個藝術家。」

薇芙莉看著桌子上方的畫。是一個小女孩的畫像，有紅潤的臉頰和鬈曲的黑髮。「妳畫的？」

「是的，我畫的。妳猜是誰？」她問薇芙莉，眼睛閃著光芒。

薇芙莉盯著蘋果般的臉頰，尖尖的下巴，飽滿的額頭，胖胖的身體。她一顆心下沉，「是安妮．馬瑟，對吧？」

「三歲。是不是很漂亮？」童稚的目光顯得美麗而天眞，粉紅色的嘴唇像玫瑰花蕾，胖嘟嘟的小手拿著玉米。她的確是一個美麗的孩子。

「我喜歡畫孩子！這原來……是一種治療。當然，我還沒有畫過眞的孩子，」阿曼達說道，「這是牧師借給我的小時候照片。」

「眞的畫得很不錯。」薇芙莉說道。她想相信這個女人完全不知道在星空者號上發生的那一場殘酷殺戮，因爲她本能地喜歡這個女人。

她也喜歡約西亞，他比阿曼達矮一些，有一雙大大的棕色眼睛和厚實的灰色頭髮。阿曼達說話的時候，他在屋子裡忙東忙西的，但似乎總是空出一隻耳朵留意自己的妻子，聽到她的話，他會微微一笑。他們彼此相愛，薇芙莉看得出來。

約西亞的頭朝桌子一點，「喝湯，小女孩。」

約西亞舀了一碗美味的湯給薇芙莉，湯裡面漂著大塊的花椰菜、番茄、蘆筍。薇芙莉從面前的籃子裡拿了一塊酥皮麵包，把它泡在湯裡，她餓極了，但一根手指溫柔的碰了碰她的手肘。

阿曼達寬容地對她一笑，「我們有我們的習俗。」她說，然後閉上眼睛。「親愛的主啊，感謝祢把薇芙莉安全地帶來給我們。我們非常感謝祢把這些孩子帶來我們身邊。」

薇芙莉放下湯匙，眼睛低垂。她這一生從來沒有感謝主的恩典。據她所知，星空者號沒有人這麼做，即使齊倫和他的父母也不曾。她覺得古怪不安，但她像約西亞和阿曼達一樣，把手放在自己的腿上，直到他們說「阿門」。

薇芙莉吃了一大口麵包。「眞是太好吃了。」她的嘴巴塞滿了，然後十分羞愧，覺得自己不懂禮貌。這就像是和一個普通的家庭吃一頓普通的飯菜，她不得不提醒自己是一個俘虜。

「妳喜歡今天參觀的花園嗎？」約西亞問道，他把麵包剝成小塊，丟到湯裡。

「很美。」薇芙莉說的是實話。新地平線號裡的花園要比星空者號的好得多。雜草很少，小麥長得很直，玉米更加翠綠，莓果更大更飽滿多汁。她猜是因爲沒有孩子要照顧，這艘船上的人可以專心農作。「我們在榕樹上玩。」

「我小時候也很喜歡爬樹。」阿曼達笑了。「妳能想像約西亞和我小時候的樣子？當我們被帶到新地平線號上時，我四歲，他六歲。」

「所以妳還記得地球？」薇芙莉問道，十分神往。她喜歡聽到關於地球的一切，還有藍色的天空。「你們還記得雨？它是怎麼從空中落下來的？」

「很美，」阿曼達說道，「但雨裡都是化學物。」

「爲什麼？什麼樣的化學物？」薇芙莉問道。

星空者號裡的大人很少談他們原來的星球，每次她一問起來，他們總會轉移話題，從來沒有人告訴她到底發生什麼事，讓他們的家園變成一個不能住人的地方。她一直好奇爲什麼這件事會成爲一個祕密。她母親的解釋是，這是太痛苦的回憶，但她並不相信。也許有什麼事，人們不願意透露。

「化學物怎麼會到雨水裡的？」

阿曼達搖搖頭，「我從來就不懂。約西亞？你呢？」

「我不是氣候學家，」他用湯匙舀起一塊浸了湯汁的麵包，「工廠出事了，或——」

「馬瑟牧師說，地球之所以崩毀，是因爲人們沒有理會上帝給他們旨意。他們貪婪又懶惰，所以——」

「受到處罰。」約西亞插話。

「爲什麼？他們究竟做了什麼？」

阿曼達露出一個尷尬的笑，「我們太小了。而且，這裡已經是我們的家了。」

「你們想念那個時光嗎？住在一個星球上？」

「每一天都想念，」約西亞說道，「但也不盡然都是美好的。」

「我記得常常很餓，」阿曼達說道，然後咬了一大口花椰菜，「孩提時代我的骨頭沒有發育好，必須戴支架。」

「而且有很多暴力事件，」約西亞說道，「來到這裡，我們感覺好多了。」

「尤其是現在妳們這些女孩來了。」阿曼達微笑地看自己的丈夫，他的手蓋在她的手掌上。他們之間交流著一些親密的訊息。阿曼達垂下眼睛，喝了一小口湯，湯匙含在嘴裡。

「好喝嗎？」阿曼達問道，瞟了薇芙莉的湯一眼。

「眞的不錯。」薇芙莉又說了一遍。他們沉默地吃著，只有杯盤相碰的叮叮聲。薇芙莉又拿了另一片麵包，雖然她不是那麼餓了，但她想讓手有事做，有理由不說話。

「薇芙莉，妳肯讓我畫妳嗎？」

薇芙莉停止咀嚼，感到驚訝，「我？」

「我眞想有一個活生生的模特兒，而妳又這麼漂亮，親愛的。」

「妳沒有看到法拉西蒂．維根，」薇芙莉說道，「她才眞的漂亮。」

「我喜歡妳的臉，我很想畫，」阿曼達說道，「只是一張簡單的人像。」

「阿曼達不畫裸體的，」約西亞笑著說道，「如果妳擔心這個的話。」

「這會給我們一個藉口常常去看妳，」阿曼達說道，「如果妳答應的話，我會徵求馬瑟牧師的許可。」

薇芙莉放下麵包，「沒什麼不可以吧。」

阿曼達站起來收拾空盤子，「誰想吃燕麥餅乾？」

「太棒了，」約西亞笑道，「妳有沒有吃過冰淇淋？」

「我們沒有帶乳牛上星空者號。」薇芙莉說道，她的臉一沉。一提起家園，她便感到悲傷，她吞回眼淚。它還在，她告訴自己，所有人都還在外頭。

房間裡一股沉默，薇芙莉聽到約西亞吞了口口水，「妳如果還沒吃過冰淇淋，就不算活過。」

薇芙莉勉強擠出一個笑容。她想吃燕麥餅乾，冰淇淋讓她想吐，她吃不下。

她幫約西亞和阿曼達洗盤子，然後他們送她回宿舍。她向阿曼達伸出一隻手，阿曼達用雙手握住了她，低頭向女孩微笑。薇芙莉已經算高了，阿曼達又更高一些。

「記住，妳是我的模特兒。我會和牧師安排的。」

「好的。」薇芙莉說，她甚至讓女人給她一個快速的擁抱。她聞到油彩和新鮮番茄的氣味。

一爬上自己的床、關上燈，薇芙莉便想到齊倫。他絕不會接受瓊斯艦長破壞了新地平線號的說法。至於爲什麼瓊斯會拒絕幫助另一艘船，齊倫會這麼解釋：如果艦長加速了，會增加人工重力，他也不知道船上的人和牲畜會不會受到影響。他只是想保護船員。

但艦長其實並不打算保護他的船員，不是嗎？

塞思說過，艦長的朋友過著複雜的生活。薇芙莉希望能和他談談。塞思不像齊倫這麼天眞，他更願意看到一些陰暗面。他不會讓所謂的忠誠和事情的眞相混淆。

這些想法表示她對齊倫不忠嗎？她愛他那種對人的單純信任。她知道這樣會帶出人性最好的一面。塞思總是疑神疑鬼、神經兮兮的。不，齊倫比較好。

薇芙莉用手臂環住自己，想像那是齊倫的手臂。

他總是把臉埋在她的頭髮裡。他總是能逗她笑，即使是現在，他仍然可以讓她開心起來，縱然她的情緒是如此低落。

「你會對我說什麼？」她喃喃地對無聲的黑暗說道，聆聽心中的回應。但什麼都沒有。

薇芙莉轉頭把臉埋在枕上，咬著枕套，她哭了。

13 佈道大會

第二天早上，舍監打開燈，拍拍手。

「起來，女孩，妳們今天會很開心的。」

薇芙莉從床上坐直身子，有點迷糊。她和莎曼珊對視一眼，莎曼珊假裝興高采烈地拍著手，薇芙莉一笑。她不知道爲什麼以前自己沒有和莎曼珊成爲朋友，她們其實有很多共同點。

幾個女人帶來簡樸的黑色裙子和絲襪，遞給每個女孩，讓她們快點穿好。

衣服穿好了以後，女孩們又分配到一條白色蕾絲方巾，綁在頭上，包住頭髮。這些小姑娘們看起來像薇芙莉在契訶夫的一本書裡所看到的俄羅斯農民照片。

如果今天是一個普通的星期天，薇芙莉和她的母親會做一點鬆餅或煎餅，躺在床上看看從地球來的舊小說。蕾吉娜喜歡讓她想起故鄉的神祕故事。

薇芙莉喜歡維多利亞時代的小說，書裡描寫的英國鄉下、鳥鳴和上流社會是如此完整，她幾乎可以想像自己站在一個地方，看到地平線，頭頂除了天空以外，什麼都沒有的感覺。

下午，薇芙莉會泡一個小時的澡，然後到果園去見齊倫。而現在，沒有泡澡，沒有書籍，只有磨著皮膚的黑色粗布衣服和包住頭髮的蕾絲方巾，她覺得很可笑。

幾個女舍監讓女孩們排成兩排，走下中央樓道的幾層樓梯到糧倉去——船上最大的房間。幾百個人走在成排的麥苗中，相互交談，開懷大笑。人人都穿黑色，女人穿著奇形怪狀、長到腳踝的禮服，男人則是長袍和綁腿。薇芙莉看到麥田中的阿曼達和約西亞，他們向她招手。她也向他們招手，流露一個笑容。

女孩們變成一直排走在麥苗間，朝一個收拾得乾乾淨淨的地方過去。那裡放了一個檯子，上頭是幾面大窗，可以看到隱約的天空。薇芙莉注意到遠方糊模的恆星，在陰雲中閃爍，她希望這意味著他們已經接近星雲的邊緣。

舍監指了指前排的椅子，女孩們坐了下來。

約西亞拿著一把小吉他走上台去。他坐在一張凳子上，朝薇芙莉使了一個眼色，開始撥弦。他的音樂迴盪在整個房間裡，像一道清風拂過麥苗。

馬瑟牧師坐在一張木雕椅子上，兩側各站著一個老一點的男人，一個年輕的女人，兩人手上拿著一本黑色的書。

薇芙莉猜測那是聖經。他們三個都穿著白色長袍，和其他的群眾形成鮮明的對比。安妮·馬瑟自己又加上一件優雅的刺繡披肩，是用鮮明的紫色、紅色和金色絲線織成——整個房間裡唯一的顏色；一條類似的繡花頭巾包住她的頭髮。

人們坐到位置上。不久，安妮·馬瑟站起來，音樂停了，馬瑟走到講台中間的祭壇前。

「歡迎各位，今天是我們前往新地球的任務的第兩千兩百五十三個星期天。願和平降臨。」

「願和平降臨。」眾人齊聲回答。

「我想特別歡迎我們的客人，星空者號來的難民，妳們的出現對我們而言是一種巨大的喜悅。女孩們，請起立。」

薇芙莉無奈地站了起來，其他的女孩也跟著起立。最後一個站起來的是莎曼珊，她聳著肩膀，一副不高興的樣子。

馬瑟走下講台，站在女孩面前，伸出手，手心向下。

「親愛的天主，我們希望女孩們把這艘船當作自己的家。我們不想問爲什麼祢會讓她們和家人分開，我們必須單純地接受，盡最大努力盡我們對祢的義務，爲了讓我們有不朽的靈魂，也爲了新地球的後代，我們將克服所有挫敗，服從我們的命運。」

馬瑟回到祭壇後面，向眾人微笑，舉起她的手。她渾身似乎散發著光芒，薇芙莉猜一定有一些特殊的聚光燈照著她——一種無聊的手腕，讓她顯得神聖。

「讓我們感謝上帝的智慧，救了這些女孩，讓她們加入我們的大家庭。謝謝上帝讓她們免於遭遇到和星空者號其他兄弟姊妹們相同的不幸。祢的智慧看到了這些女孩的心，發現她們值得祢憐憫。就像以色列脫離埃及的奴役，我們年輕的姊妹們來到迦南探索新生活，我們衷心地歡迎她們。」

馬瑟顯然故意暗示星空者號成員的死亡，是因爲很邪惡。

薇芙莉瞥了莎曼珊和莎菈一眼，她們顯然和她一樣痛恨馬瑟的話。雖然幾個小女孩似乎有些自豪她們被馬瑟的上帝「選中」，但大多數的女孩用不信任和憤怒的目光看著牧師。

大會結束後，薇芙莉坐在椅子上，聽著周圍的人說話。幾個成年人讚美馬瑟的佈道十分感動人心。這些人大聲的說著，但有一些人則竊竊低語。薇芙莉緊張地走向這些安靜的低語。某些話召喚了她。

也許不是每個新地平線號的人都相信安妮·馬瑟。

薇芙莉注意到走道的另一端有個女人盯著她。她是一個宣講古代文獻的人員，褐色頭髮編著辮子。她有蒼白的皮膚和淡色的眼睛，但臉上的稜角十分鮮明。那個女人點點頭，薇芙莉也微微頷首。女人走過來，伸出一隻手。

「祝妳平安。」女人說道，輕快地笑了起來。「佈道大會後，我老是需要用一下洗手間。妳要嗎？」

「什麼？」薇芙莉問道。

女人幾乎是非常微妙的抬起眉毛，然後走開。

她的意思是讓薇芙莉跟著她？

女人走向糧倉的左側，回頭小心地看了看身後。

薇芙莉跟著她，但被舍監攔住了。她比薇芙莉矮一個頭，卻胖兩倍，就像一部坦克。「妳上哪兒去？」

薇芙莉站得直直的，「我要上廁所。」

「我陪妳去。」女人悶悶不樂地說道。她帶著薇芙莉穿過人群。薇芙莉看到許多人熱情地轉頭過來看她，面帶歡迎的微笑。她也向大家微笑，一邊點頭。成爲這麼多人關注的焦點讓她覺得緊張。

這麼多人看守著她，她和女孩們怎麼跑得掉？

薇芙莉希望舍監讓她單獨進廁所，但女人跟了進來。有兩個隔間，有著褐色辮子的女人用了其中一間。她禮貌地替薇芙莉把門打開，和舍監點點頭，走到洗臉台前洗手。

她們根本沒有辦法交談。薇芙莉很肯定那個女人想告訴自己什麼，但舍監在旁邊，她只好進去廁所假裝一下。

一當她走進去，把門關上後，有一個東西引起她的注意。馬桶裡的水上漂著一張用衛生紙潦草寫了字的紙條。藍色的墨水才剛剛要褪去，但字跡仍然清晰可辨：

妳一定不能告訴任何人這件事，甚至妳的朋友。如果妳背叛我，我可能被監禁或殺害。那些不同意安妮・馬瑟的人已經學會沉默。

有一些星空者號的船員被關在右舷貨艙。我不知道有多少人，他們到底是怎麼來的。我不知道牧師打算怎麼處置他們。裡面可能有妳的父母。

我認為妳有權利了解詳情。

薇芙莉的膝蓋一軟，她必須坐下。她眼冒金星，強迫自己調勻呼吸，避免昏過去。

她的母親可能在這條船上！如果她能找到她的母親，如果她能找到她和其他人的父母……

薇芙莉的喉頭咕嘟一聲。她用手摀住嘴巴，一時又哭又笑的。她無法控制自己。

「妳沒事吧？」舍監敲門。

「對不起，」薇芙莉說道，「我不太舒服。」她很快地站起來，沖了水。旋轉的水流把字條沖進水管，這時舍監恰巧進來。

薇芙莉和這個矮胖的女人面對面站著，「妳在幹什麼？」

「我……」她知道自己表現得很奇怪，於是拚命想一個理由來搪塞。「有點難爲情。」

「潔西卡留下什麼東西……」女人的目光轉向門縫。

「我以爲我的經期來了，」薇芙莉很快地說道，「我不想提這件事。」

舍監粉紅色的臉頰露出一個微笑，「哦，我明白了。」

「不過是虛驚一場。」薇芙莉聳聳肩說道。

「但，妳眞的每個月都會流血。」女人說道。

薇芙莉在洗臉台前洗手，「嗯，我快十六歲了。」

「那麼妳成熟了，」女人說道，她打開洗手間的門，「馬瑟牧師會很高興的。」

這番話讓薇芙莉的血液發冷。

薇芙莉顫抖著雙腿，跟著舍監出了洗手間。

群眾的聲音環繞在她周圍，就像臭水一樣，房間旋轉起來。她感到恐慌，卻只能把喉頭的哽塊嚥下去。周圍這麼多人，讓她明白現實的困難。她們這群女孩絕對是寡不敵眾的。她們被困住了。而這些人可以做任何他們想要做的事。

不。薇芙莉挺起肩膀。

她必須找到她的母親和其他人的父母；無論如何，她都必須想辦法離開這艘船。

她絕對會這麼做。

第三部

策略

不可勝在己，可勝在敵。

——孫子，《孫子兵法》

14 封鎖

一開始，齊倫沒有注意到船上反應爐的警鈴大作。他只是瞪著窗外的新地平線號轉動，改變路線。它強大的引擎發出藍色光芒，然後揚長而去，消失在星雲的陰霾中。哈佛的太空梭緊隨其後。他們唯一的希望是牢牢跟住大太空船，否則很快就會追丟。

不久，太空船外恢復平靜。

她走了。薇芙莉……有那麼一個瘋狂的瞬間，他想像自己破窗而出去追她。他可以在星雲中呼吸，他可以飛過去找她。

「我們必須做點什麼！」塞思・阿德凡爾站在中央指揮部門口，他赤裸著上半身，眨掉眼眶的血。「不要只是坐在那裡！去追他們。」

「我們不能改變航程，」齊倫搶白，「如果我們這麼做，哈佛的太空梭就永遠找不到我們了。他們會死的。」

「我們可以用雷達！」

「雷達是設計在眞空中使用的。」齊倫怔怔地說道，他想自己的某部分意識一定游離到船外。「在這團星雲裡我們沒有足夠的搜索距離。」

「太空梭根本追不上新地平線號！」

「可以，如果他們鎖定它，他們有時間，我看到整個情況。」

「如果他們沒有呢？」

「那麼，他們會回來，」齊倫簡單地說道，「那時候我們可以改變航程。」

「我的天啊！你眞的——」塞思用肩撞在金屬牆上，然後癱倒在門邊。要塞思這樣等待、無所作爲，幾乎是不可能的事。

「齊倫！」有人咬牙切齒地大喊，「齊倫．奧爾登！」梅森．阿德凡爾，塞思的父親，出現在螢幕上，皺著眉頭。他坐電梯迅速下降到引擎室。「你得封鎖低層艙壁。封起來！」

齊倫跑到一部終端機前，打開面前的目錄，尋找艙壁控制鍵。他覺得塞思就在他身後，盯著他的一舉一動。他終於找到一個標有「封鎖協議」的選項。

就這麼簡單？

「等一下。」塞思說道，手伸向鍵盤。但齊倫把他一推，按下按鈕。一列自動功能啓動。

「齊倫！住手！」梅森．阿德凡爾因爲憤怒而扭曲的臉又出現在他的控制台螢幕上。「你在幹什麼？」

「你說封鎖低層艙壁。」

「你鎖住電梯了！我們困在二樓！」

「哦，天啊！」塞思喝道。

齊倫的心下沉。他害了他們？「我該怎麼解除？」就在這時，警報聲發生變化，刺耳的音調鑽進齊倫的耳朵，螢幕畫面變成一片空白，出現了一行字：緊急封鎖。

「哦，天啊，眞的發生了！」他聽到梅森哀號，「不管了，齊倫。我們得手動強制打開一個艙壁，但是它就再也無法封鎖起來了。」

齊倫把臉埋在手中。他把一切都搞砸了，他甚至連封鎖機房門這麼簡單的事都做不好。他們得花兩倍以上的時間才到得了那裡。

「你可能害死船上的每個人。」塞思盯著齊倫，好像齊倫是水泥地的一顆鵝卵石。「你根本不聽別人的。」

「滾出去。」齊倫告訴他。他認爲如果塞思不走，他可能會在一氣之下把這個傢伙打死。

但塞思並沒有離開。「如果你不知道這些按鈕是幹什麼的，就不應該按下去。」

「沒有時間了。核外洩太嚴重，你也看到了！」

「你太慌張了。」塞思說道。

「滾開，」齊倫向他呸了一聲，「找人去治你額頭上的傷吧。」

塞思心不在焉地摸著自己的額頭，當他看到指尖上的血跡，有點頭暈眼花。

「去吧，」齊倫的口氣緩和許多，「從這裡，我們也不可能再做什麼了。」

塞思步履蹣跚地走到門口，他的手壓在傷口上。

齊倫閉上眼睛。這一切突發事件在他腦海一一掠過：薇芙莉轉身進到太空梭，許多朋友和鄰居被射殺，倒在地上，太空艙失壓，他的母親掙扎著上了太空梭。媽媽。

他笨拙地打開通訊台，搜索第二部太空梭的蹤跡，載著他母親的那一部，但無法連線。他打開所有頻道，聲音緊張沙啞地朝麥克風大喊：「所有星空者號的太空梭，請回應。你們在哪裡？」他停下來仔細傾聽，但只聽到沉默。

他母親的那部太空梭去哪裡了？什麼時候離開的？齊倫試著思考，仔細回想一切事情發生的經過。

這部太空梭一定是在他和哈佛去救那些女孩時離開的。不管裡頭坐了誰，都是想出其不意地悄悄接近新地平線號那艘敵艦。這部太空梭有可能在太空中飄浮，船員因爲艙壓減少而受傷，所以無法和太空船連線，或者根本已經死去。哦，他無法知道情況。

他的媽媽。他的媽媽可能死了。爸爸大概也是。

他怔怔地起身，在中央碉堡徘徊。其他的男孩們縮在一起，他們躲在自己的被窩裡，有些人吸吮著自己的大拇指。亞瑟．德崔克在屋子的角落繞圈，喃喃自語，他的一頭金髮亂糟糟的，眼鏡架在臉上，看起來好像正在解決一個複雜的難題，絮絮叨叨的。

齊倫知道，亞瑟需要時間冷靜下來。

亞瑟是一個穩重而充滿智慧的男孩，十三歲，有一張雀斑圓臉，大大的藍色眼睛，說話時老像鼻塞，所以當他顯出那種格外敏銳的觀察力時，經常讓人有種措手不及的意外感覺。他被中央委員會選出來和太空船上的首席工程師一起工作，這個工作很適合他。亞瑟似乎能夠承擔重大的責任，因爲他總是把思考擺在感覺之前。他現在便在思考，所以齊倫決定不去打擾。

塞思和幾個大一點的男孩聚在宿舍的一個角落，他和他們竊竊私語，頭還裹著紗布，滲著血跡，眼珠子東瞄西瞄的。

他一定吃了止痛藥。齊倫聽不清楚他和另外幾個男孩在說什麼，但他猜得出來，塞思正在告訴他們，齊倫在緊急的時刻封鎖電梯大門。他打算讓男孩們推翻他。

齊倫知道自己要面對面迎戰塞思的人身攻擊，以正視聽，但他沒有這個力量。

塞思一直很討厭齊倫，甚至在他還沒有表現出對薇芙莉的愛意之前，就很討厭他了。身爲兩個最大的男孩，又有著最高的智商，塞思和齊倫自然而然成爲競爭的對手。齊倫很容易訓練，又討人喜歡，塞思則老沉著臉，不服管教，當老師不能回答所有問題時，他便一副瞧不起人的樣子。雖然中央委員會並沒有明令，但齊倫是大家公認的瓊斯艦長接班人，他知道這會讓塞思發瘋。

齊倫記得有一回他和艦長一起走去錄製節目，他說了句話引艦長發笑，瓊斯親切地拍了拍他的肩膀。就在這個時候，塞思出現在走廊那一頭，他經過兩人時，對齊倫搖了搖頭，帶著蔑視的目光。從那時候起，齊倫發現，他越接近艦長，塞思就越恨他。

但齊倫知道眞正的關鍵在薇芙莉身上，他從塞思看她的樣子就可以知道。但當她望向他時，他又會轉開目光。薇芙莉似乎一直對塞思的感情表現得無關緊要，但如今齊倫無法確定。

在她登上太空梭前，最後一眼看的是塞思。

塞思比他更英俊。齊倫的琥珀色眼睛是好看，但如何比得上塞思的澄藍眸子？塞思要高一些，有寬闊的肩膀，他的動作更有力。

齊倫並不矮，但他有點瘦弱，雖然他有良好的協調性，算得上矯健，但他知道自己不像塞思那麼陽剛。當塞思在花園工作時，女孩們都在看著他，交頭接耳，咯咯傻笑。

齊倫搖了搖頭。發生這一連串變故，他怎麼還在想這些？自己到底有什麼毛病？

我的腦袋希望被一些小事佔據，他告訴自己，我不想去思考現實中所發生的事，寧願捏造出一個小小的、可憐的三角戀愛。

他漫無目的的在宿舍裡逛著，受到驚嚇的男孩們縮在床鋪上顫抖、哭泣。齊倫幾乎看不清楚什麼東西在他面前，但他知道有一千件事等著他去做，然而他想不出任何一件可以改變目前情況的事。

他走到中央廚房。每當齊倫的母親心煩意亂時，她會去泡一杯可可。他要泡一杯可可，然後他便可以思考。

他從一排櫃子裡拿了一個杯子，倒上滾水，在櫃子裡東翻西找的，從一堆緊急口糧中發現一箱可可粉。他把褐色粉末倒進滾水杯子裡，坐在一張固定在地上的凳子，不斷攪拌。他喝了一口熱飲，讓它燙著自己的嘴唇和舌頭，然後他感覺有人站在身後。

塞思帶著仇恨的聲音問道：「誰在中央司令部？」

「沒有人。」齊倫說道。當他聽到自己的聲音，才明白自己口氣也不好。「我正要回去。」

「不，你沒有。」塞思說道。齊倫聽到一聲竊笑，轉身看到四個男孩跟著塞思進來。「你只是坐在那裡。」

「如果你認爲這件事這麼重要，那麼你去好了。」齊倫說道。

「我會的。」塞思離開廚房前回頭說道，另外幾個男孩跟著他。西利．阿恩特回頭望了齊倫一眼，厭惡地搖了搖他馬鈴薯形狀的腦袋。這些受傷的男孩們需要知道有人會負責這一切。如果不是齊倫的話，他們認爲應該是塞思。

齊倫拿起他的杯子，穿過靜悄悄的走廊，回到中央司令部，發現塞思和幾個男孩盯著一個螢幕看。齊倫湊近想知道他們到底在看什麼，希望是載著他媽媽的那部失蹤太空梭。

但，不是。他們看的是梅森．阿德凡爾的手下，正在機房拚命地工作。其中幾個人穿著防輻射服，但大多數人穿著一般的衣服。他們來來回回地奔跑，拉起控制桿，讀著指數，調整閥門。一名女人跑過來，拿著一箱工具。防輻射服的那一雙笨拙靴子把她絆倒，她摔在地上，工具從她的箱子飛出來。沒有人停下來幫她。他們像瘋了似的。

「他們就是在彌補你捅的婁子。」塞思說道。

「我沒有捅什麼婁子，塞思。」

「你拖延他們的速度。如果他們可以早一點到機房——」

「如果我沒有封好門，全船的人都會感染幅射。」齊倫說道。

「大英雄，」塞思呸了一聲，「他們必須強行把門打開才能進入機房，現在這些門被破壞了，所以再也不能封閉。整層樓都充滿輻射。你應該一次關閉一層樓的。」

「這得花更多的時間。」齊倫說道，但他知道在其他男孩的眼裡，他已經輸了這場爭辯。他們都瞪著他。西利的眼神十分銳利，馬克斯上上下下打量著他，好像在選擇要打他哪裡似的，但當齊倫眼睛盯著他時，他嗤之以鼻，把頭轉過去。「我盡了我的能力。」

「不夠。」塞思說道。

齊倫知道他無法做什麼事來消弭所有人的不滿，它就像癌症一樣在中央碉堡散播。他太累、太傷心，沒有心思去管別人是怎麼想他的。他走到艦長的螢幕前，知道坐在艦長的位置會讓塞思不高興，於是將影像調到機房。他無奈地看著，只剩下幾個大人拚命掙扎著想救這條船。

15 零重力

齊倫、塞思和好幾個大一點的男孩看著機房裡的船員拚命地工作。齊倫坐在自己的螢幕前，塞思和他的朋友圍在房間的另一頭，偶爾往齊倫這裡看。

幾個小時盯著終端機讓他眼睛很難受。這樣看是徒勞的，因爲同樣的事情一遍又一遍重複。船員們都在致力於阻止冷卻劑洩漏，有人叫他們讀儀表上的指數，然後他們不理會洩漏，處理更糟的事情。

他們像老鼠一樣奔來竄去的，卻什麼也沒有成功。

齊倫小心地打開航站站口的螢幕，就是那場殺戮發生的地方。

他倒抽一口氣，死了那麼多人，至少有三十幾具屍體，趴在航站的地上，一動不動。他盯著每一具屍體，查看他父親是不是在其中。

沒有發現，但他認出許多具屍體，他們是碉堡裡這些男孩們的爸爸或媽媽。他得告訴他們。

齊倫打了一個寒顫。很快地，他切斷航站攝影機的電源，希望其他男孩們不要打開。

他得想想怎麼宣布這件事情。同時，他也要查看一下這些小孩子。齊倫從座位上起來，伸直僵硬的背部，走出中央指揮部。

小布萊恩．彼得斯吵著找媽媽已經三個小時了。齊倫走在四百張鐵床間，從馬特．艾爾布萊特手上接過小孩。

齊倫試著讓孩子坐在他的腿上，但小男孩就是尖叫個不停。他眞希望自己知道彼得斯先生或太太在哪裡，至少小男孩可以在螢幕上看見他們，但他們不是在其中一部太空梭便是已經……死了。他們不在那群修理引擎的人員當中，這點他非常肯定。

「試試抱他。」提摩太．雅頓用一根手指挖著鼻孔。

提摩太八歲，但現在又恢復在幼兒園的習慣。許多孩子吸吮著拇指，在胸前抱著枕頭。但一些大一點的男孩，就像蘭迪．奧爾特加和雅克．米羅，還能夠勉強把自己對家人的憂慮拋開，餵這些小孩子緊急的碳水化合物口糧。

齊倫環視整個宿舍，他發覺男孩們迷茫、恐懼，擔心自己的父母和姊妹。齊倫知道得有人控制情況，恢復孩子們的生活秩序。這就是瓊斯艦長會做的事。但看著四周的一團混亂和恐慌，他不知道從哪裡開始。

「上六號通訊台，爸爸想和你談談。」塞思從中央指揮部的走廊過來，揉著眼睛附近的一團青紫。

塞思看起來十分惱怒：黯淡的眼神，弓著的肩膀，生硬的大步伐。齊倫認爲他很不高興他父親要找的人是自己，而不是他。

齊倫走進黑漆漆的中央指揮部，坐在艦長控制台前。他看到梅森的影像顯示在螢幕上，氣喘吁吁，臉色蒼白，雙頰和眼睛凹陷，嘴唇乾裂。

「孩子們怎麼樣？」梅森問道。

「不太好。希望可以讓幾個父母過來。」

梅森搖搖頭，「一旦打開艙壁，整艘太空船會滿布放射性粒子。我們不能冒險。」

「我也知道。」齊倫大喊。他十分暴躁，很難隱藏自己的情緒，「對不起，我不該把所有門都關上的。只是——」

「這是必須要做的事。」梅森用手掌捂住自己的咳嗽。

「穿上防輻射服，梅森！」齊倫說道，但他知道這個人會回答什麼。

「這裡只有六套，本來是給正規的工程師穿的。」梅森嘆了口氣，「現在我們輪流穿。」

他的臉變暗了，有那麼一個可怕的時刻，齊倫認爲他可能在哭。但梅森很快地鎮定下來，用力咬自己的嘴唇。「聽著，我們需要你把太空船的引擎關掉。」

「沒有別的辦法？」齊倫知道關閉引擎是最後的手段。引擎不只是讓船可以動，也維持著星空者號的所有生命。「關多長時間？」

「我們希望可以在六個小時內再開動。」梅森又捂住臉咳嗽。「聽著，引擎一關，我們就不會再加速。這意味著沒有慣性。」

「也表示沒有人工引力。」齊倫替他把話說完，想像一百二十二個男孩漂浮在中央碉堡，他蜷縮了一下。有引力的情況已經這麼混亂了，一旦沒有，後果眞的難以收拾。「你確定沒有其他方法嗎？」

「引擎開著，所有機件都太熱，無法修復。」梅森舉起他的指關節，已經燻黑起泡了。「我已經穿了兩雙防熱手套。」

齊倫不忍心看。

「聽著，讓所有孩子到中央碉堡的每一個房間去，把所有沒有固定在牆上的東西都綁好。封鎖養殖場，關閉船上所有的門，除了那幾扇可以下到我們這裡來的。還有關閉通風口。我們不能讓幾千噸塵土進到生活區……」然後，他停下來，似乎昏厥了片刻。

一股強烈的恐懼襲擊齊倫。其他人怎麼了？他們也都病成這樣了？如果輻射已經毒害他們，劑量一定非常強大。

梅森又恢復過來，平靜地說道：「你最好記一下筆記。」

二十分鐘內，齊倫拚命地寫下梅森要他做的事，一邊還問了許多問題。他只有三個小時可以把這些事做完，然後關閉引擎。齊倫在中央指揮部又留了幾分鐘，將任務分門別類，決定哪些男生該做什麼事。然後，他吞了口口水。他從來沒有負責過這樣的情況。

齊倫回到宿舍，小布萊恩．彼得斯仍然在尖叫。阿里．杰法爾不斷地把小嬰兒抱上抱下的，悄悄在孩子耳邊說話，但孩子似乎沒有聽見。他的臉色發紫，鼻尖白白的，眼淚在胖胖的臉頰上已經乾成兩道鹹河。

齊倫向房間裡的每個人發話，「嘿！所有人聽著！注意聽！」

坐在遠處的男生因為寶寶的哭聲而聽不到齊倫的話。

齊倫沮喪地大叫：「誰行行好，讓那個孩子閉嘴。」

塞思跺著腳走過去，抓住布萊恩胖胖的手臂，朝他的臉大叫：「閉嘴！你這該死的給我閉嘴！」

嬰兒嚇得不出一聲。

齊倫知道塞思只是受不了了，像其他人一樣。然而，朝一個嬰兒大吼大叫還是不對的，但齊倫實在太累了，除了手頭的任務以外，他無法再處理任何事情。他朝房裡大聲宣布：「我們有許多重要的事要做！靠過來！」

有一些男孩走近他，但很多人甚至沒有聽到。他大喊，似乎引起他們的注意，但他聲音暗啞模糊。

「維修人員給我們下了命令，我們得快點開始工作。所有超過十歲的男孩到房間前面來，你們是領導人。」

但站在後面的男孩顯然沒有聽到任何一個字。他的眼角注意到塞思離開房間，甩著手肘，用他一貫憤怒的方式走著。齊倫想叫他，但轉念一想，也許塞思不在會更好。

「三小時後，我們會進入無重力狀態，」他無力地對著群眾說道，「這意味著我們有許多準備工作要做。」

「他們打算關掉引擎？」亞瑟·德崔克說道，藍眼睛裡的憂慮從厚厚的鏡片後透出來。

「是的，亞瑟，」齊倫說道，「你負責領導中央碉堡的準備工作，替大家複習如何應對無重力狀態。」

在課堂上，他們學過如何應付無重力狀態，但四十二年來從未關掉過動力，無重力對所有人都是一種全新的體驗，很多事必須留意。如何吃、如何喝、如何撒尿、如何睡覺……不勝枚舉，但亞瑟可以處理。

男孩們在房間後方喋喋不休，齊倫想對他們大嚷，但他的聲音沙啞無力。他太累了，而且還有這麼多的工作要做。他覺得有什麼東西壓住他的胸膛，一看，發覺塞思拿來艦長的麥克風，給了他一個輕蔑的眼光。

「用這個。」他說，走開了。

所有的男孩都看到塞思利用這麼簡單的方法讓齊倫解決問題，他們望著塞思，留下深刻印象。

齊倫沒有想到用麥克風，他覺得很難為情，但現在沒有時間想這件事，他按下麥克風，湊近嘴巴。「聽著，現在我們有好多事要做。」

齊倫找了幾個最優秀的男孩，負責重要工作。馬克·福斯特負責帶人關閉前艙所有手動門和通風口，包括主要糧食產區、工廠和加工區。浩羅·馬蘇摩特負責家禽養殖場的安全，確保這些禽鳥在太空船失去重力前餵食過。亞瑟·德崔克帶領四個男孩拿上所有安全帶、吸袋以及其他應付零重力的設備。

齊倫幾乎分配了所有任務，正當大家要離開的時候，有人扯了他的衣袖一把。

「爸爸要我做什麼？」塞思問道。他站在齊倫身後，俯身看他的筆記。齊倫太專注，沒有注意到他在身邊。

「嗯……」齊倫翻他的筆記，「你和亞瑟一起吧。」

「農具怎麼辦？」塞思大聲說道，男孩們停下來聽。

「梅森沒有說任何有關——」

「最好有人去照看所有的農具和播種設備。」塞思撇撇嘴說道。

塞思說得沒錯。如果引擎重新發動時不平穩，一個亂飛亂跑的拖拉機可以打穿船殼。齊倫感到自己的臉色發白，他應該想到的，如果目前的狀況算是由他掌控的話。

「說得沒錯，塞思。」他試圖表現出一副自己早就想到的樣子，但口氣聽起來軟弱無力。

「你去負責這件事好嗎？帶幾個男生去幫你。」

「是，好。」塞思轉動眼珠，走開了。幾個男孩不屑地搖頭。

塞思拍了拍他死黨，西利．阿恩特，一個矮小壯實的男孩，一顆大腦袋似乎直接落在弓起的肩膀上。他還帶了其他幾個小男孩，走向通往大型設備的電梯。

當塞思一離開房間，布萊恩．彼得斯又開始尖叫。齊倫沒有時間安慰他。他揉著疲倦的眼睛，拖著沉重的腳步回到控制室，坐在螢幕前面，觀看各小隊的工作進展，不斷透過對講機下令。當他看到孩子們忽略一些事，或者動作不夠快時，他會提醒及催促。

只有塞思的小隊行動如風。塞思似乎什麼都想到了，也知道該怎麼做。一個小男孩落後了，塞思抓住他的胳膊，朝他的耳邊咆哮。所有的男孩都用更快的速度工作。近三個小時過去，梅森憔悴的臉龐又出現在齊倫的螢幕上。這個人看起來比三小時前疲憊得多。「怎麼樣了？」

「負責家禽養殖場的孩子們正在餵最後一排雞，亞瑟在弄零重力齒輪。」

「叫大家都回去了，」梅森說道，「做不完的就算了。以後你再處理一切的損害。」

梅森的聲音聽起來那麼傷心，那麼認命。齊倫不說話了。

梅森是什麼意思？「你」再處理？爲什麼不是「我們」再處理？

這個可怕的問題讓他想到另一件更嚴重的事，他的身子忍不住顫抖。如果太空船的艙壁門無法打開，其他的大人要怎麼回到沒有受污染的地區？

「梅森，」齊倫慢慢地說道，「一旦引擎修好，你們要怎麼走出來？」

「我們可以……」齊倫拚命地想找出方法，不管有多荒謬。「在第二艙壁門外造一道氣閘，就像蓋一頂帳篷或什麼之類的。」

梅森盯著齊倫。

「齊倫……」

「我知道我們只是孩子，但是我們可以做到的。然後你們就可以走出來！」

「一頂帳篷是阻止不了放射性粒子的，齊倫，你也知道。」

「或者我們讓你們出氣閘，再利用單人艇——」

「齊倫，」梅森舉起一隻手，「沒有時間了，孩子。而且也無所謂。」

齊倫抬起眼睛看著梅森疲憊的面龐。兩人四目交接，齊倫一下子便明白一切。大人們沒有計畫要回來。齊倫的臉上流露出驚駭與恐懼。

「聽好。」梅森低聲說道。

齊倫只能搖頭。不，不可以。

「齊倫，宣布讓所有的男孩回到中央碉堡，把他們綁在床鋪上，好嗎？」

齊倫張嘴想說話，但他說不出來。塞思的父親就要死了。

「你有半小時！」梅森嘶啞地喊道，「快！」

齊倫拿起麥克風預備發布命令。他按下按鈕，用力清了好幾下嗓子，終於勉強發出聲音。

「各位，所有男孩，立即回到中央碉堡，我們將在三十分鐘內成爲無重力狀態。」

他讓這個訊息不斷發送，往後靠在椅子上。他可以聽到另一個房間裡，嬰孩哭喊的叫聲。齊倫一直太忙沒有注意到，但現在，他發覺孩子的聲音有些異樣。

梅森還在螢幕前看著他。「你做得很好，齊倫。」

「謝謝。」齊倫說道，但他知道自己做得不好。男孩們離心離德。「接下來該怎麼辦？」

「不會有事的。你只要等待，等到太空梭回航。我會寄給你一個個人文件，裡面是這艘船的安全密碼。」

「我不能運作這艘船的，」齊倫說道，「我不知道——」

「嘿，」梅森的笑容不見了，他非常嚴肅，「沒有其他人了。」

你的兒子呢？齊倫想問。

齊倫模糊地聽到布萊恩的打嗝聲，又一聲。有人應該給這個可憐的孩子——

「噢，我的天啊。」齊倫喊道，站了起來。「我得走了！」他對著螢幕大叫。沒有等梅森說再見，他火速衝向走廊，朝宿舍奔去。

他發現布萊恩躺在地上，對著天花板，揮舞雙臂，叫聲微弱，卻十分悲傷。小孩子的叫聲不一樣了。之前他一直在求救，現在則是在絕望中哭泣。齊倫把小男孩抱在懷裡，將他帶到廚房，把一個重力袋裝滿水。

小嬰孩胖嘟嘟的手臂伸過去，幾乎翻出齊倫的懷抱。齊倫拿起容器對準小男孩的嘴唇，看著孩子拚命地咕嘟咕嘟把水喝下去。

這個可憐的小東西有多久沒有喝水了？小嬰兒喝光了一袋又一袋的水，終於把袋子推開，靠在齊倫身上，滿足而困倦，他的小手指抓住齊倫的上衣。

齊倫把小男孩帶到宿舍，用一條安全帶綁住他，把他拴在床上，又用一條縛在床上的薄薄藍色睡袋把小男孩繫牢。

當他抬起頭來，看到幾乎所有男孩都從其他地方回來了，成群地站著，等待指示。齊倫指指亞瑟，「告訴他們，他們得先了解零重力。」

亞瑟拍拍手讓所有人注意，然後他向大家說明如何將安全帶鉤在床鋪上，如何使用重力袋飲水，以及用眞空包排泄。齊倫走到房間前面，站在亞瑟旁邊，亞瑟正在套上自己的安全帶。連催帶趕的，很快地所有男孩都把自己固定在床鋪上，等待引擎關閉。這時塞思和他同伴返回。

齊倫發給大家安全帶，「快，把這些繫上！」

塞思一夥人很快地套進安全帶中，然後一種奇怪的震顫從船身通過。詭異的嗡嗡聲似乎在他的肋間震動。慢慢地，當第一個推進器被關掉時，齊倫感覺自己的腳底變輕。還有兩個。

「把自己鉤在床上！」他喊道。

第二個推進器關閉，齊倫有一種難受的暈眩感。

小男孩急急忙忙把自己綁緊，但塞思和他的兩個朋友站在齊倫旁邊，一副看好戲的樣子，滿臉笑容。他們在嘲笑他。齊倫知道這是一種惡劣的欺負伎倆，但他還是覺得自己很蠢。

「你們聽到我的話了。」他試圖喊叫，但口氣卻無力。

「誰去切換備用電力？」塞思用一種所有人都聽得到的聲音問道。他們看著齊倫，等待他的計畫。

齊倫張開嘴巴，但他甚至不知道電源開關在哪裡。在中央指揮部？還是在機房？彷彿呼應他這個想法似的，第三個推進器關閉。所有的燈光一閃，滅掉了。

小男孩尖叫。

「在哪裡？」齊倫聽到自己喃喃低語，但沒有人回應。

一個手電筒打開，塞思照著自己的臉，讓他的五官變得詭異。

「我去吧。」塞思把自己的身子推離地面，手電筒在房裡搖過來晃過去地照著，造成長長的影子。他手抓住天花板管道，一路向中央司令部而去。

齊倫站得直直的，壓抑四肢傳來的那種令人作嘔的感覺，等待著，似乎等了一輩子似的，終於啪的一下，燈重新打開。比以前黯淡得多，但至少現在他看得到了。

低下頭，他發現自己離地兩尺以上。他有一種可怕的飄渺感，想揮動手臂控制自己，但最終只能旋轉，讓他快吐了。他停止晃動四肢，等待自己飄上天花板，在那裡他可以得到一些平衡。

塞思拉住電線管路，沿著天花板飄回房間，臉上露出張狂的笑容。

「別擔心，老闆，」他說，「你不會什麼都想到的。」

幾個男孩咯咯一笑。齊倫把自己綁在床上，他知道他們在想什麼。塞思比他更適合當領導人。那個對哭泣的孩子大吼，又用力扯著小男孩胳膊的塞思。

不，塞思絕對不會被允許接任的。

16 告別

齊倫已經四十多個小時沒有睡了。本來預計關掉引擎六個小時，後來變成十個小時，然後又變成二十個小時。目前，船員已經不再計算了。

若引擎不能迅速修好，農作物、森林和果園就會死去。如果植物全沒了，修引擎就毫無意義，因爲沒有東西可以補充船上的氧氣。星空者號會成爲一個金屬墳墓。

齊倫克服自己的緊張，打開安全帶，飄到沙瑞克．哈桑身後，這個男孩站在通訊台前。

沙瑞克似乎比其他男孩接受他一些，也是星空者號爲數不多的穆斯林之一。他性格沉默寡言，比較常和家人待在一起，較少和同齡孩子們相處。他喜歡和父親在巨大的糧倉區跑步，所以十分結實強壯。同時，他也很難讓人看穿。他古銅色的臉上有一雙深陷的眼睛，一副什麼都了然於胸的模樣，像一個局外人、一名旁觀者。他的性格讓齊倫想起薇芙莉，他覺得自己可以信任這個男孩。

沙瑞克發現齊倫，朝他點了點頭。

「別擔心，」齊倫在男孩上空盤旋，「我不會摔在你身上。」

「你最好不要。」

齊倫一直以爲零重力會很有趣，但其實令人迷惑且沮喪。它讓大家的胃不舒服，臉和手腫脹，所有人都感覺頭痛。齊倫的每個動作最後都會演變成預料之外的旋轉，他只得把自己綁起來，才能做一點事。

「有任何從太空梭來的訊息嗎？」他問，但心裡已經知道答案。

「如果我聽到什麼消息，不會告訴你嗎？」

「但你檢查過所有頻道了嗎？」

沙瑞克圓睜眼睛，「你聾了嗎？什麼都沒有。」

齊倫微微顫抖，因爲疲憊，也因爲憤怒。每個人都用這種態度跟他說話，現在連沙瑞克也是。「沙瑞克，」齊倫忿忿地說道，「我是在問你問題，過去一個小時裡，你檢查過所有通信頻道嗎？」

沙瑞克盯著齊倫，好像他是個白痴。

「如果B四十二號太空梭試圖與我們聯繫，是不是要很仔細地聽？他們可能會受傷、死去，或漂流什麼的。」齊倫是那麼累，他的舌頭簡直動不了，但他一個字、一個字地說出來。「每一個小時你都要檢查每一個頻道、每一種通信模式，包括訊息、語音、影像。當我要求你這麼做時，你必須回答……」齊倫等待沙瑞克把話接完。

男孩一怔，嘴巴緊閉。

「你必須回答：是的。因爲你會這麼做。你明白我的重點了嗎？如果你不這樣做，我會指派另一個明白的人到這個通訊台來。」

沙瑞克沒有再對齊倫做出任何回應，只是伸出手指在控制台有節奏地、一絲不苟地找尋每個頻道。他的姿勢，他的表情，他看著螢幕的樣子，都表現出一股徹底的厭倦。

當他完成時，齊倫說道：「很好。每一個小時，沙瑞克。我們不知道太空梭裡有誰，或他們想聯絡誰。」齊倫的怒氣漸漸平息，現在他感到疲憊不堪。「也許你的父母——」

「不！他們死了。所有人都死了。」

「我們不知道——」

「你什麼都不知道！」年輕的男孩發出噓聲，轉頭看齊倫。

齊倫知道沙瑞克只是感覺到其他人的感覺，還有齊倫自己的感覺。唯一補救的方法可能是太空梭回來，每個人的父母和姊妹都回到星空者號，他們便可以回到過去的生活。

然而，他們其實再也回不去了。原本和平的生活方式已經被應該是朋友的人徹底破壞。想到薇芙莉竟然落在這種人的控制下，眞是令人難以承受。如果他們傷害她……

齊倫想到就心痛，所以他不再想下去。他決定要再回去躺一會兒。他已經很久沒睡了，也許現在他可以靜一靜。

齊倫把安全帶的鉤鬆開，飄到天花板，拉著電線管路往前。這是在零重力狀態下最好的行動方式，他不知道工程師是不是故意這樣設計這條船的。他飄到碉堡宿舍，用安全帶把自己鉤在床上，溜進毯子裡，閉上眼睛。

他想讓自己投入夢鄉中，卻聽到從安靜的房間裡傳來談話聲。

「我們其中有一個人要去中央指揮部把艙壁門打開。」一個聲音說道。

「我們可以在離開前再去。」

「不。有人要留下來。」

「我要和你們一起去。」

「你是唯一一個沒有家人在那裡的。」

「我不知道我爸爸在哪裡！」

齊倫實在很想睡覺，但他知道男孩們在計畫些什麼。這是他始料未及的。他疲倦地離開自己的床，飛到天花板，拉住管路，到四個男孩身邊。

「你們不能下去那裡。」他告訴他們。

托賓·艾姆斯怒視齊倫，「我們不是在和你說話。」

「我不在乎你們和誰說話。如果你們要下去那裡，會害死船上的每一個人。」

「不，不會。我們會打開第一艙壁，但我們會封閉第二艙壁，這會把輻射擋住不讓它上來。」

「好。然後你要怎麼回來？你們必須封鎖第三艙壁，對不對？那麼，我們會失去另一層樓。」齊倫一邊想著，一邊抹了一下臉，「那裡全是品種特殊的熱帶雨林，是太空船的肺。沒有了這個，在抵達新地球前，氧氣便沒了。」

「我媽媽就在下面！」奧斯汀抗議，「他們沒有從對講機再送出任何回應。我不能讓她……」男孩無法說完整個句子，他把臉埋在手中。

「我們只會打開艙壁一秒鐘。」托賓承認。

「開這一秒我們便全都死了。也許，不是馬上，但會是緩慢又十分痛苦的。更何況它會影響我們的生育能力。如果真是如此，這個任務就失敗了。」

「反正這裡沒有女孩了。」奧斯汀繃著臉說道。

「女孩們會回來的。」齊倫堅定地說道。

「但是，我們要怎麼把他們帶出來？」托賓一張雀斑臉痛苦地扭曲著。

齊倫沒有回答。男孩們開始了解整個情況：大人不會回來了。沒有人告訴過他們，但總應該有人說。

「在這裡等著。」齊倫告訴男孩們，然後把自己拉上天花板，到中央指揮部去。他發現塞思．阿德凡爾小聲地和沙瑞克說話，當他發現齊倫時，便立即閉嘴。

齊倫不理會他們兩個人，自己走到通訊控制台，按下機房的呼叫鈕。它要花一點時間，當他在等待時，感覺到塞思和沙瑞克盯著他的後腦勺。他移動螢幕，尋找維多莉亞．漢德，奧斯汀的母親，但幾乎很難辨識，他們的臉腫得很厲害，皮膚下的青筋爆裂，造成可怕的傷痕。

「齊倫，我們要快——」

「漢德太太，這裡的孩子們需要他們的父母。」

「我們抽不出時間。我們很想，相信我——」

「維多莉亞，」齊倫堅定地說道，「現在讓所有的家長到螢幕前，否則，大家打算要下去，我不知道我能不能阻止他們。」

維多莉亞的臉垮下來了。接下來她喃喃嘟噥著，眼淚流了下來。「我們不希望他們看到我們這個樣子。」

「他們知道發生了什麼事情，維多莉亞，他們已經猜出來了。他們需要看到你們，這樣你們就可以向他們解釋。而且……」他停頓了一會兒，「維多莉亞，有……很多的……傷亡。在航站口。」

她吞了口口水，「我知道。」

「我們該怎麼辦？」齊倫低聲說道。

有那麼一秒鐘，她只是垂著腦袋站在那裡。當她終於說得出話來時，她說：「你必須把那些屍體放到氣閘外，讓它們離開太空船，快。」

齊倫心裡湧起一陣恐懼，但他勉強擠出一個字。「好。」

「你做得到嗎，齊倫？」她輕聲問道，「我很遺憾這件事要落在你身上。」

齊倫點點頭。他非常害怕執行這個任務，但另一件事讓他更怕。

「我可以列一個清單……說明他們是誰，是誰……離開了。」齊倫無法不閉上雙眼。「但他們的兒子還不知道，我不知道怎麼——」他吐出這幾個字，就再也說不下去。「妳是個護士，對不對？妳怎麼告訴別人……」

女人盯著螢幕，她的眼睛充滿了淚水。「我來告訴他們。」

齊倫集合了一百二十二個男孩，讓他們排在一起，飄在中央指揮部的走廊上。托賓・艾姆斯和奧斯汀・漢德和其他人一起來，安靜地等待輪到他們。

所有的孩子一致認爲，不管通訊台的大人說了些什麼，應該都是隱私。當哪個男孩和自己的父母說話時，沒有任何人進入或離開中央指揮部。有時齊倫可以聽到他們在金屬牆邊哭泣，但大多數時候，告別儀式悄悄地進行著。

亞瑟第一個走出中央指揮部。他把自己吊在天花板的一根電路管道角落，陰鬱而失落。齊倫知道亞瑟的父母下落不明，所以他今天並沒有聽到什麼可怕的消息。齊倫拍了拍他的肩膀，讓他回到走廊上。「我需要你的幫助。」

「什麼？」亞瑟飄在他身後，雙手吊在管路上，身體拉直。

「你從螢幕上看到航站站口了？」齊倫低聲說道。

「是的。」

「你能不能幫我……處理呢？」

男孩嚇得臉色煞白。

「我能想到的只有你……」齊倫開口，「我無法一個人去。我知道我的要求太過分——」

亞瑟打斷他的話，「我去。」

下樓電梯是如此森冷，門一打開就是通往航站的靜悄悄走廊，齊倫覺得這個場景恐怖到讓他的骨頭震顫。他走不出電梯。

「他們不會到處飄浮，是吧？」亞瑟低聲說道。

齊倫沒有回答。

終於，男孩們離開了安全的電梯，進到航站。第一眼，和平常沒有什麼不同，有那麼一個瘋狂的瞬間，齊倫希望有人已經悄悄處理了這些屍體，他就不用做這件事。

但是，沒有。

這個地方是一個墓室。他們四散各處，一動不動，所以他沒有注意到，或者，是因爲他不想看到，他的心在拒絕這一切，趕走這一切。

但是，當齊倫強迫自己細看，他們就在那裡，躺在他們倒下來的地方。數十具屍體躺在地上，有些稍稍地飄浮著，一灘灘發黑的乾血從屍體底下流散開來，他們瞪大眼睛，扭著四肢。他看到亨利太太、俄巴底亞先生、帕特森中尉、哈維．蒙巴薩。這些軀體一直、一直在這裡躺著。

他快吐了，但又嚥了回去。他的身子晃了晃，覺得四肢的血液全都流了出去，但他握住自己的拳頭，飄過他們，朝氣閘過去。

亞瑟平行地飄浮在他身邊，看著周遭毫無生氣的人體，表情黯淡，臉色蒼白。

「我們該怎麼做？」齊倫問道。

亞瑟的眼睛望了他一眼，「我們需要一條繩子。」

他們工作了幾個小時，拿一條繩子把所有的屍體綁在一起，利用滑輪連到氣閘內壁，拖動屍體，穿過航站。

大多數都是亞瑟拉的，但，是齊倫把繩子繞在死去的人身上，他盡量不去看他們的眼睛，盡量不去在意他們的氣味。他綁好一具，下一具，再下一具，一邊忍不住低聲咒罵，他的動作笨拙，因爲得拉住屍體，不讓它們飄離。

齊倫因爲恐懼而不斷哆嗦著，幸好是在無重力狀態下，否則這個任務是不可能執行的。

當他抬起死者的肢體，閉上他們空洞的眼珠子，他讓自己一直想著薇芙莉，想起第一次他鼓起勇氣握她的手，就在收穫節。當時有啤酒、烤栗子、蔬菜以及橄欖。

大人們跳著孩提時代在地球上學習的舞步，薇芙莉坐在一張桌子邊，吃掉她爲這個場合做的蛋糕上最後一顆草莓。齊倫坐在她的身邊，指著和凱利克．哈桑跳舞的薇芙莉母親，她一邊旋轉，一邊傻笑。當她的母親絆倒時，薇芙莉也笑了，於是他握住她的手，把她拉近。她轉頭看他，十分驚訝，然後她瞇起眼睛，甜甜地望著他。

當齊倫把最後一名船員放進氣閘時，覺得十分不人道，雖然這些人已經死去，沒有意識及感覺。亞瑟扳起控制鎖，關上排氣系統，他看起來很疲憊，他們必須把空氣留在裡面，否則無法把屍體推出船艦。亞瑟把一切設定完以後，他的拇指停在紅色按鈕上。

齊倫的手拍拍男孩的肩膀。「我們是不是該說些什麼？」他低聲說道。

「你的意思是祈禱一下？」

兩個男孩面面相覷。齊倫想不出該做什麼，亞瑟先開始，他唱起一首歌，聲音像一個眞正的男高音迴盪在航站裡。幾個小節後，齊倫跟著唱，他知道這首歌古老的旋律和歌詞，他明白自己唱得有多動人。

「黑色的鳥兒在死亡的夜晚歌唱，讓這些破碎的翅膀，學習飛翔。」

一曲結束，亞瑟按下按鈕打開外氣閘門。一聲爆炸。齊倫看著窗外，確定他們都走了。氣閘空無一人。

齊倫和亞瑟不發一語，坐電梯一路回到中央指揮部。

電梯門打開，亞瑟的表情怔忡。渴望得到安慰的齊倫飄進瓊斯艦長的辦公室走廊。他第一個感覺是，自己不該來這裡，彷彿他是一個入侵者。沒有艦長坐在椅子上看著窗外，這個房間感覺又小又黑，齊倫需要知道以後該怎麼走下去，但他不知道還能怎麼做。

他把自己鉤在辦公桌的椅子上，手摸著光滑的寫字板。他渴望那個高大的男人會來告訴他，他做得很好，他和亞瑟做了正確的事情。但是沒有人來告訴他。他甚至不能這麼告訴自己，因爲他自己也不這麼認爲。

牆壁的另一頭傳來其他男孩傷心的哭泣聲。

他可以爲他們做什麼？他們失落、悲痛。但是，如果他們全然崩潰了，便撐不過這一場災難。他們會犯下愚蠢的錯誤，比如忘了清潔空氣過濾器，或者沒有檢查陽離子純水系統。然後，一切都完了。

孩子們需要一個領導者。

齊倫點擊瓊斯艦長個人的終端機，點開每天的日誌。他絞盡腦汁，冥思苦想，希望想出過去有什麼情況，船員面對過這種可怕的痛苦和災難。

他唯一可以想到的是那件氣閘意外，有三個人飛進太空，包括塞思的母親和薇芙莉的父親。齊倫找到瓊斯艦長當時的通話紀錄，但一點也無法幫上當時的情況。艦長的日誌也一樣。

一個個人文件夾吸引了齊倫的注意力，上面標示著「布道」的字眼。這裡面可能會有點有用的東西。他很快地看了一下標題，發現一個名叫「當所有希望都破滅」的檔案。他打開文件，開始閱讀。這是一個很短的談話，卻是美麗而感人的。

齊倫讀完後，感覺好多了。他認為其他男孩如果也讀了，心裡會好過些。

齊倫把這篇講詞存進手提螢幕上，綁在自己的腰際，飄回現在已經空無一人的走廊。最後一個男孩已經和他的父母談過，知道他們到底發生了什麼事，大人們其實已經準備犧牲，所以一切都結束了。

齊倫拿起拴在宿舍門邊的喇叭，不知道該如何呼喚孩子們。讓他們全部集合，好像也有點不對。於是，他乾脆直接念了出來：

「有時在我們的生命中，我們必須面對巨大的失落和痛苦。這種巨大的痛苦和失落，我們沒有其他選擇，只能忍受。我們能怎麼辦？往外望去，是那樣廣闊無垠，不變的星星似乎是永恆的，我們是如此渺小，如此孤單，無足輕重。在這樣浩瀚的宇宙中，我們的所做所為又有什麼意義？」

齊倫聽到塞思和他的朋友飄浮在房間角落裡竊笑，但他不去理會。有些男孩帶著一雙淚眼望著他。

「但其實是有意義的。相信我們的生活具備意義，這是信心的本質。我們不像恆星那樣大，那樣明亮，但我們帶著全人類愛的信息穿梭整個星系。我們是先鋒，是世界的開創者，我們的營養是希望。就像柔嫩的蘆葦在風中搖擺，我們會找到一個新的太陽。」

讀最後一段講詞前，齊倫抬起頭來。所有的男孩看著他，許多人哭了起來，眼淚像珍珠一樣漂在中央碉堡的半空中，但所有人靜悄悄的。即使塞思也不發一語，他讓齊倫主導所有人。

「人類不會隱退消失在黑暗中。路途的確漫長，任務的確艱鉅，甚至有人說不可能，但我們終究會勝利。總有一天，孩子們會重新聚集在篝火邊，仰望未知的星空。他們會記住我們的犧牲，我們的名字將會永遠被歌頌。」

沒有一個孩子說話，但屋裡的氣氛感覺沒那麼令人窒息了。

齊倫把喇叭扣在門邊，飄回他的床鋪。他溜進毯子裡，嚴嚴實實把自己蓋起來，把螢幕抱在胸前，終於閉上眼睛。

但他的腦袋還在不停地轉著，想起那些屍體、血液，和疼痛扭曲的臉。再過幾日，其他的大人會死在機房，他必須要再做一次嗎？一定有方法可以讓船員離開那裡的。他不能就這樣放棄他們。他不會。

現在他睡不著了，有太多事要做。他離開自己的床，在標準重力下走向機房。走得越久，便感覺宿舍越長，環顧四周，每張床上的每個男孩都變成塞思·阿德凡爾，用一雙藍色眼睛指責地看著他……他在作夢。他還在自己的床鋪裡。他試著想爬起來，卻覺得四肢癱軟。

他必須睡覺，他身體所有機能都關閉了，他會睡幾個小時。

那篇講詞的字句，我們的名字將會永遠被歌頌，浮現在他的腦海，安慰著他。在他沉睡前，他希望能向寫下它的人道謝。

是誰呢？哦，是的。

安妮·馬瑟。

17 失壓

幾個小時後齊倫醒來，精神沒有完全恢復，但休息過後比較能夠思考。宿舍裡的男孩們躺在床上，還在睡夢中，但少數幾個已經打開安全帶，飄浮在天花板上。

現在，男孩們漸漸習慣無重力狀態，受傷的機率小得多。齊倫隨便他們飄浮，事實上他也阻止不了他們。他學到如果對方絕對不會服從，就最好不要發號這道施令。

齊倫離開自己的床鋪，腳一踢，上了天花板。他把自己拉向廚房，蘭迪．奧爾特加在那裡準備早餐的口糧。穿過整個大房間時，他朝幾個已經醒來的男孩點頭。他昏昏沉沉地經過走廊來到中央指揮部，發現塞思和沙瑞克以及其他幾個男孩圍在一部控制台前。

「怎麼回事？」齊倫揉了揉惺忪的眼睛問道。

他們沒有回答，所以齊倫讓自己下到地面上，從塞思身後望向螢幕。他們在查看機房，但那裡沒有動靜。

「怎麼回事？」齊倫又問。

塞思勉強開口，「我們看不到任何一個人。」

「一個人都沒有？」齊倫問道。

沙瑞克搖了搖頭，「我們也無法呼叫他們。」

「多長時間了？」

「二十分鐘。」

「最後一次通訊時間是？」

「是一條簡訊，四十分鐘前。」

「在哪裡？」

塞思遞給齊倫一張紙，上頭寫著：八點半引擎回復，我們愛你們。

「這到底是什麼意思？」齊倫問道，他的聲音拔高。

「不知道！」塞思吼道，頭上的繃帶鬆開，他的手一拍，把它按回原處。血漬滲出，邊緣呈咖啡色，中心仍然殷紅，就在紗布中間，像一個彈孔似的。塞思的頭髮油膩膩的，眼睛張大盯著螢幕。齊倫看得出來他的壓力很大，不知道他有沒有睡。

「看！那裡！」沙瑞克指著畫面的角落，齊倫看到了一隻腳在動。它飄向機房的後端。

「那個地方有沒有攝影機？」齊倫問。

「只有氣閘那裡有，」塞思說道，「但鏡頭被關起來，或遮住之類的。」

「爲什麼要蓋住氣閘的攝影機？」齊倫問道。

沒有人回答，他們不想回答。齊倫一下子就明白了。

「哦，不。」

齊倫顫抖的手指按下通向機房的對講機。

「住手！我知道你聽到我的話了！」他大叫，「你以為你是英雄，但你不是！」另一個男孩望著齊倫，他們的目光不是憤怒，而是眞正的恐懼。即使塞思也張大眼睛，牙齒把嘴唇都咬白了。齊倫等待有人回應，然而，什麼都沒有，他一拳打在對講機開關上。

「聽我說，無論你們釋放機房艙壓了沒有，我都會開一架太空梭衝進你們即將打開的氣閘，所以，你們堅持五分鐘。只要五分鐘！」

「他們在幹什麼？」沙瑞克問。他咧著嘴，一臉驚恐的表情。

塞思面帶寒霜，「他們想引爆機房。」

「為什麼？」沙瑞克尖叫道，「引擎都修好了！」

「可以燒乾所有放射性氣體。」還有他們的屍體，齊倫幾乎脫口而出，終於在最後一秒鐘忍住。他不知道有多少大人還活著，也許幾個，也許全部。他們受到致命劑量的輻射，決定盡快結束這一切，但他不會讓他們這麼做。他解開安全帶，指著沙瑞克，「留在通訊台，繼續和他們說話。一到太空梭裡，我會和你聯繫。」

塞思皺著眉頭，「你不會駕駛。」

「你也不會。」齊倫轉頭說道。

「我跟你去。」塞思說道。

齊倫身子一提，沿著天花板到中央電梯前，按下按鈕。電梯門立即打開，他進到電梯，沒有等塞思跟上，便按下按鈕到太空梭站那一層樓。塞思迅速飄到他身邊，頭頂住天花板。齊倫盯著塞思的側面，試著用薇芙莉的目光去看他，但這種舉止讓他感到愚蠢，他別開頭去。

塞思似乎讀到他的心思，「你一定很擔心薇芙莉。」

「我現在沒辦法想別的事。」

「我也是。」塞思的目光牢牢地對著齊倫。「我希望你知道，我試圖阻止過他們。」

「我知道，我看到了。」齊倫平靜地說道，聽到男孩濃重的呼吸。塞思做什麼都花好大的力氣。「謝謝你的努力。」

「應該的。」

齊倫看著他，張嘴想問一個他疑惑了好幾年的問題。你愛她，是嗎？但話在嘴邊，說不出來。他無法面對現實，不願相信像塞思這樣的男人會眞正愛上任何人。

電梯到達太空梭站，門打開，齊倫飛出走廊，直直飄向航站艙門，比他以往最快的跑步速度都還快。他感覺塞思就在他身後。一進到航站門口，他用腳抵住牆，再次彈射出去，朝最近氣閘的太空梭過去。他飛得這麼快，覺得有點頭暈。地上一池池乾涸的血跡，讓他想起自己和亞瑟把屍體炸出氣閘。他一直不願意再回憶，想假裝從沒有發生過。

環顧四周，他發現塞思已經打開太空梭的舷梯，飄了過去。齊倫跟在他身後。

「那些屍體，」塞思低聲說道，「是你——」

「是的。」齊倫打斷他的話。

「我其實可以幫忙。」

「你受傷了。」齊倫說道，把自己綁在駕駛座中。

齊倫不知道太空梭確實有多大，操縱它有多困難，他的胃翻騰著。他做得到嗎？他甚至沒有駕駛過單人艇。

「好吧。」齊倫盯著面前複雜的儀表板，不知道該先按哪個按鈕。塞思打開開關，齊倫聽到引擎發出聲響。「謝謝。」齊倫說道，很高興塞思在他身邊。

塞思指著駕駛座，「你十六歲了吧？所以，他們讓你上過模擬駕駛課了？」

「是的。」齊倫說道，儘管他從來都沒有做好過。

駕駛太空梭是很困難的，無重力狀態讓它幾乎不可能保持在固定航向，引擎又這麼強大，一點點錯估都可能是致命的。他的作法其實十分危險，不只是對自己和塞思而言，也對所有星空者號的成員而言。如果他撞向船體，太空船可能會面臨一個爆炸性的減壓，這會害死船上的每個人。在模擬飛行中，齊倫甚至從來沒有成功地降落過太空梭，每一次他都墜毀。他咬著嘴唇，不讓它們顫抖。

「不許臨陣退縮。」塞思用警告的聲音說道。

「閉嘴。」

「走吧。」

「你在幫倒忙。」

「我在這裡，是不是？」

齊倫看著塞思倔強的下巴，剛硬的藍色眼睛。是的，塞思在這裡，他一直在這裡，行事和思維都和其他男孩不同。齊倫不喜歡他，但說實話，塞思可能是齊倫最大的幫手。

齊倫深吸了一口氣，握住兩膝間的操縱桿。他稍稍拉起，覺得太空梭向上移動。

「放開束帶。」他說，塞思的手指已經按下按鍵。太空梭突然躍起，齊倫勉強控制才沒讓它撞爛航站的天花板。經過好幾次劇烈的升降和搖擺，齊倫終於握牢操縱桿，穩住太空梭。

「好吧，聯繫沙瑞克，讓他打開氣閘。」

塞思朝麥克風耳機說話。兩個男孩看到大門漸漸打開，露出後頭一個大型氣閘。

「別撞上船身。」塞思壓低聲音說道。

齊倫慢慢地拉高操縱桿，太空梭飛向氣閘，機尾一出艙口，塞思便要沙瑞克關閉大門。兩個男孩因爲太空船瞬間減壓的爆炸聲震得一跳。氣閘呈現眞空後，就可以打開外艙門。

「我的天啊。」齊倫低聲喊道，他緊張得快吐了。

他從來沒有離開星空者號到無垠的太空過。他轉頭看塞思，男孩的臉色蒼白，表情緊繃。

兩人目光相遇，塞思說道：「我到底在想什麼？」

齊倫放聲大笑，塞思也是。但這個笑並沒有維持太長。塞思打開通訊鈕，告訴沙瑞克：「好吧，打開外艙。」

齊倫不知道他期待些什麼，但是當氣閘門在他面前打開時，他的恐懼消逝。畢竟厚玻璃外的那團星雲並不那麼陌生。

「慢一點。」塞思對他說道。

「是。」齊倫說道，將太空梭駛離艙口。

一當他們脫離星空者號船殼的保護，齊倫心驚肉跳，有好一會兒，他認爲自己要吐了。他做了幾個深呼吸，直到暈眩消退，拉起操縱桿移向左舷。星空者號的整個側身映入齊倫眼簾。

他從來沒有從外面見過太空船，此刻才意識到這眞的是一部驚人的機器。太空梭沿著船體移動，半球形外殼上有許多高高低低的部分，是各種船舶系統。大氣的控制系統高於一切。

「小心。」塞思發出警告。齊倫把操縱桿往回拉想避開，但太空梭的底部擦過船體，發出恐怖的金屬刮聲。太空梭像是陷入什麼東西裡面，但隨即又鬆開來。

「小心！」塞思抓住膝前的操縱桿，把它拉回來，太空梭盤旋向上。

「我知道，」齊倫說道，「你可以放手了。」

「別再搞第二次了。」塞思氣喘吁吁說道，雙手放在面前的副駕駛操縱桿上。

「怎麼了？害怕？」齊倫問他。

「他媽的。」

塞思對麥克風說道，要求沙瑞克檢查大氣控制系統損壞的情況。屏氣幾分鐘後，齊倫看到星空者號的艦尾推進器前端，知道機房氣閘一定在左側的某個地方。「它在哪裡？」

「我沒有看到。」

通訊系統嗶了一聲，塞思回答：「什麼事？」

「讓我和齊倫談談。」

是梅森．阿德凡爾的聲音。齊倫以爲他死了，因爲他已經四十個鐘頭沒和他說話了。

「我在，梅森。」

「你是個瘋狂的該死小子，你知道嗎？」

「想把自己炸出氣閘的人更瘋狂。」

「我們必須把毒氣排出去。」

「我不管。你得等我來接你以後再說。」

這個人笑了，但卻是一個痛苦、沒有幽默感的笑。「誰告訴你太空梭進得了機房？」

齊倫的身子一晃，像是所有的血都從身體流出。「氣閘大小不合嗎？」

「機房的氣閘是通風用的，」梅森虛弱地咳著，「甚至無法連接一艘單人艇。」

「但，這太瘋狂了！」塞思歇斯底里喊道，「誰會這樣設計太空船呀？」

「正常情況下，引擎出事前，我們至少會得到二十條警告。我們的技術人員可以排除任何一種一般的故障。」

「設計者沒有想到反應爐熔毀？」齊倫叫道。

「他們從來沒有想過會有人入侵。」梅森用冷靜而平板的語氣說道，「你不覺得我們什麼都嘗試過了嗎，孩子？」

齊倫看著塞思，聽自己的父親喊別人「孩子」時，他的臉色變了。

「難道，我們什麼都不能做？」齊倫問道。

駕駛艙瀰漫著一種痛苦的沉默。齊倫冒出冷汗，身子微微發抖。

男人嘆了口氣，「聽好，這麼做很可能會害死我們，但你可以嘗試把貨艙接上氣閘，當我們減壓後，可能會被吹到裡面。」

「嗯，好！就這樣做吧！」齊倫說道。

「你不懂，」梅森冷冷地說道，「這個爆炸的力道可能會損壞太空梭，會讓它不斷旋轉，你可能無法控制。這就是爲什麼我們希望你們這些孩子不要魯莽行事。」

「天啊。」塞思說道，頹然地坐在椅子上，盯著面前的控制台，腦子一片空白。他抬起眼睛望著齊倫，所有的執拗和任性都不見了。

齊倫望著男孩。如果他們被吹離星空者號，像一顆脈衝星一樣旋轉，也許接下來極短暫的餘生，他都要這樣盯著塞思·阿德凡爾的臉。但他們有什麼選擇？

「好吧，我們會盡力的。」齊倫說道。他的身體不舒服，頭像擂鼓似的疼痛，於是手離開操縱桿片刻，彎著指頭，希望它們不要抖得這麼厲害。

「一當我的眼球止血了，我要扒了你們的皮。」梅森說道。

「如果你能追上我們的話，老傢伙。」塞思說道，兩人苦澀地笑了。

「好吧，梅森，我該怎麼辦？」齊倫調整握在手上的操縱桿。

「你必須讓太空梭到左舷艙門。」

「知道了。」塞思說道，指向右側。

齊倫看到橢圓形的氣閘凸出星空者號的船體，將太空梭開過去，直到從螢幕可以看到氣閘。塞思按下一個按鈕，螢幕底部出現這句話：對接程序啟動。

齊倫把太空梭移到氣閘上方。飛行器慢慢停了下來，金屬碰金屬的哀鳴聲穿過太空梭。

「天啊。」塞思說道，他按下一個按鈕，把貨艙的空氣吸出來，放進備用槽，以便一會兒可以加壓。兩個男孩面面相覷。塞思咬住兩頰內側的肉，這是一個緊張時的習慣，讓他的臉扭曲。

齊倫舔了舔嘴唇，「我們已經接上了，梅森。等你就緒。」

「好吧。一聽到減壓，立刻關上太空梭的門，聽見了嗎？你們要快，否則我們會被彈出去。」

「我知道，爸爸。」塞思坐著，指頭指向按鍵。

「數到三。」梅森說道。

齊倫握著操縱桿，小心不讓船身搖晃。他的眼睛盯著黝暗的星雲，它們等著吞噬星空者號的最後一批成人船員。

「一。」

齊倫深吸一口氣，想像太空的真空環境，會塌陷他們的肺，煮沸他們的血液。

「二。」

塞思打開太空梭的氣閘門預備接住船員。齊倫握緊操縱桿。

「三。」

當空氣從星空者號的氣閘爆開，一個撞擊聲像捶在齊倫的胸前。太空梭突然在一種幾乎不可能的速度下飛快地旋轉，整個宇宙瞬間成爲一片模糊的灰色和粉紅色。齊倫感覺到自己眼冒金星，他閉上雙眼，握著操縱桿，等待他的腦袋清楚後，才能睜開眼睛。

當他打開眼睛時，倒抽一口氣。他們已經離開星空者號那麼遠，太空船變成差不多是水母那麼大。天啊。從太空梭的窗往外看去，星空者號船體一下子看得到，看不到，然後又看得到，太空梭漸行漸遠，完全無法控制，在星雲中旋轉飛馳，就像一顆石頭不斷在嘩嘩的水流中跳躍。

18 旋轉

好一會兒，齊倫只能牢牢抓住自己的座位，眼前金星亂冒。他以爲自己會昏過去。小心翼翼地，他終於睜開眼睛，望向窗外，但這個舉動讓他頭暈目眩，於是他把注意力集中在操縱桿上。駕駛座的終端機上閃爍著一條訊息：啟動狀態調整。

他點一下螢幕，突然太空船有了動力，幾十個推進器隨機地接連重新啓動。

「爸爸！爸爸！」塞思按著對講機開關尖叫。齊倫不忍心轉過頭去看他。「你聽得到我嗎？」

「他們回來了嗎？」齊倫問。

「我不知道！」

「你有沒有關閉艙門，重新加壓？」

「有！」

「他們可能昏過去了。」齊倫說道。

「我要下去。」

塞思的手伸向安全帶的扣環。齊倫大喝一聲，「等我們停止旋轉後再說。你會沒命的。」

「那就想辦法控制它！」塞思喊道。

「我在試了！」齊倫吼回去。

是旋轉減慢了，還是齊倫習慣了？他不知道。但從駕駛艙的窗往外看，已經看不見星空者號。齊倫希望這是因爲太空梭背對太空船，因爲如果不是就太可怕了，那表示他們已經飄流太遠，所以看不見太空船。

「你知道怎麼使用導航系統嗎？」

塞思哼了一聲，「在這團星雲裡？」

紅色的字句在齊倫的畫面上閃現：狀態調整失敗。

「該死！陀螺儀壞了！」齊倫呸了一聲。

螢幕閃動：啟用手動控制。

齊倫必須穩住太空梭。他敲了面前的螢幕一下，突然，推進器全熄了。

「你感覺得出我們朝哪個方向旋轉？」齊倫問塞思，知道自己問了蠢問題。

塞思甚至懶得回答。

減緩旋轉唯一的方法便是啓動和旋轉方向相反的推進器。齊倫閉上眼睛，想像自己從太空梭外面觀看。貨艙在船尾，太空梭的底部，所以爆炸發生時，太空梭應該會頭尾相覆，所以是船頭朝下，這意味著他必須啓動推進器，將太空梭的頭抬起來。

齊倫把操縱桿往回拉，太空梭顛簸得很厲害。齊倫聽到塞思乾嘔的聲音，駕駛艙充斥一股刺鼻的氣味。他持續拉回操縱桿，低聲祈禱，「拜託，拜託，拜託。」

「住手！住手！」塞思大叫，他用袖子擦了擦下巴。「可以了！」

齊倫睜開眼睛，在模糊的星雲中看到星空者號，像灰色細小的卵石。一定至少距離兩百公里或更多。他順著本能拉起操縱桿，然後發動後方推進器。他感覺座位抵住他的背。當太空梭上上下下震動時，星空者號似乎搖搖晃晃的，但一直停留在太空梭的視線中。推進器讓太空梭慢慢往家的方向而去。

「我認爲你成功了。」塞思說道。

「幾分鐘後，我們便可以停泊。」齊倫點點頭。「去看看其他人吧。」

他鬆開安全帶，跟著塞思走過一排排空座位間，下到艙門，打開貨艙，害怕自己會看到什麼可怕的場景。他的心在胸膛裡怦怦跳著，太陽穴裡的靜脈感到腫脹發癢，所有的恐慌，都集中在那裡，想衝出來。

塞思拉起手把，打開艙口，往裡瞧。

一片漆黑。

「嘿！」塞思喊道。齊倫從來沒有聽過他的聲音這麼像一個小男孩。

黑暗中傳來一聲掙扎的呻吟。齊倫打開艙內的燈光，他看到的景象可能會像夢魘般纏繞他的餘生。他們蜷縮在貨艙的一個角落，流著血，面龐腫脹，因爲凍傷而發皺，眼睛閉得緊緊的，凝結的血液布在眼眶四周，有些仍在滲血。他幾乎認不出任何人。但他們還活著。

「有誰可以說話嗎？」

那些扭曲的身形中有人虛弱地舉起一根大拇指。齊倫瞇起眼睛看著那張臉，他認出是梅森·阿德凡爾，塞思的父親。

「你救了我們所有人，齊倫。」

他沒有對自己的兒子說一個字。

塞思盯著父親，表情木然。男孩似乎被掏空了。

「我最好快點帶大家回去。」齊倫的手放在塞思的肩膀上，「幹得好。」

塞思甩掉齊倫的手，「我需要你的讚美嗎？」

齊倫垂下手。「我只是想——」

「不要裝出一副領導人的樣子，」塞思說道，「沒有人信任你。」

「是嗎？」

「去死吧。」塞思說道，走向他的父親。

齊倫看到男孩脫下上衣，包住父親受傷的額頭，溫柔地撫著結痂的血跡，在父親耳邊低語。

這一刻齊倫多麼想念自己的父親，但他沒有時間多思慮。駕駛艙的對接系統已經發出嗶嗶的響聲，他必須回去。

他把自己綁到座位上，試圖引導太空梭直接回到星空者號，但有什麼地方不對勁。他似乎無法讓它接近，當他愈往前，星空者號似乎越離越遠，彷彿太空船本身……

「沙瑞克！」齊倫朝對講機大喊，「引擎啓動了沒有？」

「有！剛剛重新接上！」沙瑞克興奮的聲音從線路中傳過來。「我們有重力了，不多，但逐漸增加中！你把所有船員帶出機房了？」

「是的，我們成功了。他們還活著。」

齊倫聽到一百二十二個男孩喜悅的歡呼聲。

「聽著，沙瑞克，有沒有什麼辦法可以阻止星空者號加速，等我們回去？」

「嗯……」有一個不安的停頓，「我不知道怎麼做。」

「好吧，沙瑞克。不要擔心。」汗水從齊倫的上唇冒出，他緊張地舔掉它。也許再度關掉引擎並不安全，他們可能會無法重新啓動，但要將太空梭降落在移動的目標上，是雙倍的困難。

齊倫把出汗的手心在褲子上擦了擦，握住操縱桿，向前推，讓太空梭保持足夠的速度趕上星空者號。

透過駕駛艙的窗戶，齊倫觀察到星空者號越來越接近了，他想像自己從上頭觀看太空梭和星空者號，希望可以推測出太空梭進到氣閘的正確軌道。齊倫明白自己得加緊速度才能趕上星空者號。

齊倫將推進器往前推到最大容量，他整個人貼在座位上，幾乎無法抬起手臂操縱太空梭，得花盡一切力氣才能讓身體前傾，握住操縱桿。

齊倫沒有直接對準星空者號，他將太空梭對準船上較高的位置，猜想太空梭和星空者號對接的位置。他雙手握牢，不理會自己四肢的顫抖，沙瑞克從對講機那頭傳來的驚慌警告聲，頸後及受到擠壓的胸膛劇烈的疼痛。他告訴自己一定會成功的。

不久，星空者號已經橫在齊倫眼前。他幾乎快到了。他搜索了整條太空船氣泡狀的表面，尋找熟悉的八角形太空梭站口氣閘，終於看到橙色的線從霧狀的星雲中冒出。

對接的艙口看起來好小，齊倫將太空梭對準它，和船身成對角線。外層氣閘打開了，齊倫放掉加速度。他鬆了口氣，四肢不再那麼沉重，用牙齒咬著頰邊內層的肉，然後嚐到血的氣味。

「來吧，來吧。」他喃喃地說。

登陸一架眞正的太空梭要比模擬飛行更須憑藉直覺。齊倫穩穩地握住操縱桿，太空梭慢慢滑向外層氣閘門。飛行器撞上太空船天花板，然後吱吱劃過牆壁，但他們終究還是進來了。外層氣閘門在太空梭周遭關閉，氣閘加壓，通向航站的內門打開，站著一群滿懷希望的男孩。

他其實不希望他們看到自己的父母渾身腫脹，遍體鱗傷，充滿痛苦。但，當貨艙的艙門拉下，男孩們看見大人躺在太空梭的地上，他們衝了進來，鬆了口氣，嚎啕大哭。

當齊倫走下舷梯，一群男孩扶著自己的爸爸媽媽，把他們帶下貨艙，到醫務室去。所有人看到自己的父母出現，還有呼吸，大家都感到欣慰振奮，臉上又有了希望。

自從薇芙莉上了敵人的太空梭以後，這是齊倫第一次感到一切還沒有絕望。也許他會再見到她，也許還可能找到她。而他的父母，他們也許仍然活著。他需要盡可能抱持這麼一個希望。

齊倫發現塞思扶著他的父親離開太空梭。他有點愧疚自己過去一直把這個聰明、有能力的男孩當成一個威脅。畢竟要和薇芙莉結婚的是自己，不是嗎？他應該努力擺脫過去的競爭關係，和這個男孩聯盟合作。

塞思一手撐住父親，其他男生衝上來幫忙。梅森．阿德凡爾的眼睛在腫脹的臉上半睜著，嘴唇破裂，鼻尖因爲凍傷而發黑發亮。但他還活著。令人難以置信的是竟然所有大人都活著。

「沒有你，我做不到的。」齊倫向塞思說道，希望梅森聽到自己的話。所有男孩都停下來看塞思的反應。

塞思冷冷地看著齊倫，「不要一副很了不起的樣子。」

齊倫搖搖頭，他不懂。

「你撞上圓形屋頂時，毀損了環境控制系統，我們得開單人艇去把它修好。」

有些男孩轉頭憤怒地看著齊倫。

塞思爲什麼要這樣做呢？

「我們可以修好的，」齊倫迷惑地說道，「你也在場，你知道這有多難。」

「我不應該讓你上駕駛座。」塞思大聲說道，彷彿故意對其他男孩表演似的。

「讓我？」

「我認爲應該把你關在禁閉室裡，才不會再造成危害。」塞思回頭說道，他半抱著父親，把這個昏迷的男人帶出航天站到醫務室去。其他的男生背過臉，隨塞思走出去。

齊倫跟著他們進到走廊，他發現不只一個男孩瞪著他。一轉彎，發現角落裡，沙瑞克和另外兩個十二歲的男孩在走廊上交頭接耳。他們都用生氣的表情看著齊倫。

「你們在說什麼？」齊倫問他們，但他們搖搖頭，轉身走開。

當他進入醫務室，發現一片混亂。大部分的大人都半昏迷地呻吟著。男孩們在醫藥櫃和他們父母的床邊來回跑著，所有大人躺在床上，雙手痛苦地扭著，燻黑的臉因爲失壓而傷痕累累。

齊倫走過一排病床，仔細搜尋病人的臉，終於找到維多莉亞．漢德，她是一名護士。她躺在房間角落，頭在枕上來回滾動，呻吟著。齊倫推開圍得水洩不通的男孩朝她大吼：「維多莉亞！我們該怎麼辦？」

她的眼睛無力地張開，但似乎無法聚焦。

「我們該怎麼治療因爲減壓而受的傷？」他大聲說道。

「氧氣。」這個字眼從她褶皺和裂開的嘴唇中吐出。

齊倫的手在頭頂上一拍，大聲對男孩們說道：「找出氧氣罐和面具。每個人照料自己的爸爸媽媽！快點！」

德魯．瓊斯在房間後頭的櫃子裡找到氧氣瓶，孩子們爭先恐後地搶著氧氣瓶，幾乎打了起來。就在齊倫穿過房間，打算制止打鬥時，他們已經散開，男孩跑回自己的父母、阿姨、或叔叔伯伯身邊，把氧氣面罩戴在他們臉上。

「我們要怎麼弄？」巴比．馬丁問齊倫，指著瓶子上的刻度。齊倫衝回維多莉亞．漢德身邊，但她已經失去知覺。

她的兒子奧斯汀俯身笨拙地將透明的塑膠口罩罩在她臉上，他哭著一遍一遍地喊道：「我幫妳戴上了，媽媽。妳不會有事的。」

「維多莉亞！」齊倫喊道，女人沒有反應，他搖搖她的肩膀。

「住手！」奧斯汀尖叫，眼淚從他胖胖的臉頰流下來，他不斷地哭泣。

齊倫更用力搖她，「維多莉亞！我們要怎麼設定氧氣？」

她的眼睛轉了轉，看了齊倫一眼。「百分之百。」她勉強說道。

「打開氧氣到最高刻度，伙伴們！」齊倫朝房間大叫，孩子們調整刻度。

齊倫站在維多莉亞身邊，著急地看著。他不能失去她，她是目前船上唯一的醫務人員。

齊倫環顧四周，看到梅森．阿德凡爾不在房間。

「塞思的爸爸到哪裡去了？」他問最近的男孩。

男孩指向一邊的一個套間，「塞思把他帶到那裡。」

齊倫走向櫃子，拿了剩下的最後一瓶氧氣罐走進去。塞思彎身看著父親。燈全都關著，齊倫打開開關。「塞思，他需要氧氣。」

男孩的眼睛一眨不眨地盯著父親的臉，「他不需要任何東西。」

梅森．阿德凡爾躺在床上，像雕塑一樣一動不動。

齊倫把氧氣罐放到地上，「哦，不，我很難過。」

「你是應該難過。」男孩痛苦的呸了一聲，伏在父親身前，彷彿要把他拉起來。這是齊倫見過最悲哀的事。

齊倫離開房間，關上門，看著其他男孩俯身望著親人的面孔，注意他們的每一個呼吸。這一天過去之前，也許會有人痛失親人。

父母不在其中的幾個男孩擠在門口，焦急地看著。其中一個是亞瑟·德崔克。齊倫向男孩招手。「亞瑟，這附近一定有什麼醫療錄影帶之類的東西。也許蘭德爾醫生或帕特爾醫生收著它們，替我把它們找出來，好嗎？」

「好主意。」亞瑟點點頭，快步走開。

齊倫抬起一隻手高高舉過頭頂，吹了一聲口哨。「伙伴們，亞瑟去找治療輻射和減壓疾病的影帶。他找到了以後，我們需要看一下，才知道我們該做什麼。氧氣是第一步，但還有很多事要做，我們得加把勁。」

一些男孩睜大眼睛望向齊倫身後。他正想轉頭時，一個尖銳的東西插進他肩上頸後的地方，感覺像被蜜蜂螫到似的。齊倫眼睛一眨，發現是一個皮下注射器，針插得很深。他轉頭看到塞思滿布淚痕的臉憤怒地皺著眉頭。

「你在做……」齊倫開口問道，但臉上一陣痲木，他的眼睛張大，看到亞瑟·德崔克從醫生的辦公室跑回來，手上成堆的紙張一張張飄落。

他摔了下來——不，倒了下來——不知道房間的重力到底又出什麼事了，他古怪地擺動雙臂，想抓住一個什麼東西不讓自己飄出窗外，跌進那團黯淡的星雲，旋轉，旋轉……

19 禁閉

齊倫醒來時，一邊的臉貼著金屬地板。他的腦袋疼得很厲害，嘴巴就像塞著母親常在花園裡用的泥炭似的。他眨了眨眼睛，看到一張金屬床，旁邊是一個臉盆。

有好幾分鐘，齊倫的心裡空蕩蕩的，他只能呆呆的盯著滴水槽，無色的水一滴一滴掉落到水盆裡。

廚房。

這個字詞像雪片似的滲進他的腦袋裡。水槽在廚房裡，他可能是在廚房。

不，他躺在床下，廚房沒有床。他的脖子發癢，他想抓一下，卻碰到一個硬硬的東西，有一個東西插在他身上。他的心怦怦跳著。是注射器。

他想起來了，是塞思刺進去的。

這裡不是廚房，是禁閉室。

他感覺自己像一團爛泥，艱難地想翻過身去。不管塞思在他身上注射了什麼東西，效力是極其強大的，現在還起著作用。他摸著那支注射器，猜測它到底戳在哪個位置。頸靜脈？頸動脈？拔出來安全嗎？他當然不能把它留在裡面，應該到對面牆上的鏡子前去看看，但他動彈不得。

「這裡。」有人說道。

有一個東西滑過地面，撞在他的側邊。他不敢移動腦袋，怕如果動一下看看是誰來了，可能會把針頭戳得更深或者讓情況變糟，他可能會把它壓進頸靜脈裡。於是，他摸索著，看看到底他們給了他什麼。他花了好大力氣才終於拿起來看了一下。

一面鏡子。女人的鏡子。

「謝謝。」齊倫氣喘吁吁地說道。鏡子，他的手臂似乎沉重得不得了。「如果我把針頭拔出來，會害死我嗎？」

「誰知道。」一個聲音說道。不是塞思，卻很冷漠。一個像塞思那樣討厭齊倫的人。

左手拿著鏡子，他用右手摸索著，手指沿著胸前往上，摸到那根歪掉的注射器，再摸摸周遭的部位。他深吸一口氣，一次一點，慢慢把針頭拔出來。感覺有點像把一根骨頭從身體極深的部位拔出來。

一當拔出來以後，齊倫把它扔掉，又看了看鏡子。血從針孔中流出來，但不算多。齊倫放下左手，渾身無力，舉不起鏡子，只能用右手蓋住傷口，減緩出血。

他這樣待了很長一段時間，調勻自己的呼吸，終於睜開眼睛，發覺一個人影投在水槽後的牆上。有人在盯著他。

「你要殺掉我？」他問。很奇怪地，他的口氣超然，不帶感情。

「我沒有。」那個聲音說道。

「那麼我可以喝一些水嗎？」

「自己去拿。」

「我走不動。」

一個明顯的嘆息聲，齊倫聽到有東西在地上滑動，打到他的腦袋。一個重力袋裝了半滿的水。

齊倫用顫抖的手指把夾著吸管的夾鉗打開，喝下不冷不熱的液體，一下子就喝光了。水讓他恢復了些許體力，他可以較不費力地把眼睛睜開，終於能轉頭看看是誰在一旁。西利·阿恩特坐在那裡盯著他，從廚房拿來的一把長刀放在他的膝蓋上。

「你知道這有多荒謬？」齊倫問男孩，他垂下眼簾看著地上。「我把所有人的父母都救出來了。」

「塞思不是這樣說的。」男孩回答，薄薄的嘴唇在臉上形成一道粉紅色的細線。「你墜落大氣圓頂，所以塞思必須接手。」

「只有一秒鐘！我一路駕駛太空梭。去問沙瑞克。」

男孩笑了。

齊倫心裡升起一股扭曲的恐懼，明白自己陷入一場戰爭。他一直沒有認知到這一點，他就要敗仗了。他可能走不出這裡了。

如果他可以和父親談一分鐘，也許他會問問爸爸自己該怎麼辦。

齊倫想到父親淡褐色的眼睛似乎總是在談話或晚餐的過程中發怔。和兒子在一個房間時，他老是不專心，好像心神總是飄到某處，思索著什麼。有時齊倫會打斷他，讓父親注意自己。齊倫會向他解釋，自己有一點煩惱、和朋友發生問題，或有個老師對他不太公平。他的父親永遠能給他一個好的解釋，讓他心平氣和。

他的爸爸會說：「實話有強大的力量，齊倫。只要盡可能地說實話，人們通常會站在你這邊。」

實話。什麼是實話？

「你知道，西利，塞思一直不太穩定。他的確聰明，但他會傷人。我不是說他不好，他只是……會生氣。」

回應齊倫的是絕對的沉默。

「我們不能這樣敵視對方，你也知道的，不是嗎？」齊倫試圖讓自己的語氣平靜理性。他不能流露出害怕。「我們需要船上的每一個男孩盡自己的責任，不能隨意把人丟到禁閉室，就因爲他們犯一個錯。」

「你犯了很多錯。」

「我們所有人不都會犯錯？」

「塞思沒有犯錯。」

齊倫生氣了，「你讓塞思這樣胡作非爲，只不過是因爲你對發生在家人身上的事感到憤怒，你希望可以怪誰。」

「閉嘴！」男孩爆發了，「我不需要聽你這些廢話！」

齊倫閉上嘴巴，但他明白西利不像表面上的這麼冷靜。齊倫猜測，他其實是充滿疑慮的。可能很多其他男孩也感到同樣的懷疑。如果他能見到他們，如果他能和他們談談……

「西利，你眞的同意把我關在禁閉室裡？」

男孩沒有回答。齊倫望著西利不安的眼睛。他只是一個孩子，卻陷入一種即使大人都不見得應付得了的局面。他很困惑，很害怕，預備牢牢抓住任何可以讓他覺得好過一點的人或事。

「西利，你知道，我認爲我們的太空梭就要回來了。你想想，他們離開好久了，很可能已經找到女孩們。」

「你什麼都不知道。」

「你也是。爲什麼我們要把事情想得那麼壞？你想過嗎？瓊斯艦長可能在其中一部太空梭裡，正在回來的途中。」

「住嘴，」西利吼道，「我知道你打算幹什麼。」

「塞思打算怎麼對付我？」

「你會知道的。」

齊倫的思緒轉著。塞思想殺他？

「除掉我只會讓事情變得更糟，西利。」

「你不在，就不會再造成破壞。」

「你爲什麼會認爲我造成破壞？大家又是怎麼知道的？」

「塞思親眼目睹整個事情。」

「那麼，他的話和我的有所抵觸？以後我們什麼都要聽他的？塞思想把誰關入禁閉室，就可以把誰關進去？」

西利再次沉默。

齊倫因爲恐懼而打了個寒顫，但他強迫自己鎮定超然，只要他在禁閉室裡，就只能任塞思宰割，除非有人讓他出來，否則他無法脫身。他唯一的希望是找一個塞思小圈子外的人，比如亞瑟·德崔克，或者沙瑞克，他從控制台上目睹整個太空梭的飛行，可以反駁塞思的故事。

「如果塞思是一個眞正的領袖，他不應該害怕公正的審判。」

「你這麼說只是想離開這裡吧，行不通的。」

「我這麼說不是只想離開這裡，我是想挽救這艘太空船。你眞的認爲塞思可以領導我們？眞的？」

「沒錯。我相信。」

「哦，是嗎？我想他應該沒有欺負過你吧？」

西利再次沉默。

話說到這裡就可以，讓西利自己去想一想。齊倫不敢期待自己能改變男孩的忠誠，但只要讓他對塞思的所作所爲有一點懷疑就夠了。況且，講這麼多話、想這麼多事讓他精疲力盡，他閉上眼睛，試著想睡一下，擺脫藥物的影響，一旦藥效過去，他可以思考看看接下來該怎麼做。

他還是十分害怕，過了好一會兒，終於能夠睡著。當他再次醒來時，並不知道過去多少時間，只看到面前一雙靴子。

他怕被一腳踢中，一躍而起想站起來，卻失去平衡，不得不倚在金屬床邊。

塞思居高臨下，雙臂交叉在胸前。「很好。」

「你一定覺得很驕傲。」齊倫讓自己坐在床上。他想抓住塞思，把他打昏，但此刻的自己實在太虛弱，他不可能成功的。此外，床另一邊的兩個男孩手上拿著槍，就像新地平線號那班傢伙拿的那種。這麼說來，他們去過貨艙，找到了它們。

「你要什麼，塞思？」

「擁有一切我想要的。你不會再擋路，這艘船會回到該回的地方。」

「所以你才需要槍？」天啊，他們手上有多少把？

「有槍事情會更容易些。」塞思說道。

齊倫的腦袋因爲害怕而嗡嗡作響。塞思瘋了。

「你打算對我做什麼？」齊倫試圖隱藏自己的恐懼。

塞思坐在齊倫身旁，雙手放在膝蓋上。現在，一切都在他的掌控之下，對方的傲慢不再讓他生氣。他一副神氣活現的樣子，目光甚至流露出一股喜悅，他身上則有一股配合這種情況的破碎與病態。

「我還沒有決定。」塞思說道。

「你以爲每個人都會贊同你的行事？」

「誰在乎有沒有人贊同呀？」

「你應該在乎。他們的人數比你們多。」齊倫說道。

他認爲塞思的目光閃現一絲疑慮，但很快就消失。「你才應該擔心吧。」塞思說道。

「爲什麼？你是我唯一的敵人。但你有多少敵人，你這個惡棍？」齊倫回答。

塞思的拳頭落在齊倫的眼睛上，一股劇烈的疼痛衝上他的腦袋，然後又回到脖子和肩膀。他往後翻出床鋪，摔在地上，無法假裝這一點都不疼。

「不要這樣叫我！」塞思尖叫，聲音透出失去父親的痛苦，他似乎快承受不住了。但他死命地咬著嘴唇，控制住自己的情緒，「我不想再打你，但如果你繼續罵我，我會再打的。」

當疼痛稍稍平緩，眼前不再發黑，齊倫慢慢站了起來。他必須倚在身後的金屬牆上，冰冷的鋼鐵在他的背上，讓他稍稍恢復神智。他知道自己需要食物，需要水，需要很多東西。

「你知道太空梭裡發生什麼事，塞思，你人在那裡，你看到所有事情。是我把太空梭開回星空者號的。」

「如果我沒有接手，我們的大氣控制系統就毀了。」塞思說道。他是對兩個觀眾說的：西利．阿恩特，皺著眉坐在地上，表情莫測，還有馬克斯．布倫特，凝神盯著塞思，眼睛發紅。

「我知道自己做了什麼。」

「是，你握了操縱桿十秒鐘，按下一個關閉貨艙按鈕。你就做了這些。」

「我們還在試著修理因爲你讓太空梭墜落而弄壞的大氣系統。」

「太空梭只有擦過表面。弄壞了什麼？一根天線？甚至根本不需要修理的？」

「你弄壞了控制系統。」

「如果你父親在這裡，他會說你是個騙子。」

塞思完全呆住了，有那麼一會兒，齊倫以爲他會哭出來。男孩握住自己的拳頭，很快的衝過來，齊倫甚至沒有看清楚他的動作，他一拳打在齊倫的肚子上。齊倫眼前發黑，當他視線又清楚一些時，膝蓋癱倒。他掙扎著呼吸，但橫膈膜痙攣得很厲害，他拚命吸著空氣，肚子的疼痛是腦袋的兩倍。很痛，太痛了。他可能永遠也出不去了。

齊倫抬頭看著站在面前的塞思，塞思揉拳頭時，目光裡有一絲疑慮。

「你爲什麼要這樣做？」齊倫問，上氣不接下氣。

「我不會讓瓊斯艦長的手下得到這條船。」

「你說什麼？」

「我說很多事需要做一個改變。」

「我認爲你瘋了。」

「你還有其他任何荒謬的指控嗎？」塞思壓低聲音說道，「還是你願意聽聽我的意見？」

齊倫盯著塞思，等他說話。

「你已經睡了三小時，所以很可能餓了，對不對？」塞思明知故問。

齊倫捧著疼痛的肚子，等待。

「我們會給你食物，但首先你得在每一個人面前承認自己的錯誤。這就是你要做的。」

齊倫需要食物。他渾身發軟，即使塞思的一拳讓他肚子痛得很，但他仍然覺得飢餓。他不會讓塞思這樣懲罰他、扳倒他的。如果他這樣做，太空船就完了。齊倫感覺到另外兩個男孩在等他回應。他得想一些什麼話來削弱塞思的氣勢。

要站在敵人的角度思考是很難的。他現在可以說什麼最難聽的話呢？

「你一定很害怕。」他慢吞吞說道，然後抬起眼睛望著塞思的臉，將所有的仇恨集中在目光裡。「這就是爲什麼你不讓我和其他男孩接觸。你怕我讓他們反抗你。」

塞思抓住齊倫的頭髮，將他的頭往牆上撞。「你以爲你很聰明。」

「否則爲什麼你要我公開認錯？如果你不怕，就舉行一個眞正的審判。如果我犯了你所說的錯，你應該能夠證明。但是你不能，所以你害怕。」

「不，齊倫。」塞思說道，走出監牢，把大門關上，面無表情，但聲音因爲憤怒而哆嗦。「害怕的人是你。」

這是眞的。那天晚上，齊倫獨自在黑暗中，飽受飢餓和疼痛的煎熬，想念著薇芙莉。他很害怕。

第四部

顛覆

壓迫會導致戰爭。

——西蒙波娃

20 貨艙

薇芙莉微笑，臉半藏在水果盤後，雙手托著下巴。這是一個很可笑的姿勢，感覺一點也不自然，但阿曼達要她這麼做。

「好可愛，親愛的。好美。」阿曼達用一枝碳筆在畫布上塗著。她就像其他大人一樣虛弱，一次只能在畫架前待幾分鐘，所以進展得很慢。「妳很自然！」

「謝謝。」薇芙莉說道，盡量不動。

「嗯，薇芙莉……」阿曼達的聲音很清晰，「告訴我，妳希不希望有一天當媽媽？」

「我不知道。」薇芙莉把目光調向面前的女人，阿曼達的眼睛直勾勾地盯著畫布。「妳爲什麼要問這個？」

「哦，我猜是因爲我嫉妒。」

「嫉妒？爲什麼？」

阿曼達好一會兒都沒有回答，只是用炭筆點著畫布。「我一直希望成爲新地球的第一代母親。我以爲這是我的命運。」

薇芙莉沒有說話。

「但妳會的。妳將是一個幾萬，也許幾百萬新地球人民的祖先，妳會受到所有新地球居民的紀念以及歌頌，就像伊甸園裡的夏娃。嗯，妳和其他女孩。」

「我從來沒有想過這件事。」薇芙莉背脊打了個寒顫。

「但妳應該想的，這幾乎是妳的責任，妳知道我的意思，成為一個母親。」

薇芙莉看著阿曼達的雙手在畫布上迅速而激動地畫著。

「為了安全起見，妳應該趁年輕，盡早有孩子。年齡越大，生育能力會降低。妳知道的。」

「我沒有準備好做媽媽。」薇芙莉的喉頭升起一個堵塊，於是用力把它吞下去。

這些人到底打算做什麼？

「哦，我不是說妳應該在這個年紀撫養孩子。天哪，不是！」阿曼達笑了。

薇芙莉想擠出一個微笑，但她覺得不安。這個女人的談話是有目的性的。

「很高興妳到這兒來。」阿曼達臉上露出一個燦爛的微笑。

「別客氣。」薇芙莉告訴她。

事實上，宿舍的日子太乏味了，到這裡來一下，是一個不壞的變化。自從上一次家庭時間後，已經過了五天，沒有人再提起要把女孩們分散到不同的家庭裡。她們只是被無聊地留在宿舍中，一天又一天想辦法自己找一點樂子。又少又難吃的食物，很難填飽肚子。她們成天胡思亂想又十分不安，出現許多爭執。

薇芙莉懷疑馬瑟仍然逐步計畫把她們分開。如果宿舍是如此沉悶而令人沮喪的地方，女孩會渴望離開。

至少有一千次，薇芙莉幾乎要向莎曼珊和莎菈提起那個女人在廁所留下紙條的事，但有個念頭攔阻了她。

這是一個很難忍住的祕密，但要救出星空者號倖存人員的唯一機會，便是讓馬瑟和她的黨羽措手不及。他們絕不能察覺她知道星空者號的成員在這艘船上，至少得等到她準備好去營救他們爲止，而這需要時間。

因此，當阿曼達來找薇芙莉，要求她到自己的家來，打算替她畫肖像時，薇芙莉便抓住這個機會。她希望能夠有足夠長的時間擺脫衛兵，偷溜到貨艙。她的媽媽可能在那裡，她必須知道媽媽的情況。現在她不能想這件事，要不然她會哭起來。

阿曼達身後牆上的一張照片吸引薇芙莉的注意。一抹蔚藍下一大片橙色起伏的山丘，薇芙莉強迫自己的心思轉移到那上頭，不要胡思亂想。「那是什麼？」

「什麼，那張照片嗎？」阿曼達把它從牆上拿下來，放在薇芙莉前面。「這是加州。」

「加州？」

「在北美，我是從那裡來的。我想妳也是來自北美。」

「我來自不列顛哥倫比亞省。」

「山上還是海邊？」

「山上。」薇芙莉拿起照片，盯著如波浪起伏的紅色柔軟土地。「這些是山？」

「沙丘。」薇芙莉疑惑的表情讓阿曼達笑了起來，她坐在女孩旁邊的一張木椅上。「就像魚苗養殖場？妳看過覆蓋在水池底下的沙子？」

「是的。」

「嗯，沙丘就是這樣形成的，只是很多，很多罷了。養殖場裡，水讓池子下的沙子移動。而在地球上，風移動沙子，造成這些地形。」

「所以，這個東西就像地球上的波浪？」

「是的。如果風刮得很厲害，沙子打在臉上會很痛，還會吹進眼睛。」

「風是怎麼形成的呢？」有人曾經試圖解釋過，但薇芙莉還是想問，因爲大家的說法都不同。

「我想是因爲太陽。當它在黎明時分升起時，讓空氣變得溫暖。」

薇芙莉試著去想像站在沙丘的最高點，風打在她臉上的感覺，實在很難理解看不見的空氣在吹拂。她想像自己站在一處沒有牆壁或天花板的地方，頭頂只有天空，沒有東西環繞自己，保護自己的安全。這個想法嚇壞了她。

「我想念外面的世界。」阿曼達靠在椅背上，手交叉在腿上，如夢似幻般的眼睛盯著照片。「我父親和我經常在一條河邊散步，河就在我們的牧場旁邊。他會牽住我的手，讓我看沿著河岸爬的小龍蝦，我會去抓牠們，然後牠們會咬我。」

薇芙莉不知道什麼是小龍蝦，但她已經學會有人在說關於地球上的故事時不去打斷，否則大人們可能一下子便不再說了。

「我希望我能告訴妳陽光照在臉上的感覺。我試圖複製過，有一回我甚至把腦袋卡在烤箱裡。」阿曼達笑了，搖搖頭。薇芙莉動了一下。「沒什麼東西可以媲美那種柔和的奶油光芒照在皮膚上的感覺。至於畫……」她對頭頂上的螢光燈嗤之以鼻。「我已經嘗試了幾千種方法，怎麼也捕捉不到那種自然光。我相信那是我畫裡所缺乏的東西。無論我怎麼做，顏色都顯得潮濕。」

「妳的父母還在新地平線號？」

「我的父親幾年前去世了，我母親則是死在地球，當時我還是個嬰兒。自從她生了我以後，身體便一直很虛弱，並沒有支持太久。爸爸很努力爭取到這個任務。他參加了三次能力測試。」

「我以爲只能參加一次。」

「我們有錢，」阿曼達難爲情地說道，「他賄賂行政人員。」

「哦。」薇芙莉不知道是不是每個參加新地球任務的人都來自富裕的家庭。難道有許多人有天分、有能力，卻因爲窮得無法賄賂選拔委員會而上不了船？

阿曼達接過薇芙莉手上的照片，掛回原來的位置。

「我知道這是不公平的，」她終於說道，「但在地球上就是這樣行事。天氣一年比一年熱，農田乾涸，哪裡都不能去。因此，人們越來越絕望。這種情況下，人們無法再保持高尚的品格。」阿曼達的表情黯然，她用指尖在帆布上畫著。薇芙莉好奇地看著她，很少有大人會這麼誠實地談到這項任務的腐敗內幕。和這樣坦誠的人交流令人振奮。

她可以告訴我地球上到底發生了什麼事，薇芙莉心想。

「我一直想要問妳一個問題。」阿曼達嘗試地說道。

「什麼？」

「嗯，我們試著能讓妳們生活得更好一些，希望把妳們安排到家庭裡。當然，直到我們找到妳們的父母。」

「是。」薇芙莉說，冷冷地猜測到底阿曼達知不知道貨艙俘虜這件事。如果她知道，那是眞的一點都看不出來，她好像只是很願意薇芙莉能住到她家裡。她替這次會面烤了新鮮出爐的麵包，薇芙莉伸手可及的碗裡有更多的燕麥餅乾。吃了那麼多天難吃的食物後，這些麵包餅乾聞起來是如此美味，但她忍住不去動它們。她認爲從綁架者手上接受仁慈會讓她的心變得混亂。

「我不知道妳是不是……約西亞和我希望……」女人不安地微笑著，「我們希望妳能留下來。」

薇芙莉警惕地望著她，「爲什麼？」

「我們喜歡妳，」阿曼達羞澀地聳聳肩，「我們認爲妳應該會喜歡我們。我們甚至……」她的眼睛落在散置木屑和小瓶油漆的桌上，一把未完成的吉他躺在上頭。「嗯，我們給妳布置了一個房間，想看看嗎？」

沒有等薇芙莉回答，她便牽起薇芙莉的手，穿過短短的走道，進到一個非常小的房間，裡面有一張床、一張桌子，和一盞燈。床的上方掛著一張照片，裡頭是一匹馬，怔怔地望著鏡頭。房間裡幾乎無法讓兩個人並肩站著，感覺就像一個漂亮的牢房。

「裡面沒有什麼豪華的布置，」阿曼達說道，「但它是妳的。妳一定想要有一點隱私，還有自己的窗戶。」

薇芙莉走向橢圓形的窗子，望向外頭黑暗的星雲。沒有星星，只有一團團氣旋。他們會被困在這可怕的雲團多久？

「怎麼樣？妳喜歡嗎？」阿曼達急急問道。

薇芙莉轉身面向這個女人，她高大的身影似乎擋住整個門口。阿曼達倚在門框上，眼神期待的望著女孩。

「我想我會留下來。」薇芙莉終於說道。如果非得搬離宿舍不可，她會選擇和一些沒有攻擊性的人在一起。

「哦，太好了。」阿曼達燦爛的笑容讓她的綠色眼睛發光。「我會去請求牧師同意。」

「好的。」薇芙莉說道。

「請拿一個餅乾吧！我特地烤的。」

薇芙莉禮貌地拿了一塊餅乾，但她沒有吃，好像吃下去便代表她投降了。「我一會兒再吃。」她小聲說道。

阿曼達看起來很失望，薇芙莉幾乎要笑了。

看看妳可以怎麼刺激她，薇芙莉心裡一個悄然而冰冷的聲音說道。「嗯，」薇芙莉大著膽子說道，「我感覺有點悶。我們可以出去走一走嗎？」

「當然！妳為什麼不早說？」阿曼達套上一雙平底鞋，拿起一件毛衣。「我們到處去看看，好嗎？」

薇芙莉裹著一條每個女孩都有的淺棕色披肩，跟著阿曼達走出來。兩名警衛守在房間外，預備跟著她們，但阿曼達說：「哦，我們不需要你們。我們不會有事的，不是嗎？」

「我們應該跟著所有女孩，太太。」兩個衛兵中較矮小的那個說道。他鯊魚般的眼睛看著薇芙莉，讓她覺得自己像獵物。

「我會跟著她。老實說，她們只是孩子。我不知道有什麼好大驚小怪的。」

「牧師——」

「我是牧師最親密的朋友，奈傑爾。如果她問起你，就說是我的主意。」

矮小的警衛正要抗議，但高的那一個拉住那人的手臂要他閉嘴。

「好吧，太太。好好散步。」

「終於有一點隱私了！」阿曼達高興地小聲說道，牽起薇芙莉的手。「妳想去哪兒？有一個植物園，或者，我們可以到天文台去。我聽人家說，有時可以看得見星星。他們認為我們幾乎通過星雲了！很令人興奮，不是嗎？」

「是的。」薇芙莉說道，但她的心思在其他事上，她努力記住太空船的格局，得盡可能接近右舷貨艙。「事實上，我對果園十分好奇。」

「哦，是了！我想櫻桃要開花了！」阿曼達說道，「我們利用交叉授粉結出美麗的果實。想看看嗎？」

薇芙莉點頭。阿曼達帶著薇芙莉沿著走廊往前，對每一個經過的人微笑致意，每個人都好奇地看著薇芙莉。

一當她們進入電梯，阿曼達便試著活絡兩人間的沉默氣氛，不斷談著櫻桃是多麼飽滿多汁，顏色多鮮明可愛，她一定得在薇芙莉的畫像加一點櫻桃之類的話。終於，電梯停在果園那一層樓。

「好美的小樹，不是嗎？」阿曼達問道，對眼前的一切展開雙手。櫻桃花朵的香氣四溢，濕氣滋潤了薇芙莉的臉頰。阿曼達太著迷這些花朵，沒有注意到薇芙莉倒退一步，再退一步，進到電梯裡，門再次關上。

薇芙莉按了貨艙的按鈕，「快，快，快。」她低聲懇求。在阿曼達叫來警衛前，她可能有一分鐘的時間，也許她會自己來追薇芙莉。不管如何，她都沒有多餘的時間可以浪費。

終於，門打開，出現一個巨大的房間。一個個像房子一樣大的金屬儲存櫃疊到天花板那麼高，幾乎在薇芙莉頭頂上方五十英尺。兩邊的牆壁褪成暗淡的顏色，讓這個艙站乍看之下似乎無窮無盡。也許花上幾週時間，她也找不到自己的家人朋友。

薇芙莉聽到電梯一路下來的嗡嗡聲，忙不迭地在金屬地板上跑了起來。她在第一個角落轉彎，那個女人的字條說星空者號的船員關在右舷，所以她轉到右邊，用盡全力快跑。她聽到遠處電梯的叮聲，阿曼達瘋狂地叫她的名字。「薇芙莉，親愛的，別鬧了！」

薇芙莉一邊在巨大的櫃子間跑著，一邊思索。她知道把人關在這裡是很難的，他們需要食物和水，所以最好的地方應該是靠近電梯。她開始往橫向走，向另一頭張望，希望看到電梯門燈光。她一直跑，沒聽到阿曼達的聲音了。

薇芙莉的胸膛發疼，肺部好像要塌了，但她不停地跑。離牆的另一頭還有一半的距離，她瞥見右手邊發出一道光，轉彎加快速度，看見一些紅色和黃色的櫃子，傳出嗖嗖聲，有一個方形的東西發出微光。薇芙莉可以看得很清楚，那就是右舷電梯。

她停下來屏住呼吸，仔細傾聽。那是熟悉的發動機聲音，中間穿插一個極輕微的窸窣聲。她沒發出任何聲響，躡手躡腳向前，聽到有人在說話。

是的，像從罐頭裡發出來的，彷彿來自金屬牆的背後。

俘虜一定在某一個櫃子裡。

她轉身走向一個走道，朝聲音的方向過去。越來越大聲了，她聽得非常清楚。她加快步伐，聲音變小了。一個轉彎後，她聽到……

笑聲。五個武裝警衛站成一個圈子，約在一百英尺遠。

她很快退了回去。

他們聚集在兩側有通風孔的生物櫃旁。星空者號的船員關在那裡。

她悄悄地繞到警衛身後，走向生物櫃後面。一股刺鼻的氣味撲了過來，她揪著臉，那是人類糞尿和汗水的氣味。

她躡手躡腳到櫃子的通風口邊，「有人嗎？」

她聽到呼吸，有人在動。有人咳嗽。

「嘿！」她低聲叫道。

「是誰？」有人從裡面說道。

「薇芙莉．馬歇爾。」

她聽到低低的驚呼聲和騷動聲。她怕守衛會注意到，但他們還在談笑。

「薇芙莉？」

是她媽媽。薇芙莉幾乎要昏倒了。

她的母親從通風口向她伸出細長的手指。薇芙莉抓住她媽媽的手，緊緊握住。「媽媽。」她低聲說道。

「親愛的，我的天啊。我很高興妳沒事！」

「我很好。」薇芙莉的眼淚忍不住流下來，心底的悲傷如泉湧出。「媽媽，我一直很擔心！」

薇芙莉聽到生物櫃裡有模糊的竊竊低語。然後，她母親說道：「親愛的，其他的孩子怎麼樣了？」

「她們都沒事，都很安全。」

裡面傳出模糊的低語，和悄聲的嗚咽。警衛什麼都沒有留意，還在笑。

「我眞不相信他們會讓妳來。」她的母親說道。

「他們沒有。我悄悄溜過來的。」

「妳是說安妮．馬瑟沒有同意？」

「沒有，」薇芙莉說道，「她告訴我們，星空者號的人全死了，沒有倖存者。」

「但妳沒有相信她。」

她媽媽說道，薇芙莉可以感覺到她很自豪。

「媽媽，我要帶你們離開這裡。」

「寶貝，他們有槍哪。」

「我會想辦法的。」

「不。」她母親的指頭緊緊抓住她的手。「妳要把心思用在救女孩們離開這艘船。不要冒險來救我們。」

「妳要我們放棄你們？」

「爲了安全起見，是的。」

「不！」薇芙莉失去理智大喊。然後，她愣住了。

守衛不再說話。

「嘿！」一個男人的聲音喊道，「誰在那裡？」

「走！」薇芙莉的母親推開她的手。

薇芙莉轉身拔腿就跑，她在巨大的櫃子間鑽進鑽出，轉彎，又轉彎，她的心在耳邊怦怦跳個不停。她可以跑得過他們的，她很肯定，但爲什麼身後的腳步聲越來越大？他們怎麼能這麼快？她繞了一個圈，試圖跑到右舷電梯，但左邊傳來嗡嗡聲，一轉頭，看見一個男人駕著單人輸送車朝她飛來，這種車是用來堆乾草的。

「別跑，否則我會開槍！」他大叫一聲，臉因爲憤怒而扭曲。他拿槍指著她，但她躲到另一個角落，用最快的速度逃掉。

她聽到他就在身後，害怕他會射殺自己，但卻無法不逃跑。她感覺到一隻手虛弱地捉住她的手肘，她甩開來，轉向另一個角落。於是，他朝她開槍。

她的腿傳來一陣劇烈的疼痛，摔了下來，憤怒地尖叫。她想站起來，腿卻動不了。她忽然覺得很冷，但渾身被汗水濕透。

「媽媽！」她尖叫，「媽媽！媽媽！媽媽！」她一遍又一遍地喊，一群男人包圍著她。

「薇芙莉？」一個女人在混濁的空氣中低語：「薇芙莉，妳在哪裡？」

「媽媽？救我！」薇芙莉大叫，喜出望外。媽媽來救她了，她會安全的。

她轉頭想看清楚媽媽是從哪裡來的，看到一個身影出現。一個高大的身影一瘸一拐地朝她跑來。女人走近，薇芙莉看到她的臉。

阿曼達。

「不！我要媽媽！」薇芙莉尖叫哭泣，捶著自己的眼睛耳朵。很多手牢牢地抓住她，即使受這麼重的傷，她仍然比他們都強壯，但他們的人數太多了，她不能動彈。她完全失去理智，只感到腿上的疼痛，精神崩潰。

完了，她救不了媽媽了。他們抓到了她，一點希望都沒有了。

一雙溫柔的手捧著她的臉，不用張開眼睛她也知道是誰。

「薇芙莉，妳到這裡做什麼呢？」

她得編個謊言，但阿曼達的臉越來越模糊。在薇芙莉昏過去之前，她聽到女人對警衛大喊：

「她只是一個孩子！放開她！她只是一個孩子！」

21 不幸

玻璃的匡噹聲讓薇芙莉醒來。一盞極亮的燈掛在她的頭頂，刺痛她的眼睛，乙醇的氣味衝進她的鼻子。一個人戴著外科的手術口罩，站在她床旁邊，把一根刮匙放進試管裡。當他看到薇芙莉盯著他時，眼睛漾起一股笑意。

「太好了，」他對她說，「妳對治療的反應非常好。」

「什麼治療？」她問，嘴裡的舌頭變得滯澀笨拙。

「我給妳找一個護士來。」他拍拍她的手臂，拿著托盤走出去。

然後她想起來了。她的媽媽，她和媽媽說過話，握過她的手，她的媽媽還活著，她得去找媽媽。

她掀開被子，試著坐起來，但一陣頭重腳輕，只得抱住床的欄杆。她想動，但腿像被化學藥品灼傷似的疼痛。

他們朝我開槍。她想起來了，只是仍不敢相信。好一段時間她哪兒也去不了。

薇芙莉四處張望，她不在醫務室裡。燈光太亮了，也沒有窗可以往外看。她一定是在太空船的內部，上面的樓層。右手邊是一排白色的櫥櫃，左手邊是一個放著燒杯的櫃台。一部離心機，生物課的課堂上也有一部放在角落裡。她在實驗室。

有腳步聲，另外一個戴著口罩的人出現，有一雙熟悉的淡褐色眼睛。當女人打招呼時，薇芙莉認出她的聲音。是瑪格達，第一天來到新地平線號時，便是這個護士照顧她。

「爲什麼我會在實驗室裡？」薇芙莉問道。

「渴嗎？」瑪格達把一根吸管插進她的嘴裡。薇芙莉喝著冰水，感到喉嚨隱隱作痛，像是有什麼東西進過她的氣管。她的手背靜脈上埋了一支注射針管，有點疼。

「爲什麼我會在實驗室裡？」薇芙莉又問。

瑪格達嚴肅地坐了下來，「妳可能想知道妳的肚子到底怎麼了。」

薇芙莉低下頭，看到她的肚子突起一個腫塊，一碰就痛。她嚇壞了，開始咳嗽。瑪格達扶她坐起來，拍她的背，讓她順過氣來。

「你們對我做了什麼？」

「鎮靜一點。妳很安全。」

「我現在安全嗎？有人對我開了一槍！」

「好了，親愛的，那是因爲妳出現在不應該出現的地方。」

「爲什麼我的肚子腫起來？」她問道，「你們讓我懷孕了嗎？」

「不，不，不。妳沒有懷孕，薇芙莉。我們只是在妳的腹壁上打了二氧化碳，可以看清楚手術的情況，僅此而已。」

「什麼手術？」薇芙莉喊道。一股熱潮衝上她的太陽穴。

「我讓牧師來跟妳解釋。」

一個身影走進門口，安妮．馬瑟坐到她身邊。她也戴著口罩，灰色的眼睛洋溢著笑意看著薇芙莉。

「我們的病人怎麼了？」她親切地問道。

薇芙莉心裡湧生一股仇恨，「你們對我做了什麼？」

「我們在妳身上進行了一個很簡單的程序，薇芙莉。妳沒有任何危險。」

「什麼程序？」她幾乎是喊出來的。鎮定，她告訴自己，動動腦。

「我會讓妳知道的，如果妳告訴我，爲什麼妳會在貨艙裡。」

她盯著薇芙莉，等待著。

一個謊言。薇芙莉需要一個謊言。

「我打算去找槍，」她終於說道，「星空者號把槍枝收在貨艙裡，我想你們可能也放在那裡。」

「妳想逃走？」馬瑟輕聲哄著她。

薇芙莉點頭。

女人盯著她。薇芙莉閉上眼睛，假裝他們在她身上注射的藥物正在作用。

「嗯，薇芙莉，我很失望，但我沒有生氣。」

「妳沒有嗎？」薇芙莉扮成一個乞求寬恕的頑皮孩子。

「妳一定很困惑。過去幾週對妳和女孩們而言，是一場可怕的災變。有這種……」馬瑟揮著戴著手套的手尋找合適的字眼，「過激表現，我不驚訝。」

這個普通的字眼激怒了薇芙莉，但她強顏歡笑，「對不起。」

「沒關係，親愛的。這是情有可原的。」

馬瑟的手溫柔地放在薇芙莉的手臂上，這讓她渾身起著雞皮疙瘩，但她保持笑容。「你們對我做了什麼？如果我沒有懷孕，那我是生病了？」她小心地不讓聲音流露出憤怒。

「不，親愛的，妳非常健康。」馬瑟眨眨眼睛，像是在思考。「妳看，時機剛剛好，我們得治療妳的腿，它應該可以很快痊癒。很抱歉，妳可能會跛一陣子。」

妳一點也不覺得抱歉，薇芙莉心想。

「當我們治療妳的時候，」馬瑟繼續說道，「進行超音波檢查，發現妳的卵子成熟而美麗。因此，我們把它們取了出來。它們實在太珍貴，薇芙莉。我們捨不得浪費。」

「卵子？」薇芙莉問道，她的聲音顫抖。

馬瑟俯身向她，眼睛裡滿是笑意。「在這艘船上的每個人都有責任確保其他船員的生存。妳也一樣有責任，薇芙莉。」

「妳在說什麼？妳對我做了什麼？」薇芙莉大叫，再也無法隱藏自己如野火般狂燒的怒火。她想衝向馬瑟，扼死她。「告訴我！」她尖叫。

「妳不叫，我就告訴妳。」

薇芙莉掙扎著平穩自己的呼吸。有一天我會殺了這個女人，她發誓。

「如果一切順利，九個月後，妳能讓十幾對沒有子女的夫婦擁有孩子。想想看妳的禮物！他們已經期待孩子這麼多年了，現在，妳讓這一切變成可能！」

薇芙莉震驚地盯著她。

「現在妳的卵子正在受精，不久，我們會將受精卵植入那些想當媽媽的女人體內。阿曼達是其中一個。她應該得到妳的同意了。她告訴我她已經和妳討論過，記得嗎？」

薇芙莉搖搖頭。所以這就是阿曼達那一天的意思。

「妳不必帶孩子，薇芙莉。妳只要把孩子給這些歡天喜地的女人，孩子們會在一個充滿愛與親情的家庭長大。妳不用經歷分娩的痛苦，直到妳自己墜入愛河。這條船上有很多的單身男人會很高興擁有妳。當然，和妳比起來，他們的年紀是大了點，但這不是障礙。」

「我已經訂婚了。我要嫁給齊倫·奧爾登……」她覺得齊倫此刻就在她身邊。她把他的靈魂帶來了。

馬瑟不說話，彷彿在把這條訊息歸檔似的。然後她說：「齊倫，我記得法拉西蒂提過他。他會成爲艦長，是不是？」

薇芙莉閉口。她已經說得太多了。

「甜心……」女人俯身向前，握住薇芙莉的手，撫摸著它。「親愛的，星空者號一去不復返了。我很難過，但妳現在擁有一個新的生活。我知道這對妳而言很困難，但我相信假以時日妳會接受的。」

薇芙莉的手想伸向馬瑟的喉嚨，但她被綁在床上。她只能用言語攻擊，不斷尖叫：「妳瘋了！」

「不，薇芙莉，我是一個實用主義者，人們看不到我這一點，他們認爲我很神祕，但其實這兩者並不矛盾。」

她俯身面向薇芙莉，凝視她的眼睛，「我們需要孩子來確保我們生命的延續，妳給了我們這樣的機會。我深信，妳終究會接受自己在歷史上的角色。薇芙莉，想想那些踏上新地球的人類，他們會是妳的孩子！妳很榮幸，我深信，當妳看到我們的新生代時會明白的。」

馬瑟像個小女孩一樣地笑了。「他們會非常漂亮。」

「妳會後悔的，」薇芙莉告訴馬瑟，聲音有些顫抖，「我會讓妳爲此付出痛苦的代價。」

馬瑟向瑪格達點頭，她拿著注射針筒打進薇芙莉的針管，裡面是透明的物質。馬瑟俯下身來，藥物讓薇芙莉的腦袋開始暈眩，嘴邊浮現一個悲傷的微笑，在她陷入黑暗前，她丟下了一句，「妳絕對會後悔的。」

22 絕望

薇芙莉醒來時，腹部的腫脹變成劇烈的疼痛。她呻吟著，想調整一個比較舒適的姿勢，但她被束帶綁得緊緊的。一道陰影在牆上移動，強光一閃，她驚跳起來。

「妳醒了。」

光線很亮，薇芙莉甚至無法睜開眼睛。她感覺一根吸管放到嘴邊，用舌頭試了試這個液體。是冷水，她喝了下去，水洗去喉頭裡像沙子般的東西。她的眼睛適應了一些，瞇起來看著對方。是阿曼達，她的臉靠過來，眼角因爲憂慮而皺著。

「妳能原諒我嗎？」她問。

薇芙莉轉過頭去。她不想說話。

阿曼達的額頭倚在床邊欄杆上，就在薇芙莉的肘邊，淚水順著臉上的皺紋流下。「妳不知道我們的痛苦，薇芙莉。我們是一條充滿絕望的太空船，被悲痛所蹂躪的人。」

「妳希望我替妳感到遺憾？」薇芙莉呸了一聲。

「當我想到在貨艙發生的事……」阿曼達搖搖頭，她的下顎收緊。「我簡直不敢相信他們開槍射妳！我希望妳知道我給了這個狗娘養的傢伙一拳。」

「我應該感謝妳囉？」

「妳一定很恨我。」女人說道，聲音十分軟弱。

「當然，我恨。」

「我不怪妳。」

「我不在乎妳怪誰。」

阿曼達垮下臉，揉著她的肚子，沉默了好一會兒。終於她說道：「我想妳不會在乎，但我能感覺到它成功了。我知道我懷孕了。」

薇芙莉不想聽到這些事。她的孩子將會由這些變態的人撫養長大……她受不了。

「我無法完全體會妳這樣被利用的感覺。」阿曼達等待薇芙莉說話，但薇芙莉沒有看她，

「我掙扎過是不是應該接受用這種方式創造出來的……胚胎。只是船上只有這麼多婦女的週期和妳是配合的。而且，妳可能知道，這一切的關鍵在於時間。如果我不接受植入，這個胚胎可能就死了。它們是如此珍貴。」

女人說的每一句話似乎都鑽到薇芙莉的頭骨裡。她不在乎阿曼達和她那可悲的想法。

「我不知道這樣說有沒有幫助，」阿曼達假設地說道，「妳的朋友法拉西蒂很樂意成爲一個捐贈者。我們明天要採集她的卵子，只希望她對藥物的反應像妳那麼好。」

阿曼達又等待薇芙莉開口說話，但迎接她的是另一次失望。「她就在外面，妳想見她嗎？」

薇芙莉沒有說話。

「我會讓她進來，好嗎？妳們兩個可以談談。」

阿曼達沉重地起身，走出房間。不多久，一隻猶豫的手摸了摸薇芙莉的肩膀。

「妳的腿怎麼了？」法拉西蒂問道。

「毀了。」她看進女孩的眼睛，「妳同意讓他們這樣做？」

「妳覺得我有選擇嗎？」法拉西蒂問道，「我呢，可以自由走動，被當作貴賓看待。妳呢，跛了條腿躺在床上。妳能說合作是錯誤的嗎？」

薇芙莉無話可說。她知道自己不能信任法拉西蒂，但這可能是她把消息傳給莎菈和莎曼珊唯一的機會。

「他們在偷聽嗎？」薇芙莉低聲說道。

法拉西蒂面無表情。

「他們在偷聽我們的談話嗎？」

「我不知道，」法拉西蒂回答，然後用嘴型無聲地說道：「大概。」

薇芙莉招手讓法拉西蒂靠近，女孩的金色長髮搔著她的臉。她壓低聲音，用自己幾乎聽不到的聲音說話。「我看到媽媽了。他們抓住星空者號的倖存者，關在右舷貨艙。」

一開始，法拉西蒂一動不動坐著。她立直身子，臉色鐵青。「妳怎麼知道的？」

「我不能說。」

「我的爸爸媽媽在那裡嗎？」

「我不知道。我只有一分鐘時間，和我的媽媽談話。對不起。」

法拉西蒂聳聳肩，彷彿不在乎。他們沒有好好保護她，薇芙莉對她的反應並不驚訝。

「他們是在那裡抓到妳的？」法拉西蒂低聲若有所思地說道。

薇芙莉點點頭。

「那麼，他們已經把他們移走了。或者，打算移走。」

是呀。薇芙莉沒有想到這件事，但她知道馬瑟行事小心謹慎，她可能已經在尋找是哪個叛徒把倖存者的事告訴薇芙莉。沒有太多時間可以耽誤。馬瑟可能處理掉了星空者號的俘虜，也可能找出了把紙條留在洗手間的褐髮女人，並殺了她。這都是薇芙莉的錯，她太不小心。

薇芙莉聽到有人來了。

「告訴莎菈和莎曼珊，但別讓其他人知道。」她悄聲說道。瑪格達跑進來，托盤上放著一條麵包和一碗肉湯。「告訴她們，」薇芙莉大聲說道，「說我沒事。」

「我會的。」法拉西蒂允諾。

「探病時間到了，」瑪格達哄著女孩們，「妳需要吃點東西……」她把托盤放在薇芙莉的腿上，「妳們可以以後再聊。」

堅強點！薇芙莉想這麼說，但法拉西蒂垂下眼睛，離開房間，一臉疑惑。

「來吧，親愛的。」瑪格達哄道，拿著一匙熱騰騰的湯送向薇芙莉的嘴。「好喝嗎？」

「好喝。」

「哦，再來一點。今天我們的病人胡思亂想了嗎？」

「我不是妳的病人，」薇芙莉冷冷地說，「我是妳的俘虜。事實上你們強暴了我。」

瑪格達身子一僵。她機械地一勺又一勺餵著薇芙莉，沒等女孩把前一口完全吞下，便又送上另一口。「妳很幸運，阿曼達．馬文喜歡妳，」瑪格達終於說道，「她是牧師最好的朋友。」

「所以呢？」在下一口湯餵進來前，薇芙莉說道。

「所以，妳的態度無法讓妳交到任何朋友的，」瑪格達嚴厲地說道，「妳成熟了，但妳卻把它視爲理所當然。如果妳眞正獻身這個任務，便會樂意幫助別人擁有孩子，而不是一直陷在自己的痛苦中。」

薇芙莉默默地接受了另一匙湯。

瑪格達抿著嘴，「星空者號的所有船員都像妳這麼自私嗎？」

薇芙莉停止咀嚼，眼睛冷冷地盯著瑪格達，直到那個女人垂下目光。

「嗯，我告訴妳，你們船上的人在這裡名聲並不太好。我們甚至聽過他們讓女人墮胎。我從來不知道有這樣邪惡的事！一位母親會殺死自己的孩子！」

「只發生過一次，那是爲了救那個母親，嬰兒反正已經死了。」

「嗯，如果是我，我會不顧一切地救我的孩子。」

「但妳不是，所以，閉嘴。」

瑪格達從椅子上跳起來，衝向櫃子，拿出一小瓶透明針劑。薇芙莉不知道那是什麼東西，但她不希望它進到她的身體裡。當瑪格達轉過頭去，薇芙莉悄悄用牙齒拔出手背上的針頭，藏在被子底下。

當瑪格達回頭，將針劑打進針管時，薇芙莉感覺到液體滴落在她腿邊的床單上。沒有用藥會讓她很痛，但她不相信瑪格達，所以她閉上眼睛，假裝打瞌睡，一動不動躺著，穩定地呼吸，直到女人離開房間。

薇芙莉這樣躺了幾個小時，醒醒睡睡，直到她的腿疼到沒有辦法再休息。她躺在黑暗中，試著不去理會，一心想像齊倫強健的手臂環繞著她，回想他的笑容，哦，她想念他。如果他在這裡，他會想辦法把她救離這個可怕的地方。

門砰的一聲，讓她回到現實。有人進到實驗室裡，就在她的房門外走來走去。瑪格達嘻嘻笑著，一個男人用親密的態度咯咯一笑。

「她沒問題吧？」他問。

「是的，小公主終於睡著了。」

「會睡多久？」

「十幾個小時，至少。我給她的劑量可以弄昏一條牛。」

「所以，妳可以離開嗎？」

「你在想什麼？」瑪格達害羞地問道。

「阿蒂在糧倉釀了一些啤酒。」

「他最好不要讓牧師逮到。」她嬌媚地哼了聲。

「來吧，我幫妳買一些。」

薇芙莉聽到外面的門開開關關，瑪格達和那個男人走到走廊上，他們的聲音變小。

事情會這麼容易？她知道她不應該試的，如果他們再一次抓到她想溜走，可能會殺了她，特別是此刻，他們已經從她身上得到他們所想要的。

但是，如果她再也沒有下一次機會呢？

束帶是一個問題，她彎下腰，笨拙地用牙齒咬著魔鬼氈，這個姿勢折騰著她的腿，但她終於把右手的魔鬼粘咬開來。一隻手自由了，就很容易解開束帶。

接下來的事情才是最困難的：下床。這條腿差不多不像她的了，她使勁坐起身子，覺得昏昏暈暈的，又很噁心，疼痛讓她整個人變得虛弱，但她還是努力坐正。

暈眩稍稍過去，她倚著床，不讓傷口承受壓力，然後慢慢把腳移到地上。她的傷腿完全無法施力，於是她一跳一跳，每次移動一點距離，慢慢移向門口。

她偷偷往外瞄了一下，有幾排櫃檯，上頭放著離心機、天平，一些看起來設計得很精密的槽罐、冷凍箱、托盤和無數根試管。薇芙莉慢慢跳著，從房門口到最近的一處櫃檯，走了有五英尺，然後她靠在櫃檯上喘氣。

眞的瘋了，她根本不知道自己有多虛弱，她的手臂和腿不自由主地顫抖著，她認爲自己隨時都可能倒下。她深吸幾口氣，試著讓疲倦的肌肉稍稍恢復，等待顫抖消退。

但它並沒有消退。她需要坐下來。

大約十英尺外，有一張黑色的辦公椅。她沿著櫃檯，用一隻手肘撐住自己，一寸一寸往前。當她走到椅子附近，她屏住呼吸，將注意力放在顫動的大腿肌肉上。這條腿是否能支持得了她全身的重量？

她咬緊牙關，將自己用力一推，盡快跳到椅子邊，每個動作都撕裂她身上的傷口。當她的左手摸到黑色的布椅套時，她幾乎要哭出來，但椅子竟被她推開兩呎遠。

兩呎，簡直像有一英里長。鹹鹹的淚水從她的臉頰滾落，但她終於還是掙扎著到了椅子旁邊，坐了下來，盡可能讓她受傷的腿休息。她的大腿中央滲出濕潤的紅色血跡。

哦，好痛，眞的好痛。太難了，她根本哪兒也去不了。這一切都是白費。

薇芙莉獨自坐在實驗室裡，臉埋在手中哭泣。

這樣掙扎到底有什麼意義？她想放棄，知道這樣也許會容易些。她試圖想像自己在這裡開創新生活。這裡的人可能成爲她的朋友。也許過一陣子，馬瑟會讓薇芙莉的母親和其他星空者號的船員自由，或者至少讓他們看看自己的孩子。

但是，不，馬瑟不可能讓星空者號的人看到自己的孩子。如果其他女孩知道她們的父母被關起來，她們便不會再採取合作的態度。馬瑟會永遠拆開這些家庭的。

薇芙莉不能讓這種情況發生。她不能！她坐在椅子上，用那條沒受傷的腿滑過整個房間。她不知道自己到底在找什麼，也許是隨便什麼能幫她的東西。然後，她看到角落的通訊台。

薇芙莉滑到桌子旁邊，仔細研究。這屬於內部轉接，不可能從這裡和星空者號通訊。她一拳敲在鍵盤上，腿傳來一陣撕裂的痛楚。千辛萬苦到了這裡，卻不能和家鄉聯繫。眼淚快冒出來了，她用力咬著嘴唇，直到眼淚又吞了回去。

好吧，她不能和星空者號通訊，但也許能找到什麼。她拉開目錄，找正在上線的信號，發現整條船艦上只有兩個地方在使用。她倒抽一口氣。一個在馬瑟牧師的房裡，另一個是移動信號。

薇芙莉拿起耳機，放在耳邊，用手蓋住麥克風，點擊馬瑟的信號偷聽。

什麼都沒有，只有吱吱的數位雜訊。當然，馬瑟的通訊台一定加密了。但是移動的信號應該是開放的無線電頻率。薇芙莉用手指點擊頻道，監聽聲音。靠近頻率範圍的頂端，靜電被解析出一個有節奏的嗚嗚聲。薇芙莉知道那是某一種幫浦的聲音。然後是人的說話聲，儘管因爲靜電有點模糊，但她還是可以辨識出談話的內容。

「大多數人都很平靜，也全都鎖好了，很安全。」

他們在轉移因犯！一定是。她的心跳得很快，呼吸短淺粗重，她俯身靠近終端機，確保自己不會錯過什麼。聽不到馬瑟是怎麼回答的，薇芙莉只能聽見對話的一半。

「照我看來，」那人說道，「我們應該擺脫他們，就只要——」

話聲中斷。薇芙莉屏住呼吸。

「是的，是的，沒錯，牧師。我很抱歉。」

這次，馬瑟說得比較長。薇芙莉咬了咬下唇，眞希望自己能聽到這個女人說了些什麼。

「嗯，妳永遠不知道絕望的人會做什麼，牧師。我們只是要保護妳的安全。我不認爲有任何人會發現他們在這裡。」

這次，馬瑟只是簡短地回答。

「好好休息。」他說，通訊結束。

薇芙莉用拳頭敲著通訊台，再敲一拳。她沒有得到任何有用的資訊，什麼都沒有！

她想掉淚，但她知道瑪格達隨時都會回來，所以沿著地板把自己向前拖。當椅子底下的滾輪一轉動，她便疼痛難忍。幾乎到房間了，她聽到實驗室外面傳來笑聲，薇芙莉的心幾乎停止跳動。實驗室的門打開，薇芙莉加快速度，移動最後的六呎距離。

一進到房間裡，她一動不動，仔細傾聽。

電腦鍵盤的敲打聲。瑪格達在實驗室的另一頭，在通訊台前。

薇芙莉盡可能悄悄的，拖著自己來到床邊，勉強讓自己離開椅子，終於整個人落在床墊上。她的腿一陣劇疼，幾乎哭叫出來，於是她轉身躺在床上，冰涼的臉頰貼在枕頭上。

她用腳趾把椅子踢到角落，希望瑪格達不會注意到。

瑪格達也許不會留心多了一把椅子，但她不可能不發現薇芙莉手背上的針管。兩件事連在一起，即使像瑪格達這麼蠢的女人也知道是怎麼回事。

剛剛的一切讓她想哭。

薇芙莉從床上拿起針管，看著它。它是一種塑膠，有彈性，很細。薇芙莉檢查自己的手背。

針孔留下的洞結痂了，傷口又紅又腫，很痛。

薇芙莉一下子便把痂皮從發腫的手背上撕開，血從刺孔滲出，薇芙莉舔掉它，仔細看著這個小孔。她希望能有更多光線，但實驗室的燈光暗淡，她看不清楚。

她把針頭刺進小孔中，測試一下，然後一路幾乎刺到手骨裡。

瑪格達就在門外。

薇芙莉盡快地把針頭壓進手背，疼痛難忍，她壓抑一聲驚呼。瑪格達已經停止哼歌。

薇芙莉的頭靠在枕上，閉上眼睛，氣喘吁吁。她的手因爲疼痛而灼熱，眞希望瑪格達進來給她打一針。不過這至少還得等幾個小時，她不知道自己能不能撐下去。

她覺得有人望著她，所以勉強自己放慢呼吸，眼睛稍稍睜開，看到門口出現一個人影，然後又離開了。

薇芙莉悄悄地把腿和胳膊上的束帶固定，扭動身子讓它盡可能恢復原狀，卻讓她的腿疼得像斷了似的。她不知道自己這樣怎麼還能睡著，但她仍然堅持地閉上眼睛，紋風不動地躺著，讓疼痛侵襲她，吞噬她，直到她昏死過去。

她一邊發著高燒，一邊夢到一種節奏的聲音，像某一種幫浦。她認得那個聲音，在星空者號裡她聽到過。

這聲音是一切的關鍵。如果她能夠想出來，她就能找到俘虜。

還有她的母親。

23 阿曼達

第二天早上，阿曼達來看薇芙莉。

她望了女孩一眼，薇芙莉臉色慘白，痛苦地喘著氣，她一把扯住瑪格達的護士服，拉到薇芙莉的床邊。「這是怎麼回事？」

瑪格達摸了摸薇芙莉的額頭，「她在發燒。」

阿曼達一隻手放在薇芙莉的臉頰邊，「親愛的，妳感覺如何？」

薇芙莉想說話，但她的喉嚨灼熱，也太虛弱。

「她裝的，」瑪格達說道，「昨天還好好的。」

「出去。」阿曼達喝斥道。一怒之下，瑪格達走出房間。

阿曼達掀開薇芙莉的被子，發現了束帶，阿曼達幫她解開來。「現在，也許妳可以躺一個比較舒適的姿勢，親愛的。」

薇芙莉甚至無法抬起她的手臂。阿曼達看到一個什麼東西，她抓起薇芙莉的右手，仔細查看薇芙莉昨晚重新刺進去的洞眼。「哦，天啊，親愛的，妳感染得很厲害。」

她對瑪格達大叫，要她去找阿姆斯特朗醫生。不久，一個矮小的男人像隻鳥般衝了進來，望著薇芙莉紅腫的手。「情況不妙。」

他小心翼翼地拔出針管。她一點感覺也沒有，皮膚已經完全麻木了。他用一種透明的凝膠塗在傷口上，用紗布包住。

「我要在妳另一隻手上埋一根針管，好嗎？」他微笑地問道。

薇芙莉猜測也許就是這個男人給她用藥，從她的卵巢取走卵子，所以她沒有說話。

他走到她床邊，靈巧地動作著，在她的左臂埋下針管。然後打了兩種不同的針劑進去。他對阿曼達說道：「我想在妳的關心下，她會好起來的，馬文女士，對吧？」

「絕對是的，」阿曼達生氣地說道，「應該嚴格禁止瑪格達從事護理。」

「我會注意這件事。」醫生說道，離開房間。

幾個小時，甚至是幾天，薇芙莉的意識忽有忽無。她的腿終於好轉，只餘一種沉悶的抽痛。在無休無止的惡夢、不斷出冷汗後，她高燒漸退。阿曼達一直陪在她身邊。

每天早上醒來，薇芙莉都會看到她準備好一碗熱騰騰的五穀粉，每一天晚上，阿曼達又從自己的廚房帶來美味的蔬菜燉湯。

有時阿曼達會和約西亞一道來，他們坐在床上，握著手，告訴她有關地球上野生動物的故事。太陽照拂，天空閃著橙色的光芒，這些事一直是薇芙莉渴望親眼看到的。河流沿著山坡流下，有些地方風吹得好強，樹木都長歪了。

大部分的時間，阿曼達自己一個人來。

一開始，薇芙莉不喜歡阿曼達老在她身邊，但很快地，她感激這個女人用心餵飽她，如果她冷，會給她額外的毯子，如果熱了，又很快把它們拿開。

她花了極大的力氣抬起薇芙莉的腿，替她穿衣服。帶著熱湯熱水的她老是滿身大汗，放下食物後，她會捶捶自己疼痛的背，但她沒有休息。相較於瑪格達，阿曼達是一個更好的護士。終於，她忙碌的身影讓薇芙莉感到安慰，甚至感激。

阿曼達不再提她懷孕的事，但薇芙莉可以看得出來，這個女人幸福地哼著歌，撫摸自己的肚子。當她不知道薇芙莉正在看她時，會自顧自的微笑。

看到自己的孩子在別人的肚子裡，薇芙莉感到噁心，但阿曼達這樣照顧她，又令她稍稍安心一些。孩子出生，阿曼達會照顧好寶寶的。

薇芙莉漸漸好轉，能清醒較長的一段時間，她不斷回憶在實驗室折騰的那個晚上，從通訊台裡聽到的奇怪背景聲。這個嗚嗚聲是找到母親的關鍵，但她越是試著去想，就越想不出來。

在星空者號裡，她很少走到人造生物圈的範圍外。她不喜歡太空船那些冷冰冰、機械化的地方，所以總是保持距離，但犯人一定關在一個類似的地方。齊倫一直是星空者號的探險家。如果他聽到通信站的信號，便一定能夠找到準確的位置。她多麼想和他談談，即使只有一分鐘也好。

然而，薇芙莉還是痊癒了。不多久，她一次可以坐在床上一個小時。隔天，在阿曼達的幫助下，她能站起來，走一小段路。

「我想看看傷痕。」她摸著腿上的紗布，知道她的大腿後側已經不再光滑。「幫我把它拿掉。」

阿曼達疑惑地看著她，還是輕輕地撩起她的睡衣，把薇芙莉腿上的繃帶拿掉，扶她照照掛在門上的鏡子。

她必須倚在阿曼達的肩上，這種親密的姿態，一週前，薇芙莉想都不敢想。現在事情發生了變化，阿曼達曾經是敵人，現在是朋友。

「沒有想像中那麼糟糕。」阿曼達試著微笑。薇芙莉嘆了口氣。大腿後側上端有一道大約十英寸長的醜陋鋸齒狀傷口，傷口兩邊的皮膚腫脹不均衡，很可能不會癒合得太直。

「恐怕會留下疤，親愛的。但癒合後，他們可以治療這個疤痕。」阿曼達說道，包紮好女孩的腿。「他們可以讓它看起來好一點。」

「這又有什麼意義？」

「妳是美麗的，親愛的，應該試試。」

薇芙莉聳聳肩。幾個月前，她會介意光滑的身子上留下任何疤痕，但現在態度卻變得超然。它會癒合，然後，她會恢復強壯，她可以殺掉安妮．馬瑟，從這裡逃出去。

「我們需要談一談。」阿曼達告訴她。

「談什麼？」薇芙莉說道。

「妳離開這裡後，」她試探地問道，「來和我以及約西亞住吧。」

「我不能回到宿舍嗎？」薇芙莉問道。

「所有的女孩都搬到家庭裡住了。我是唯一一個馬瑟牧師信任能照顧妳的人。我們還是會受到二十四小時的監視，因爲……貨艙的事。」

薇芙莉不發一語，接受了這個建議。阿曼達帶她回床上。

阿曼達離開房間一會兒，回來時帶了一碗雞湯給薇芙莉。她攪動的時候，雞湯發出香氣。

阿曼達眼睛垂下，「我不懂。」

「不懂什麼？」

「妳去那裡做什麼？究竟是爲什麼？」

阿曼達在套她的話？薇芙莉盯著她，額頭因爲迷惑而皺了起來。「我在找槍。」

阿曼達認眞地看著薇芙莉，「暴力永遠不是解決問題的方案。」

「我不想射殺任何人。我想逃跑。」

「逃到哪裡？妳的船被毀了。安妮讓我看過殘骸。」阿曼達的目光變得遙遠，彷彿在思考一些難題。

「爲什麼新地平線號要和星空者號會合，阿曼達？」薇芙莉問道。

「我們必須會合。我們需要有人幫忙，讓我們有生育能力。」

「會合的目的便是綁架女孩和偷她們的卵子？」

「當然不是！安妮幾年前和瓊斯艦長便達成了協議，他替我們冷凍了胚胎。」

這和馬瑟告訴薇芙莉的故事大相逕庭，她莫名所以，一句話也說不出來。

「我們到的時候，剛好是你們最需要的時刻，這純粹是運氣。我不知道妳們在那艘死亡太空船上可以支持多久，我真希望能夠拯救那些小男孩，只要有時間！」阿曼達用手臂環住自己。

「我也祈禱我們的太空船不會遇到同樣的問題。」

「那麼，妳是真的不知道了。」薇芙莉自言自語。當她意識到自己說得太大聲時，咬了咬下唇。

「知道什麼？」

薇芙莉看著阿曼達一張誠懇的臉。她也許真的不知道星空者號上的那一場殺戮，可能也不知道星空者號有倖存者。薇芙莉想告訴阿曼達事實，但她忍住。信任得冒太大的風險。

「什麼事，薇芙莉？」阿曼達催問，「不知道什麼？」

「大家有多感激你們，」薇芙莉很快地說道，「你們救了我們。」

阿曼達的笑容漫上她綠色的眼睛，她拿起湯碗。「不那麼燙了。」她說道，把湯遞給薇芙莉。

第二天早上，阿曼達帶了一部輪椅來，扶薇芙莉坐進去，並用一條毯子蓋住她。當她一路經過繁忙的走廊，人們微笑地看著薇芙莉，尤其是女人。她們一定知道她就是第一批胚胎的提供者。每個人都很開心。

「妳是個名人了。」阿曼達說道。薇芙莉慶幸她沒有在衝動之下說出激烈的言語。

當他們到達阿曼達和約西亞的屋子，薇芙莉發現約西亞把自己的工作桌搬出客廳，放了一張墊得又軟又厚的安樂椅。

阿曼達把一部通訊台移到薇芙莉身前，放了許多新地平線號的紀錄片給她看。薇芙莉經常看到安妮．馬瑟，她原來是個令人驚訝的年輕漂亮女人，不過總是站在人群後面。

在一部有關工程的影片中，新地平線號原本的塔克馬拉艦長，正在談論太空船引擎的效能。他是一個高大的男子，有著黑色波浪般的頭髮和炯炯有神的眼睛，他語帶驕傲地談他的船。

那天晚上，阿曼達做晚餐時，薇芙莉問道：「塔克馬拉艦長究竟出了什麼事？」

阿曼達正用黃瓜和冬瓜拌上豆瓣和菠菜。她回頭瞥薇芙莉了一眼，女孩坐在桌子旁邊，她的腿放在一張椅子上。

「他得了一種怪病，拖了幾個月，但醫生幫不上忙。」

「所以安妮．馬瑟便接手了。」薇芙莉說道，她懷疑艦長眞的是病死的。

「嗯，事實上，在他生病之前，她便接手了。情勢變得越來越複雜。」阿曼達停住，似乎在重新思考自己的話。她放下手中的湯匙，「很難說清楚。」

阿曼達小心翼翼地抬起薇芙莉的腿，坐在椅子上，把薇芙莉的腳放在自己的膝蓋上。「這樣可以嗎？」薇芙莉點頭。

「事實上，艦長不是一個太好的領導者。當我們得知船上的女人都不能懷孕時，嗯，妳可以想像全船的人是什麼樣子。我們處在深度的絕望中，他不知道該怎麼處理。這就是爲什麼安妮不得不介入的原因。」

「介入？」

「她是太空船上的牧師，所以已經處在領導位置上。當時船上的每個人都聽過她的講道，每個星期天我們都去的，她的講道是我們唯一的希望。艦長似乎越來越聽她的話，最後甚至搬出他的辦公室，就是這樣。這對太空船而言是更好的結局。她再度給了我們一個方向，這是艦長從來沒能夠做到的。」

薇芙莉覺得事情的內幕應該比阿曼達知道或告訴她的更複雜。「他得了什麼病？」

阿曼達苦笑，「我不知道。船上發生了一種傳染病，許多接近艦長的人都生病了。這是一個悲劇。」

「什麼樣的病？」

「我們猜是某種寄生蟲。一次開會結束後，大部分的中央委員會委員似乎都感染了，但醫生沒有辦法利用隔絕有機體的方式來殺掉它。」

薇芙莉強迫自己維持平穩的呼吸。阿曼達又回去做她的沙拉。

沉默中，薇芙莉第一百次猶豫不決。她該不該信任阿曼達，或者這個女人終究是一個間諜？

「妳知道我始終不明白什麼事嗎？」薇芙莉慢吞吞說道，用她的大拇指摸著桌上的木屑。

「他們是怎麼得到星空者號殘骸的？」

阿曼達勉強從手邊的雞塊上抬起頭來，「他們駕太空梭和單人艇出去找的。」

「但這東西不是在我們離開星空者號後，隔了幾天才找到的嗎？」

「是呀，應該是。」

「這一段時間，我們一直都在加速以增加重力？」

「是的。」阿曼達說道，她剁雞的速度變慢了。

「我只是不明白他們是怎麼拿到的。如果我們加速提高人工重力，這塊殘骸會被我們遠遠拋在腦後才是。」

阿曼達停下手上的動作，怔怔地若有所思。

薇芙莉補充說道：「但誰知道呢？」

24 致謝

第二天一早，阿曼達帶來一件黑色罩衫和一條蕾絲長巾走進薇芙莉房間。薇芙莉看到她了，但假裝還在睡。阿曼達靜悄悄地走動，把衣服掛在衣架上，充滿溫情地用手撫平長巾。

她盡量不吵醒女孩，但薇芙莉已經醒了幾個小時，不斷地回憶自己聽到的那個嗚嗚聲，很想溜出去找找。她知道警衛輪班守在阿曼達和約西亞的房門外頭。他們這樣守著似乎沒讓阿曼達覺得困擾，這是薇芙莉不能完全信任她的另一個原因。

阿曼達轉過身來，發現薇芙莉看著她。「妳醒了。」

薇芙莉揉了揉眼睛，「我向來睡得不好。」

「我也是。約西亞說，這是因爲我的藝術傾向，但我覺得他是在奉承我。事實上，是因爲我容易焦慮。」

薇芙莉笑了笑。

「親愛的，如果妳起來了，歡迎妳和我們一起去參加佈道。」

她可能有機會見到莎菈和莎曼珊。「我會去。」

「太好了，安妮說，她替女孩們做了一個特別的安排，我希望妳別錯過。」

是呀，太好了。

薇芙莉移動她的腿，然後下床。她的傷腿因爲睡覺而僵直，還是很疼。阿曼達離開房間後，薇芙莉穿上罩衫，將黑色長巾綁在她的頭髮上。她憎恨這一身衣服。緊身的罩衫綁住她的臀部，頭巾壓迫她的臉，讓她看起來面容黯淡。

她一瘸一拐地走進客廳，發現阿曼達和約西亞已經在等她。他們也穿黑色的衣服，讓薇芙莉想起喪服。約西亞上前，握住起薇芙莉的手。「妳的氣色不錯。」

「謝謝。」薇芙莉從來沒有問，他們也從來沒有告訴她，但他一定是其中一個讓自己的卵子受精的人，然後將胚胎植入阿曼達的身體裡。因此，從某一個角度來說，他是薇芙莉的配偶，但現在卻扮演一個父親的角色。這種衝突讓她對他心生反感。

「約西亞要給妳一個禮物。」阿曼達說。

約西亞的手伸到沙發後面，拿出一根用胡桃木雕成的漂亮手杖，手柄上刻著葡萄藤和小鳥。薇芙莉握在手上，非常舒適。上頭還綁了一根帶子，可以繫在手腕上，這樣一來就不用擔心掉下去。當她撐住它時，覺得站得更穩了。

「哇，」她說，「謝謝。」

「妳躺在病床上的時候，他就一直在做這個東西。」阿曼達說。

「我上了蜂蠟，所以更有光澤。」約西亞自豪地說道。

薇芙莉的手撫著這光滑的質感。這根手杖很沉，幾乎像一根擊棍。時機一到這可能會有用。

「很好。」

約西亞的臉微微發紅。

「好了，」阿曼達說道，開玩笑地打了他一下，「炫耀夠了。我們還是早點走，薇芙莉才能及時趕到。」

他們走得很慢。每隔幾分鐘，薇芙莉都得停下來休息，但糧倉離他們的屋子不是太遠，不久，她便走過那個巨大的房間，會眾的聲音在四周迴盪。

「一會兒見，女孩。」約西亞說道，走向講台，加入一群樂師。

祈禱區布置著乾草堆和乾燥花。乾草散置在薇芙莉的腳邊，感覺就像踩在一張會發出嘎吱嘎吱聲的地毯上。她走在通向聖壇的走道上。座位大約半滿，人還不斷湧來。

一個很矮的女人走向薇芙莉，捉住她的手，幾乎讓她摔跤。那個女人氣色紅潤，十分豐滿，一臉燦爛的微笑。

「哦，我只是想感謝妳爲我所做的。」她說。

「什麼？我——」

「這件事對我意義重大，妳給了我全新的生活。」女人抹掉眼角的淚水。「謝謝妳，我永遠歡迎妳到我家裡來！」

薇芙莉明白了，這個女人身上植入她的一個胚胎。她的喉嚨收緊。阿曼達和氣地點點頭，把薇芙莉帶走，引導她坐到前排座位上。

「阿曼達，」薇芙莉問道，聲音顫抖，「有多少？」

「多少什麼，親愛的？」

「妳知道的，」薇芙莉咬緊牙關說道，「有多少女人懷著我的孩子？」

阿曼達臉上的血色褪去，她看著薇芙莉。

「告訴我！」

「十八個，」阿曼達終於說道，「有十八個女人懷孕。」

「什麼？怎麼可能那麼多？」

「他們給妳用了藥，放在食物裡，」阿曼達說道，「妳製造了很多卵子。」

「妳認爲這樣做，對嗎？」薇芙莉叫得很大聲，許多人轉過頭看她。

「他們沒有徵求我的意見，薇芙莉。」阿曼達怯怯地說道。

「如果他們有呢？」

「我會讓他們先得到妳的同意，否則這就太卑鄙。」

講台上，安妮．馬瑟坐在她的兩名宣讀人員中間，等待佈道開始。年紀大一點的那個講師幾乎要睡著了，但留著褐色辮子的年輕女人沉靜地望著群眾。有那麼一瞬間，她的目光和薇芙莉相遇，但又調開目光，彷彿她從來沒有留意過女孩似的。

那麼，馬瑟還沒有發現她。目前她還是安全的。

「坐在安妮旁邊的女人是誰？」薇芙莉問阿曼達。

阿曼達很樂意改變話題，「潔西卡．伊頓。我們叫她潔西。她最近自告奮勇要幫忙佈道，因爲馬多克斯執事沒聲音了。她會朗誦一些東西。」

「她怎麼得到那份工作的？」薇芙莉小心地問道。

「她是安妮的助手。怎麼了嗎？」

薇芙莉聳聳肩，「只是好奇。」

馬瑟在下巴交叉雙手做祈禱狀，微笑地看著阿曼達和薇芙莉。她的白色綢緞長袍映在她豐腴的臉頰上，呈現一種聖潔的光芒。

「薇芙莉，我的確並不完全同意我朋友的所作所爲，」阿曼達終於說道，「但我也沒有負她那樣重大的責任。她處理了很多事情。」

「妳想要一個孩子，對不對？所以妳也不是那麼反對。」

阿曼達的臉色發白。這時候燈光暗下來，表示佈道即將開始，她低聲說道：「有人要給妳一樣妳期盼了一輩子的東西，妳會拒絕嗎？」

薇芙莉太憤怒，答不出話來，環顧四周，她看到莎曼珊、莎菈和法拉西蒂，她們都坐在對面走道的前排。

莎曼珊盯著薇芙莉，抿著嘴唇，棕色眼睛堅定不動。她看上去更瘦，也更冷漠。莎菈轉頭望向薇芙莉，用嘴形說了一個字，但薇芙莉看不出是什麼字。她搖搖頭。

安妮．馬瑟已經走到麥克風前。莎菈轉頭面對講台，雙手緊握放在腿上。法拉西蒂的眼睛盯著馬瑟，表情平淡。也許她善於隱藏自己的恐懼，也許身爲星空者號最美麗的一個女孩，她習慣害怕，不懂如何生氣了。

儘管如此，這麼長一段時間沒有見到星空者號的親人朋友，看到熟悉的面孔還是讓薇芙莉開心，雖然也許她們已經有所改變。她渴望看一看齊倫，甚至一張照片都好，只要讓她看看他的臉。

每個會眾都站了起來。阿曼達示意薇芙莉坐著，但她還是站了起來，只是倚著她的新拐杖。

馬瑟笑著舉起雙手，做出一種熱烈擁抱的手勢。「歡迎來到這裡，航向新地球的第兩千兩百六十二個週日。願和平降臨！」

「願和平降臨。」每個人異口同聲地說道，甚至是阿曼達，她的面容肅穆。

「天主，感謝祢給予我們的祝福，祢把美麗的女兒從殞落的同伴船上送到我們身邊，啓發我們創造生命的方式。我想特別是這些慷慨的女孩將她們燦爛的生命力和我們分享。我想邀請以下幾個年輕女孩上台，讓我們表達最深的謝忱。

薇芙莉．馬歐爾，黛博拉．蒙巴薩，阿麗亞．卡哈維，法拉西蒂．維根，莎曼珊．史黛伯雷登，莎菈．霍奇斯和梅莉莎．迪金森，請和我一起站在這裡。」

聽到這麼多名字，薇芙莉震驚地動彈不得。但當莎曼珊伸出手來時，她握住了，讓女孩扶住她，上了講台，安妮．馬瑟親自搬過一張椅子。薇芙莉冷冷地看著這個女人，但馬瑟微微一笑，甚至還親熱地摸摸她的臉頰。所有的觀眾發出讚許的低語。

一當所有的女孩落座，馬瑟回到麥克風前。

薇芙莉看著底下的人，許多年紀老大的人開心地望著她，她幾乎要報以微笑。他們俘虜了我，她提醒自己，每一個都是。

至於其他的女孩，法拉西蒂、阿麗亞和黛博拉面容平靜而嚴肅。莎菈看起來則像拚命忍住憤怒的眼淚，莎曼珊雙拳緊握放在膝上，望著人群，彷彿要選一個人先來殺掉似的。薇芙莉懷疑馬瑟得到她們的充分合作。

「現在，」牧師開口，舉起一隻手，「我希望這些女孩能看看她們貢獻所得的成果，所有因為女孩們的慷慨而得天獨厚開創新生命的女士，請起立，告訴我妳們是誰。」

幾十個女人站了起來，淚水從她們的臉頰流了下來。薇芙莉看著莎曼珊，一雙黑色的眼睛燃燒著憤怒，莎菈則眼眶發紅，她用力地咬著下唇，逼回淚水。法拉西蒂的藍色眼睛因為驚訝而睜得大大的。她瞟了薇芙莉一眼，又調開目光，表情深不可測。

「由於這些勇敢的女孩，」馬瑟繼續說道，「我們將在人類跨越宇宙之旅的暗夜中繼續生存下去，我們的孩子會看到新地球的曙光！」

房間裡爆發歡呼聲。人們站起來，鼓掌、歡呼，向女孩們揮手。許多人哭了起來。

在一片熱烈的掌聲中，薇芙莉對莎曼珊的耳邊喊道：「他們對妳做了什麼？」

「給我們下藥！」莎曼珊大聲說道，「我們醒來後，什麼都完成了。然後，他們要求我們同意，在我們幾乎沒有意識的時候。」

「我們得逃跑！」薇芙莉說道。

「是，可以選在佈道的時候，」莎曼珊回答，「這是唯一我們會待在同一個房間的時間！」

「我們得定期碰面！」薇芙莉說道，察覺掌聲漸漸停了。沒有太多時間。

「他們每一秒鐘都盯著我！」

「我會跟阿曼達談談。」薇芙莉說道，所有懷孕的女人當中，只有她的臉上充滿煩惱。「她會幫忙的，我想。」

莎曼珊的手放到薇芙莉的膝蓋上，「我們不能相信這裡的任何人！」她說道，最後一陣掌聲停了。「答應我，妳什麼也不會對她說，薇芙莉！」

薇芙莉咬著下唇，盯住阿曼達。她可能是她們唯一的機會，但莎曼珊是對的。如果可以，還是另覓良策。「好吧。」她說。

這時候，安妮．馬瑟開始講道，「我想讓你們回想十五年前。」她的話像鈴聲一樣環繞在糧倉裡，所有人專心聽講，好像她的話代表永恆似的。「多年來的疏忽和天真的自私，我們終於說服自己接受，這條船上沒有人能生育。還記得那種感覺嗎？」

許多女人點頭。

「我們被毀掉了。」安妮．馬瑟讓這個字眼在空中懸蕩著，然後繼續說下去。「上帝有一次告訴亞伯拉罕，『你要明白，你的種子將會由一個陌生人在一個陌生的土地播種。』

亞伯拉罕的妻子莎菈沒有孩子，她對他說：『上帝使我不能生育，求你和我的使女同房，或者我可以因她得孩子。』於是亞伯拉罕聽了莎菈的話。」

馬瑟舉起一隻手指向舞台上的一排女孩，群眾的目光跟著看過去。薇芙莉倍感羞辱。他們望著她，彷彿她是一個聖人。「這些女孩都是上帝對新地平線號老百姓的承諾！」

群眾再次響起掌聲，馬瑟感受人們信仰的熱情。她用一種充滿絕對說服力的語調說話，她的信徒們熱情回應。

「這些人居然相信他們正在執行上帝的旨意。」莎曼珊在薇芙莉耳邊說道。

「也許不是所有人。」薇芙莉若有所思地說道。

薇芙莉看著安妮．馬瑟。那個女人眞的相信自己說的話？或者這一切都只是一場表演？馬瑟得意地凝視著她，好像這次佈道眞正的目的是爲了告訴薇芙莉她有多大的權力。

薇芙莉心想，她說服這些人，他們受到上帝的青睞，他們的生活有特殊的目的。她知道如何讓他們敬愛她。這就是她的力量。

讀了好幾段經文，約西亞和其他團員三重唱，給薇芙莉和女孩們一波又一波的掌聲後，佈道終於結束。薇芙莉讓莎曼珊扶她站起來。她一起身，安妮．馬瑟突然跑了過來。「我希望妳們喜歡，」她得意的笑笑，「我想向妳們表示我們的感激之情。」

阿曼達走過來，「今天的講道很精彩，安妮。」她開心地說道。

「謝謝妳。」馬瑟帶著眞心喜愛的目光看著阿曼達。

「安妮曾經是我的保姆，薇芙莉。那是很久以前的時光了。」

「阿曼達對我來說就像一個女兒。」馬瑟說道。她們倆的感情是很顯然的，馬瑟很在乎阿曼達的想法。

「薇芙莉，」阿曼達一隻手勾著馬瑟，「妳知道安妮一開始是一個教師嗎？她教我和約西亞讀書。」

「我教得不好。」馬瑟搖了搖頭。

「眞的？」阿曼達很驚訝，「我認為有一天我會想教書的。如果這裡有孩子的話。」

「現在有了。」薇芙莉說道，她想到一個方法可以讓她和莎曼珊見面。「阿曼達，為什麼不給我們辦一所學校？我們這些大一點的孩子。」

馬瑟灰色的眼睛瞟向薇芙莉，女孩不懷好意地一笑。

「這是個好主意！」阿曼達喊道。

「妳會是一個好老師的。」薇芙莉告訴她。

「我不知道女孩們是不是都準備好了。」馬瑟反對，薇芙莉覺得她看到這個女人太陽穴邊的汗水。

「我一整天都很無聊，」薇芙莉補充說道，「可以見到我的朋友是一件好事。」

「讓我做這件事吧，安妮。」阿曼達喊道，「我不能一整天畫畫的，這件事對女孩也很好。」

薇芙莉裝出一副無辜的表情，但馬瑟忿忿地看著她，表示自己不是傻子。薇芙莉才不在乎。

顯然，馬瑟希望阿曼達認爲她是一個聖潔的領導者，而不是一個詭計多端的騙子。這給了薇芙莉籌碼。

「我想想。」馬瑟審慎地說道。

「有什麼好考慮的？」阿曼達困惑地問道，「她們是年輕的女孩，需要學習。」

「還有其他的因素。」

約西亞讓阿曼達過去和合唱團團員聊天，她走開，留下馬瑟和薇芙莉。

「這些人一定很愛妳，」薇芙莉的聲音有著濃濃的威脅意味，「特別是阿曼達。」

「我們都是一家人。」馬瑟臉頰微紅。

「如果他們知道妳的所作所爲，」薇芙莉問道，「還會愛妳嗎？」

馬瑟驚訝地看著她。

薇芙莉轉身，一瘸一拐地走下講台。

25 學校

不可思議的事發生了。早上阿曼達把薇芙莉叫醒，給了她一件棕色罩衫、棕色及膝襪子和針織貝雷帽。這一身衣服讓薇芙莉想起二十世紀女童子軍的照片。

「沒有制服，我說不出話來。」阿曼達抱歉地聳聳肩。

薇芙莉不在乎她看起來多麼愚蠢，她只想見見朋友。

阿曼達穿著棕色罩衫和棕色的襪子，但沒戴那頂荒謬的貝雷帽，她有一條黑色長巾。吃了一頓有糙米、香蕉和蜂蜜的早餐後，她帶著薇芙莉到客廳去，坐下來看著女孩，手摸著自己突起的腹部。

「我以爲我們要走了。」薇芙莉說道。

「哦，是的。」她微笑地說道。

一陣敲門聲在門口響起，傳來兩聲低喊。「他們來了。」阿曼達說道，把拐杖交給薇芙莉。警衛站在門外，他們身後是一群星空者號的女孩，都穿著罩衫，戴著貝雷帽。法拉西蒂的藍眼睛空洞洞的。莎曼珊脫下她的貝雷帽，用手捏著。莎菈盯著薇芙莉，雀斑的臉上眼神冷酷。

「準備好上學了嗎？」疤臉警衛語帶譏諷地問薇芙莉。

她不理他，蹣跚地走向女孩，站在莎曼珊和莎菈身邊。

「嗨。」

莎曼珊俯身正想對薇芙莉說話，警衛便朝她大喊：「不可以停留，不可以亂跑，不可以說話。」他拉拉自己的耳朵。「我有像虎鯨一樣的好聽力，什麼都逃不過我的眼皮子底下。」

薇芙莉轉過頭去，表現出不爲所動的樣子。

「一二三四！」他喊道，彷彿他要帶女孩去玩一種很棒的遊戲似的。女孩們在他身後排成兩列。薇芙莉希望警衛走在前面，她就可以和莎菈以及莎曼珊說話，但其中一人走在隊伍的後頭。她扶著手杖一瘸一拐地走著，她可以感覺到他的目光盯著她的背。

他們成群地走在走廊上，繞過船腹，來到行政區的一個房間。沒有窗，裡面都是東西，還有昏暗的燈光。一排一排的小桌子、小椅子，和星空者號裡學校的課桌椅一樣，只是它們比較乾淨，沒有寫字，沒有刮痕，好像從來沒有用過。

警衛遞了一張紙給阿曼達，她弓著肩膀讀了一下，然後憤怒地看了警衛一眼，但她開口說話時，就不再氣憤了。

「女孩，我們安排了座位，可以讓我記住妳們的名字。」她讓每個女孩坐在指定的位置上，大家一一落座，薇芙莉發現自己被安排在後排角落，莎曼珊在最前排，莎菈坐在中間。她們不能看彼此一眼，離得太遠也不能說悄悄話。

阿曼達給每個人一本詩集，讓女孩們讀已故的北美詩人沃爾特．惠特曼的詩歌，然後大家一起討論。大多數的女孩都不發一語，表現得較爲封閉，但有幾個似乎很高興來到教室上課，舉手發言。

薇芙莉倚在椅背上，看著警衛，想找一些可以利用的角度。

兩個男人在房間裡走來走去，槍抱在胸前。薇芙莉注意到阿曼達不只一次瞪著他們，她甚至在課堂上停下來，要求警衛不要讓學生們分心。但疤臉男人笑了笑，繼續踱步。

莎曼珊從座位上轉頭看薇芙莉，警衛立即用手指在她的腦袋上一敲，她轉回頭，脊背挺得直直的。

「同學們，」阿曼達的聲音因爲緊張而哆嗦，「現在妳們讀過惠特曼的作品了，也許可以花二十分鐘時間創作一首詩，然後，我要妳們大聲朗誦自己的詩，所以，好好寫吧！」

房間裡唯一的聲音是筆在紙上發出的沙沙聲，但很快，女孩們完成自己的詩作，一個個抬頭。

薇芙莉看著警衛，希望可以想出一個辦法給莎曼珊傳一張紙條。但房間很小，他們又十分警戒。她想像自己一棍擊中疤臉男人的腦袋，帶領其他女孩跑向一部太空梭。她的手伸向木椅的腿邊，當成一根擊棍似的握住，她心驚肉跳，冒著冷汗。

「好吧，」阿曼達說道，「好像大家都寫完了。有人想和大家分享自己的作品嗎？」

一隻手舉起來，在空中揮著。是莎曼珊。薇芙莉坐直。

莎曼珊站著，弓身低頭，拿起自己的詩稿，厚厚的棕色劉海掛在額上。她瞟了薇芙莉一眼，眉毛一抬，「不要抄我的詩，」她的聲音似乎有點哽咽，「我很努力的，每隔兩個字都很折磨。」

阿曼達笑了起來，「聽起來像一個眞正的詩人哩。」

莎曼珊盯著薇芙莉，然後垂下眼睛看了看薇芙莉桌上的筆。

她在說什麼？不要抄我的詩？她希望薇芙莉抄下她的句子？

薇芙莉拿起筆。莎曼珊很輕地點了點頭。疤臉男人站在莎曼珊身後，一臉狐疑地盯著她。

薇芙莉俯身在課桌上，打算抄下莎曼珊的句子。女孩每念一行便停頓一下，看看薇芙莉是不是跟上了。

我的左手掌緣上劃著有一道刀痕，
心想像不出那美好的遠方，
哎，無法，無奈，
在那長道上散場，
可憐女人的孩子早已然想透，
漸淡出，終於消失安息，
妳和他和我們究竟在遠方哪裡呀，
明亮的天際妳回首應答。

莎曼珊坐了下來，頭一歪。

「嗯，」阿曼達不確定自己該說些什麼，「這是一首感情強烈的詩，莎曼珊。讓我想起二十世紀早期的詩人。還有人要唸嗎？」

沒有人主動舉手，阿曼達叫梅利莎．迪金森，她站起來讀了一首有關恆星和時間的詩，很單調。

薇芙莉又看著警衛，他們開始走來走去。疤臉男人朝她走來。她想遮住自己的記事本，上面抄著莎曼珊的詩句，但又怕這個動作引起敵人的懷疑，她會被發現。她的心像一個壞掉的活塞，猛烈跳個不停，然後她感覺警衛站在她身後，探頭探腦。

他想看她的筆記本？她不知道。終於，他走開了。薇芙莉發現自己一直屏住呼吸，簡直快喘不過氣來，但她強迫自己穩住，不讓胸膛起伏，直到她肯定身後的警衛對她失去興趣。

警衛走到課堂前面，盯著莎曼珊，她彎腰伏在筆記本上。把原來寫下的句子擦掉，又添了一些上去，然後又畫掉一些。有那麼一會兒，他似乎想拿走她的筆記，但看到阿曼達瞇著眼睛盯住他，他後退幾步，站在課室的角落。

一天過去了，守衛監視所有女孩穿過走廊，回到自己的家，所以阿曼達和薇芙莉是第一個離開隊伍的。

「還不錯，妳認爲呢？」阿曼達問薇芙莉，她故意做出輕快的聲音。「我不願意那些壞傢伙留在教室，但我也說服不了安妮讓他們待在外面。我想妳跑到貨艙的這件事把她嚇壞了，她說，她不希望妳再受到傷害。」

「也許吧。」薇芙莉說道，但她的口氣很明確地表示她不相信這個解釋。她知道，阿曼達自己也不相信。

薇芙莉假裝打哈欠，「坐了一整天，我累了。可以的話，我想睡一下。」

「預習一下明天的歷史！」阿曼達喊道。

薇芙莉關在自己的房間，打開檯燈。她盯著莎曼珊的詩，試圖整理出裡面所要傳遞的消息，但這似乎只是一堆雜亂的句子。她讀到有點沮喪，正打算放棄時，她想起莎曼珊在讀詩前，講了一些奇怪的話。她說了什麼？好像是折磨之類的。

每個字都是折磨？不，每隔兩個字都很折磨。

薇芙莉劃掉中間的兩個字，然後她看懂了。

我手上有刀。想出好方法。在道場。女孩已透出消息。他們在哪？明天回答。

薇芙莉花了幾個小時的時間回答莎曼珊，寫了又重寫，希望它看起來像一份作業。隔天早上，她已經累壞了，阿曼達不讓她上學，但薇芙莉堅持要去。當警衛帶女孩們過來時，她已經穿好那一身奇怪的制服，她要給莎曼珊的訊息就夾在手臂下的筆記本裡。

讀完約翰．濟慈的「希臘古甕頌」後，阿曼達給她們時間寫一首小詩。薇芙莉等到兩個女孩讀完自己的詩作，才舉起手來。她不想顯得太急切。

「坐著念吧，薇芙莉。」阿曼達說道。

「每隔一行，都折磨我的神經。」薇芙莉擠出一個笑容。

「我很高興妳對作業這麼看重。」阿曼達開心地說道。

薇芙莉瞥了莎曼珊一眼，她拿著筆謹慎地在腿上的筆記板等著。薇芙莉把桌上的紙撫平，開始朗誦，小心地在每一行詩結束前停頓。

不知道在何處，
戀人相擁而泣。
他們被困住，
心靈悲苦。
某一個地方，
是愛的天堂，
嗚嗚的，有節奏的聲音，
就像戀人共同的心跳，
像一處水源，

以為會有細流涓涓，
但卻沒有水的影子，
戀人們嘗試再嘗試，告訴彼此，
尋求別人幫助，
然後才能，
逃出生天，要不斷找尋呀，
擺脫一切束縛，
只要能夠，
一旦找到了，
便可以逃走，
逃到所謂愛的天堂。

有好幾個星期，女孩們透過這種方式，把信息嵌入詩歌、散文中，就在警衛的眼皮子底下，他們越來越放鬆警戒了，大多數時間顯得無聊。

她們把一個複雜的訊息嵌在一首十四行詩裡。薇芙莉知道莎曼珊和一對夫婦住著，他們屋裡有一個精緻的廚房，有各式各樣的小工具。這是她爲什麼能拿到刀子卻不被發現。她手上有三把，但也不敢再多拿。

莎菈的訊息則表示薇芙莉描述的地方，聽起來像是環境控制系統，它位在太空船上層，也可能是讓養殖場供水的水渦輪機房。但薇芙莉沒辦法去找，一想到母親就在船上卻見不到她，讓她既折磨又痛苦。

但她們在其他方面取得進展。她們來來回回地計畫逃生，不斷琢磨，仔細考量，直到薇芙莉相信這個計畫有可能成功。但這一切的關鍵就在她能不能把星空者號的倖存者找出來。然而她的房間外面一直都有守衛，她沒辦法避開他們。

一天下午，她忽然想到解決的辦法。如果馬瑟有意隱瞞星空者號船員被俘虜的事實，那麼便不能讓自己船上的人接近關押他們的地方。有可能她會把那個地方劃爲禁區。太簡單了，她應該早點想到的！

「阿曼達。」薇芙莉說道，這時阿曼達帶著一整個葫蘆的紅葡萄進來。「妳今天做了什麼？」

「沒什麼，整理了一下花園。」

薇芙莉用鉛筆點著，「我有點好奇，聽說所有人都不許接近污水處理廠。」

「眞的嗎？我想是因爲擔心大氣調節之類的問題。」

「哦？」

「他們認爲金屬地板承受太大壓力什麼的，只有訓練人員允許到那裡去。沒有人介意的，反正大家也不想到那裡去。」

「說的也是。」薇芙莉說道，掩飾不了聲音中的喜悅，雖然阿曼達似乎沒有察覺。

大氣調節。是的！所以那個可怕的晚上在實驗室裡，她才會透過通訊台聽到那個聲音，她媽媽在那裡。鬆了口氣的她不得不離開客廳，獨自回到房間，因爲她快哭出來了。經過幾個月的擔心、恐懼、詭計多端地策畫，她們終於掌握事件的關鍵。

不需要再計畫什麼了。該是殺掉安妮·馬瑟的時候了。

26 佈道

佈道大會的那一天，薇芙莉起床，睡眼惺忪，精神焦慮。她根本一點也無法入睡。一整晚她呆滯的雙眼盯著窗外的黑夜，一遍又一遍地想著整個行動的細節。過程中不能出任何一丁點錯誤，她和莎曼珊、莎菈的性命全仰賴於此。如果出錯，三條小命可能就保不住。

她只希望自己的傷腿能走得快一點，幸好約西亞爲她做了這根拐杖。

「哦，妳起來了。」阿曼達探頭進房間說道，最近她常常這麼做。她進到房間裡來，薇芙莉看著阿曼達，心想她眞的是懷孕了，肚子圓圓的，臀部變寬。薇芙莉想到自己的女兒或兒子在阿曼達身體裡面，覺得難以置信。「最好動作快點。我們不想遲到。」

「是的，我知道了。」薇芙莉穿上她的禮拜服，別上長巾，看著鏡中的自己。她變了許多，臉頰瘦削，眼底有黑圈，眉間一道刻痕，又直又深。她變老了。

「我們走吧！」她聽到約西亞從客廳叫道。他急著唱自己嘗試寫的聖歌，薇芙莉很難過他與阿曼達一點也不知道即將發生的事。

薇芙莉一瘸一拐地走出她的房間。她知道現在她是比受到攻擊前要虛弱許多，但她很確信自己還是比安妮・馬瑟有力氣。

他們走到佈道會場的路上，一個孕婦攔住了她，親吻她的手，一臉幸福。「上帝保佑妳。」她低聲說道。薇芙莉幾乎無法看她。她太害怕了。

她走在一排排椅子間，直到她和阿曼達坐慣的前排位置，在那裡她們可以看到約西亞和整個合唱團。

薇芙莉掃視人群尋找莎曼珊，她就坐在原來右舷的位置，然後是莎菈，她在房間的一個角落，左舷方向。薇芙莉抬起右手，向莎曼珊做了一個暗號，等待著，屏住呼吸。

莎曼珊很快地豎起一根大拇指。刀子就定位。莎曼珊的任務是早一點到，並藏好刀子。這是很危險的，但薇芙莉知道她是最適合做這個工作的人。

薇芙莉的心在胸膛裡跳得很厲害，面向這個一會兒她得爬上去的講台，看著安妮．馬瑟柔嫩的喉嚨，她忽然覺得她們的計畫太粗糙了，眞的只是鎖幾道門，拿幾把刀子這麼簡單？有可能成功嗎？她把一種想吐的感覺嚥下去。她一定得成功，這是她們唯一的機會。

「怎麼了？」阿曼達揉了揉薇芙莉的背，「妳還好嗎？」

「沒事，」薇芙莉的聲音有些顫抖，「我只是在想我是多麼感謝妳罷了。」

「哦？」

「感謝妳爲我所做的一切。」

「當然，薇芙莉。我愛妳，妳知道的。」

薇芙莉只能給她一個苦澀的笑容。

約西亞開始撥弄吉他，人群坐定。安妮．馬瑟穿著一身南瓜色的長袍，繡著鳥兒和花朵，走上講台，舉起一隻豐腴的手。

「願和平降臨！」她叫道。

「願和平降臨！」人群回答。

在馬瑟的祝福語中，薇芙莉豎起耳朵，聽到兩雙極輕的腳步聲，跑向大房間的兩側。沒有回頭路可走了。薇芙莉站起來，莎菈和莎曼珊已經悄悄地把前兩排的門關上，她可以聽到很輕的啪噠一聲，聞到臭氧的氣味，她們把電鎖弄壞了。有幾個人四處張望了一下，但注意力很快回到馬瑟身上。

薇芙莉感到一陣恐懼，好一會兒，她的眼前發黑，但她仍然打算走上講台，馬瑟正在談論即將到來的收穫慶典。阿曼達拉住她的衣角，壓低聲音問道：「妳上哪兒去？」

「我去洗手間。」薇芙莉也小聲回答。她把拐杖的帶子繫在手腕上，跪在馬瑟講台底下乾草堆前，往裡面一摸，摸到冰涼的金屬把手。刀子在它該在的地方。

她用兩排牙齒咬住刀子，以閃電的速度走上講台。

安妮．馬瑟的話講到一半，停下來盯著她。

她一把抓起馬瑟的頭髮，將女人的後腦勺往後一扯，露出她的喉嚨。然後，刀尖抵著她脖子上的動脈。她感覺馬瑟在發抖。很好，她害怕了。女人渾身是肥皂和椰子乳液的氣味，令人作嘔。跟這個她一心想殺掉的女人這麼接近，讓薇芙莉一陣噁心，好一會兒，她的決心動搖。

群眾發出一聲驚呼。女人掩聲尖叫，一半的男人站了起來，好像想幫馬瑟，但卻僵住了，震驚地盯著薇芙莉。

「這是沒用的，薇芙莉。」馬瑟逼緊喉嚨說道。

「我會殺了妳。」薇芙莉回答，她的刀尖刺進馬瑟的皮膚裡。女人豐滿的身子一僵。

「別動！」薇芙莉發出警告，刀鋒一轉，對準馬瑟的喉嚨。她聽到身後有腳步聲。

約西亞和合唱團離她們只有幾步遠，一動不動，他們的眼睛盯著刀尖。薇芙莉的右手邊，幾個男人走上講台，但保持距離，至少現在是。

前排的阿曼達坐在那裡，手捂住嘴巴。

馬瑟試圖掙脫，但薇芙莉的力氣太大了。「妳想做什麼?」馬瑟的話從牙縫裡綳出來。

薇芙莉不理她，對著麥克風講話。「如果你們當中有任何人想知道我有多想殺掉安妮·馬瑟，就再靠近一點，我會讓你們看看。」

她的話就像一道咒語響起，所有人沉默不語。她鼓起勇氣，頭轉向左側，然後右側，恨恨地瞪著。「退回去！」她尖叫。

約西亞和其他樂師倒退幾步，雙臂舉起。薇芙莉右側的男子也慢慢後退。

薇芙莉向麥克風俯身，她還沒來得及說話，馬瑟便開口：「大家保持冷靜！你們可以看到這個女孩有多迷惑——」

薇芙莉的刀尖刺進女人的脖子，抵住她的氣管。馬瑟閉上了嘴巴。輪到薇芙莉說話。

「我希望每一個從星空者號來的女孩聽著，」她說，在群眾中尋找和她同船的人，她們就像黯淡天空裡的小星星，「星空者號沒有毀掉，妳們知道馬瑟一直在說謊，但妳們不知道的是，星空者號的倖存者被關押在這艘船上，成為囚犯。」

人群發出騷動，薇芙莉提高音量。「同伴們！如果妳們想再見到自己的家人，到左舷莎曼珊那裡——」

在她還沒來得及說完這句話之前，女孩們便跳起來，甩掉那些拉住她們的手，有些還咬人，一下子便跑開了。年紀大一點的女孩把小女孩從寄養家庭的人手中抱走，又踢又打的，掙脫船上的人。一百多雙腳跑向左舷。

成功了！

新地平線號的大人們跟著她們，但女孩的力氣大多了，速度也比較快，很容易跑掉。

薇芙莉發出一聲長長的尖叫，制止大人的腳步，女孩們趁機溜出房間。當門在她們身後關上，薇芙莉對那些慌張又驚恐的失序群眾說話。人就是這個時候最容易控制，但也只是暫時。根據計畫，是該離開的時候了。她得帶著安妮．馬瑟到大氣調節裝置系統那裡，把她當作人質，讓警衛把囚犯放了。但看著這些人，薇芙莉知道自己沒有辦法拖延多長時間。他們會跑出去制止女孩們。除非她能說服他們，讓女孩離開。

「你們是好人。」她對著麥克風說道。

右手邊傳來一個叫聲，莎曼珊站在最後一道門旁邊，她用嘴形說道：「妳在幹什麼？」

薇芙莉不理她，繼續說：「你們是善良的人，卻願意讓這種滔天罪行冠在你們的名字上。安妮．馬瑟襲擊我們的船，破壞我們的家庭，未經我們同意，取走我們的卵子，將女孩們從父母身邊奪走。你們的牧師是個騙子，她一直在騙大家。」

馬瑟搖搖頭，但薇芙莉再次抵住女人的氣管，她停了下來。

有多少人震驚地盯著薇芙莉？有多少人是憤怒的？多少人是內疚的？

大多數人都不相信。他們不相信她。但是，有些人相信。他們一定知道真相。

「你們大多不知道船上有星空者號的倖存者。」薇芙莉喊道。馬瑟的汗水滲進薇芙莉身上那件薄薄的衣服，她渾身起著雞皮疙瘩。「但有一些人知道。」

「她說得沒錯！」有人打破沉默大叫——一個褐色頭髮的女人站在椅子上。「我替他們準備過晚餐，把他們帶了下去！底下有人。陌生人！」

有人發出憤怒的聲音，然後另一個人大叫，「有排泄物流到污水處理廠，他們不肯說是從哪裡來的！」

那個吻了薇芙莉手的女人站在椅子上，「我相信她，薇芙莉不會騙人！」

人群中爆出指責和抗議的聲音。薇芙莉對著麥克風大吼，「你們得到你們想要的了，你們會有我們的孩子，現在放我們走吧。」

薇芙莉拖著安妮．馬瑟走下講台。有些人走向她，於是薇芙莉把刀尖扎在馬瑟眼睛旁邊的皮膚上。女人大叫一聲，一看到血跡，所有人都後退了，懇求地舉起雙手。

「薇芙莉！不要！薇芙莉！」阿曼達尖叫。但薇芙莉不理她，退向左舷門。

就在她快抵達時，感覺有人在她身後。

疤臉男人捏住莎曼珊的喉嚨，他的槍抵住她的腦袋。

27 逃走

「薇芙莉——」莎曼珊開口說道，但警衛收緊環在她脖子上的手臂，勒住她即將說出口的話。

「我可以殺了她。」他用一種就事論事的口氣對薇芙莉說道。他的傷疤像一道憤怒的紅線，講話時扭曲皺褶。「不要以爲我不會。」

現在，她看到其他五個武裝人員進到房間。一個人扭住莎菈的手臂拐到背後，她的臉漲紅了，眼眶冒出淚花。另外十幾個女孩蜷縮在門口，怔怔地看著。

她們失敗了。她毀了這一切，講了愚蠢的話！保安部隊當然會監看道場，她到底在想什麼？當她打算放下刀子時，聽到叫聲，介於低吼和尖叫之間。莎曼珊抓住警衛的手臂，扳離她的脖子。

「快跑！」她對薇芙莉尖叫，拿走他的槍。有那麼好一會兒，房間、群眾、太空船，甚至星雲的旋轉氣體，似乎都變慢停止，彷彿在等待會有什麼事情發生。

但一個尖銳的聲響讓宇宙重新轉動。

又一聲。莎曼珊倒在地上，身體折成一種奇怪的、不成人形的樣子。她一動不動。

安妮·馬瑟的喉頭咕嘟一聲，她跪了下來。薇芙莉明白自己得放開她。

「哦，不，」馬瑟低聲說道，「薇芙莉，妳做了什麼？」

另一個警衛放開莎菈。他的槍垂在身邊，槍口指著地上。莎菈跑向她的朋友，把莎曼珊翻過來，抽泣著。莎曼珊的眼睛上方是兩個沒有生命的洞眼。

「小曼！」莎菈倒在她的屍體旁。「小曼，不！不！不！不！」

一個豐滿的女人跪下來拍著莎菈的背，另一個撫摸她的頭。

人群開始騷動。「你在做什麼？」一個高大的男人吼著警衛，「你瘋了嗎？」

空氣凝結。薇芙莉感到有一雙手放她的背上，壓低聲音說道：「走。」

是那個綁著褐色辮子的女人，潔西卡，很久以前曾經警告過她的宣講人員。現在潔西卡把她推向在門口等待的女孩們那邊。塞拉菲娜的臉因爲恐懼而扭曲，布蘭妮·貝克哭了，梅麗莎·狄金森握住她的手，試圖安慰她。大部分的女孩看著薇芙莉，眼神裡有著懇求。

「去吧。」潔西卡說道。

「但是，莎菈……」

「我會帶她過去。」潔西卡推開圍繞莎曼珊和莎菈的人群。其中一名警衛揮舞著武器大喊：「退後！退後！」但一個肌肉厚實的高大農場工人奪走武器。

一聲槍響，薇芙莉跑向大門，舉著刀子，所有人退避三舍。她的腿不靈活，但還是迅速地跑向門口的那群女孩。她身後響起另一聲槍響，突然，群眾四散，跑向那些持槍的人。薇芙莉奔到門口那群嚇壞的女孩身邊，她們擠在牆邊。莎菈拚命地掙脫潔西卡，不讓她把自己拖向門口。

「莎菈！我們得快點離開！」薇芙莉尖叫。莎菈看了看四周，彷彿才剛剛清醒似的，看見薇芙莉在門口，眨了眨眼睛。潔西卡扶著她的肩膀，把她拉到薇芙莉那裡。

有十幾個人注意到打開的大門，他們衝向薇芙莉，將一路跑過來的莎菈推開。薇芙莉上前，朝那些人的臉揮著拐杖，大聲咆哮，那些人退了幾步。

「不要過來。」薇芙莉對他們說道，舉起刀子，莎菈終於從人群中擠過來，潔西卡在她身後，她們來到門邊。

「薇芙莉！」阿曼達擠到人群前面，泛紅的眼眶流下眼淚。「讓我幫妳。」

薇芙莉的刀子指向她，「別管我。」

「安妮不會讓妳走的，薇芙莉，」阿曼達說道，「妳需要我。」

薇芙莉找尋馬瑟，但那個女人消失了。心一沉，她明白自己毀了這個計畫。她需要馬瑟。沒有人質，她一點籌碼也沒有，她沒有辦法讓守衛打開鎖住她母親的牢籠。

畢竟，她還是需要阿曼達。

薇芙莉點點頭，阿曼達狂奔向前。約西亞試著追她，但她跑得太快，已穿過大門。薇芙莉緊跟在後，刀子舉得高高的。就在約西亞目瞪口呆的一張臉前面，門關上了。很快地，莎菈用薇芙莉的刀子把電線切斷，臭氧的氣味衝進薇芙莉的鼻孔。門一下一下地被撞著，支持不了太久的。

「我們必須把女孩們帶到航站。」她對莎菈說道。

「我會帶她們過去。」莎菈說道。

「我們的爸爸媽媽呢？」梅麗莎．狄金森問道。

「我會去找他們，」薇芙莉承諾，「跟著莎菈，在航站等我們……」她轉頭看莎菈，那張雀斑臉已被汗水浸濕。「如果我們趕不及，妳知道該怎麼做。」

莎菈不情願地點頭。如果有必要，她眞的能拋下薇芙莉和其他人？

「去吧。」薇芙莉說道。

莎菈集合所有女孩，讓她們跑向走廊的電梯，一些年齡大一點的女孩牽著小孩子，如果她們走得夠快，五分鐘內能到達航站。

薇芙莉、阿曼達和潔西卡衝向船尾電梯，她們要到大氣調節裝置系統那兒。阿曼達按下電梯按鈕，槍聲大作。「哦，天啊，希望約西亞沒事。」她呻吟著。

電梯門愉快的叮一聲，打了開來，使得太空船上其他地方的暴力更像是一個黑暗的夢魘。薇芙莉按下通往大氣調節系統的按鈕，但潔西卡卻按了通往行政區的按鈕。

「妳在做什麼？」薇芙莉懷疑地問道。

「我知道安妮把生物櫃鑰匙藏在哪裡。」

「哦，感謝上帝！」薇芙莉不用拿阿曼達當人質了。

「而且，」潔西卡低聲說道，「我們也要拿幾把槍。」

「妳爲什麼要幫我？」薇芙莉問道，怕自己落入一個陷阱。

潔西卡的眼神淒涼，十分疲憊。「我以前相信安妮．馬瑟，但……」她的表情變得黯淡，「現在不一樣了。」

「我想我們都無法想像她所承受的那種壓力……」阿曼達開口。

「我可以，」女人說道，「我和她一起工作了五年。」

「我認識她四十年。」阿曼達低聲說道。

「所以，妳知道她殺掉塔克馬拉艦長囉？」女人挑釁地問道。

阿曼達張嘴想反駁，但潔西卡繼續說下去。「有一天晚上，我發現她在辦公室裡喝醉，她向我承認了。指揮官萊利的自殺似乎也很可疑，但她沒有說什麼。中央委員會的人食物中毒，記得吧？」

「我不相信——」

「想想吧，阿曼達。這麼多年來，有多少安妮的反對者生病，或出了意外？」

電梯似乎走得非常緩慢，當門打開時，褐髮女人舉起一隻手。「在這裡等。我去拿槍。」

她沿著走廊跑向馬瑟的辦公室，留下阿曼達和薇芙莉兩人。

「妳這麼不快樂，爲什麼不告訴我，薇芙莉？」阿曼達問道，「我可以找到更好的方法幫妳。」

「妳知道我媽媽在這條船上？」

阿曼達薄薄的嘴唇抿緊，「不，我不知道。」

「那麼在妳知道她扣住我們的家人這麼久以後，爲什麼妳還要幫馬瑟說話？」

「她本來可以殺掉他們，但她沒有。」

「那麼妳是採同意的態度囉？」薇芙莉挑釁地問道。

阿曼達閉上眼睛，當她再度睜開時，看著地上，輕聲說道：「不。」

潔西卡跑回來，一隻手拿著一把槍，第三把綁在胸前。她遞給薇芙莉一把槍，另一把給了阿曼達，她不情願地拿著它，好像上頭黏了鼻涕似的。電梯門關上。

「妳拿了囚籠的鑰匙？」薇芙莉問潔西卡。

潔西卡拿起一大串鑰匙，選出其中一把銀色的鑰匙。

當電梯門打開，進到空氣調節系統艙時，三個女人本能地用槍指著前方。但那裡一個人也沒有。空氣幫浦的聲音又深又響亮，薇芙莉覺得好像打在她的胸膛。

「他們在哪裡？」她問潔西卡，女人指向一條短短的走道。牆上的標誌寫著：濕度控制。

女人躡手躡腳地前進，目光望向每一個角落，看看有沒有警衛。一開始，薇芙莉很緊張，擔心會聽到有人說話，但她的耳朵裡充斥著各種聲音，呼呼的風扇聲，她們的腳步踩在金屬地板的聲音，空氣在天花板通風口進進出出的聲音。她要求自己只用眼睛尋找。

他們來到一間大型廳室。高處，有著巨大金屬外殼的空氣過濾器上方，放了一個從貨艙移來的生物櫃。一架梯子靠在外殼上，薇芙莉很快爬了上去，阿曼達喊道：「慢一點！」

「當心！」潔西卡尖叫，朝薇芙莉揮舞她的槍，薇芙莉本能地一低頭。一聲槍響，阿曼達大叫，薇芙莉聽到砰的一聲，她看到一名警衛趴在地上，痛苦地扭動，他的槍摔了下來。潔西卡把它踢遠，大叫一聲，「快點！」

薇芙莉用拳頭敲著金屬生物櫃。「媽媽！」她叫道。

櫃裡傳來模糊的聲音，然後一根細細的手指從通氣孔伸出來。「薇芙莉？」有人低聲喊道。

「我來救妳出去。」薇芙莉說道。

淚水模糊了她的視線，她跑到櫃子後的鎖旁邊，翻出鑰匙插進鎖孔，但開不了。她轉過一個面，再試一次。「住手。」有人在她身後喊道，但薇芙莉不理會。她就快成功了。

噹的一聲，薇芙莉震耳欲聾，右前方的金屬櫃子出現凹痕，就在她的臉前方。她盯著它，不久，另一個凹痕出現在她的肩膀上方。

「不要再開槍了！」阿曼達尖叫，「看在上帝的份上，安妮！」

一發發子彈朝薇芙莉飛過去，擊中金屬。安妮．馬瑟和幾個男人從房間的另一頭衝向她，然後停下來射擊。她躲開，又試了一次鑰匙，但鎖頭沒反應。空中劈啪作響，子彈一發接著一發。

「快走！」她的母親從櫃子裡大喊。

「不，媽媽！我要救妳出去！」

她媽媽的手指從櫃子裡伸出來，她抓住它們。「其他女孩在哪裡？」

「在航站等待著！」薇芙莉沮喪地叫道。

「她們在等妳嗎？那妳得快點走，薇芙莉！去找她們，離開這條船。我們會想辦法逃出去的。」

「我不能丟下妳，媽媽！」薇芙莉哭了，她再也無法忍受這一切。她需要有人接手，把女孩帶回家。她再也沒辦法處理任何事了。「我需要妳！」

「快下來，薇芙莉！」安妮．馬瑟喊道。她很接近了，現在子彈從下方射上來，但薇芙莉猜想阿曼達和潔西卡正牽制著馬瑟和她的手下。「妳做不到的。」

薇芙莉拿起槍，朝安妮．馬瑟射擊，女人及時躲開。薇芙莉轉頭開鎖，但鑰匙卡住了。血噴在金屬門上。她的血。一個子彈擦過她的手臂。

「他們會殺了妳，薇芙莉！快跑！」她的母親喊道。

「媽媽！」薇芙莉叫道。她的手臂很痛，腿也很痛。她再也承受不了了。

「快跑！」母親尖叫。

終於，薇芙莉放棄了。她把鑰匙扔進櫃子裡才滑下梯子。子彈嗖的飛過她頭頂，她跑到過濾器那道狹窄的開口，然後轉身走向電梯，可以直接帶她通往航站。

她停頓了一下，回頭看阿曼達和潔西卡，她們蹲在一組過濾器後方。阿曼達不停地尖叫：「不要再開槍了！你們瘋了嗎？」她把槍抱在胸前，嚇得不敢用它。只有潔西卡在射擊，但這就足以讓馬瑟和她的衛兵遲疑了。

阿曼達揮手讓薇芙莉快走。「妳出門後，把門關上，對準鎖射一槍！去！」

薇芙莉盯著她，想說點什麼，即使只有「謝謝」也好，但她說不出口。於是，她轉身，穿過大門，衝進走廊，按下按鈕，把門關上，朝鍵盤射了一槍，希望可以拖延馬瑟和她的守衛一會兒。她以最快的速度跑向電梯。

倏地，她煞住腳步。這簡直是一場噩夢。疤臉男人站在電梯口，就是他殺了莎曼珊。他背對薇芙莉，正看著另一端的走廊，手上的槍垂下。他似乎感覺到她了，轉過頭來。

他們四目交接。他舉起一隻手，彷彿在很禮貌地請她不要向他開槍。

不假思索地，薇芙莉瞄準他，手指摸到扳機。

「等一下。」他說。

她已扣動扳機。他呻吟著倒了下去。

就這麼簡單。他先站了一會兒，接著倒在電梯門邊，手捂住腹部的洞眼，鮮紅色的血流出。薇芙莉等著。等了十秒？一分鐘？或者一輩子？終於他的目光渙散，舌尖吐出嘴巴。就在這個時候，她聽到安妮和她的衛兵拍打她身後的門，金屬門被拉開，發出吱吱響聲。他們要來殺她了。

她跑到電梯前，按下守衛屍體肩上的按鈕。他一動不動，她知道她應該拿走他的槍，她幾乎要拿了，但她不敢碰他。電梯門開了，他往後一倒，頭敲在金屬地板上。他的牙齒喀嗟一響，空氣從喉嚨口溢出，他靜靜地躺著，身軀臥在電梯內，腿伸在外面。

薇芙莉忍住哭泣。她必須逃走。她必須碰他的身體。他的屍體。她強迫自己推這個人的肩膀，摸到他皮膚下尖突的骨骼，聞到嘴巴裡的氣息，已經有死人的氣味。她用盡所有力氣又推又拉，把他拉出電梯門。

「不！天啊，謝爾比！」馬瑟在破壞的大門後哭著叫道。

我殺掉的這個人叫謝爾比，這是他的名字。薇芙莉心想，按下到航站的電梯按鈕。

電梯門關上，她離開了。但這是一個永遠無法抹去的印記：碰一個被她殺死的人。

她倚在電梯角落牆上。一股刺鼻的味道充斥在空氣中，她忍不住吐了起來，胃裡的食物沾在頭髮上，她把它們抹掉，挺身站直，發現自己一點感覺也沒有了。

她不再因爲拋下母親而悲傷；不再因爲莎曼珊的死而痛苦——那個了不起、堅強的莎曼珊。她流血的手臂也不覺得痛；她不後悔自己殺了人。沒有，什麼感覺都沒有。

電梯在樓層中移動，她聽到隱約的槍聲。船上到處是暴力打鬥。她縮在電梯牆上，低聲祈禱。電梯門打開，薇芙莉死命地跑，穿過走廊，甚至沒有停下來看看周圍，只是每跑一步都不斷低語：「拜託，拜託，拜託。」她轉過一個彎，來到航站，煞住腳步。

幾十個女人聚在那裡，和女孩們在一起。

薇芙莉舉起槍，指著婦人大叫：「讓她們走！」

如果有必要，她會殺了她們，她知道現在她可以殺人。

幾個女人站直，茫然地盯著她。有幾個人把一箱箱食物和大水罐裝進貨艙。小女孩親她們的手，擁抱她們的腿，然後進到太空梭裡。大家彼此揮手告別，薇芙莉緩緩走向太空梭，手上還拿著槍。

「妳不需要那把槍的。」有人說道。是那個矮小、好氣色的女人，第一次佈道大會的時候曾經向薇芙莉道謝。她舉起一隻手，「薇芙莉，我們只是想說一聲再見，男人們正攔住衛兵。我們準備了一些食物和水，夠支持一、兩個月。妳們可能會在外頭待上一段時間。」

當她說話時，其他女人已經讓補給品上了太空梭，關閉貨艙大門。

「我們希望妳們留下來，」女人說道，「妳這麼做並不安全。」

「我們要離開。」薇芙莉說道。

「我知道。」女人黯然地回答，但她把手抬起來喊道，「願和平降臨！」

「願和平降臨！」其他人也喊道。

薇芙莉走向太空梭，倒退著走上舷梯，冷漠的眼神盯著人群。她明白她們不是怕她，是替她感到害怕。

「攔住她們！」安妮．馬瑟尖聲喊道，帶著八名武裝警衛衝了過來。「薇芙莉，妳逃不了的！」

太空梭裡的薇芙莉按下控制鈕，升起舷梯。她衝進駕駛艙，從玻璃窗看到航站爆發一場混戰。一個高大的男人朝守衛射擊，這些守衛四散，一邊找機會反擊。馬瑟不斷尖叫，臉色因爲憤怒而發紫，頭髮掛在眼睛前面，繡袍歪在肩上。她不再冷靜，現在的她宛如一頭動物。

薇芙莉點燃引擎，目光盯著氣閘，她的一顆心跳到喉嚨口。她按下前方一個面板上寫著「氣閘」的按鈕，但門沒有打開。顯示器閃示一個訊息：輸入代碼。代碼？她沒有代碼！

有人跑向氣閘開關。

是法拉西蒂。她下了太空梭，拉下氣閘的鍵盤。「妳在幹什麼？」薇芙莉喊道。

一位金髮碧眼的女人摟住法拉西蒂的肩膀，在她耳邊低語。她按著鍵盤按鈕，然後氣閘打開。她們兩人轉過身來，向薇芙莉揮手告別。

薇芙莉朝朋友點頭，知道她們可能永遠不會再相見了。她用嘴形說道：「謝謝妳們。」這是好長一段時間以來，法拉西蒂第一次朝薇芙莉微笑。

薇芙莉啟動引擎，放開繫繩，感覺到太空梭從地面微微升起。她用顫抖的手導引它航向現在已經打開的氣閘大門。她試著回想和齊倫一起做的模擬練習，慢慢地把太空梭帶出去。液壓發出嘶嘶聲，氣閘在他們身後關上，外門打開，通向無窮的宇宙深處。薇芙莉將操縱桿往前推。

她們離開太空船了。

她打開引擎推進器，太空梭迅速往前，衝力讓她往座位上仰倒。顯示器上，新地平線號退入星雲裡。

「其他人呢？」莎菈從副駕駛座上問道。

薇芙莉嚇了一跳。她一直坐在那裡？

莎菈的雀斑臉變得蒼白，她的聲音聽起來很遙遠，好像是從另一個房間的管子裡送出來的一樣。「我們的爸爸媽媽在哪裡？」

薇芙莉的嘴抿成一條直線。

「薇芙莉？」

第五部

轉化

領導者是希望的製造者。

——拿破崙・波拿巴

28 飢餓

齊倫躺在禁閉室鐵床上，盯著天花板。已經過多少個小時？多少天了？他們全天候開著燈，所以他不知道時間過去多久了。從他的飢餓程度看來，應該是很長了。

在此之前，一切都還那麼正常，薇芙莉好端端地和他在一起，他和爸爸媽媽共同生活，那時齊倫從來不知道挨餓的滋味。現在他知道了，這種腸胃空虛地叫著的感覺就是飢餓。

回想過去，他隨時想吃就可以吃，想吃什麼也都沒問題。玉米棒一直是他的最愛，他喜歡裡頭加一點點核桃油，只要一點點，然後稍微煮一下加熱就好，吃起來脆脆又甜甜的。還有海軍豆，滴一點橄欖油，加上香菜和大蒜。還有用龍蒿和迷迭香烤的雞，他母親的廚房老是飄出這種味道。下課回家後，她煮飯的香氣會讓他的胃叫起來，讓他覺得餓了。但事實上，他當時的感覺並不叫飢餓。

齊倫所有的關節都感到飢餓的痛苦，讓他聽到每一個聲音都感到頭很痛、耳朵抽搐。他覺得牙齒酸軟，牙床鬆動，彷彿就要掉下來了一樣。長時間沒吃東西使他虛弱，齊倫覺得每隻手臂有一百磅重，想坐直身子都要耗掉自己所有力氣。

他花了一小時不斷計畫、鼓舞自己，要從鐵床上爬起來，走兩步路到水槽邊。除了飢餓以外，另外一樣他能感覺到的便是憤怒。他冒著生命的危險，救了他們的父母，他們卻要他死。

他討厭他們。

「你的氣色不大好。」一個人說道。

他忘了床杆旁邊還有另一個人在。塞思的親信西利．阿恩特和馬克斯．布倫特輪流看守他，現在輪到馬克斯的班。

「是啊，我剛剛吃了一盤美味的沙拉。」馬克斯笑了，露出一口大歪牙。「又棒又新鮮，但不是很飽，所以，我想等輪完班後，給自己炒幾個蛋。我媽媽教我怎麼做炒蛋。我喜歡加一點蔥。」

「去死吧。」齊倫勉強說道。

「我也可以給你做一些。你只要告訴大家你怎麼對不起我們，我會給你帶大大的一盤炒蛋來。你很想吃，對吧？」

「我希望你閉嘴，」齊倫吼道，「你這個虐待狂。」

「如果你認罪，我會再給你一些麵包。沙瑞克知道怎麼烤麵包，老實說，真的還不錯。想吃嗎？只要你在大家面前承認自己的錯。只需要一分鐘。」

齊倫真的想吃麵包，但如果他承認了自己的「罪行」，稱了塞思的意，他將永遠失去星空者號。**明天吧，明天再投降，他告訴自己，每一天他都這樣告訴自己。明天。不是今天。我還可以**

再支持一天。

「告訴你吧，齊倫。我可以先給你雞蛋，然後你再認罪。怎麼樣？」馬克斯大笑。「哎喲，我是開玩笑啦。」

「你太邪惡了。」齊倫呸了一聲。

「沒錯。」

齊倫無法想像馬克斯要怎麼把自己的行爲合理化。在某種程度上，他比塞思更惡劣，因爲他喜歡看到齊倫受苦。每次塞思走進齊倫的牢房，總是揪著一張臉。

「好了，齊倫。我們把這件事做個了結吧，」他不只一次哄道，「我只要你對船員承認自己的錯誤，我們會給你東西吃的。」

齊倫總是說「不」，但這個「不」一次比一次更難。

門開了，西利．阿恩特來換班。「想休息一會兒嗎？」他問馬克斯。

「爲什麼不呢？」馬克斯說道，一溜煙衝出房間。「吃飯時間到了！好吃，好吃！」

西利坐在齊倫對面，眼睛閃著光芒，他從外衣口袋裡拿出一條麵包。

「哦，天啊。」齊倫喊道，他沒來得及阻止自己。這是一條普通的全麥麵包，沒有什麼特別的，但他多渴望咬一口。他不敢奢求，在過去的五（四或是六）天裡，他們兩人經常在他面前吃東西。這是他們折磨他的一種方式。

有東西掉在他的床邊。他掙扎著轉身，看了地上一眼，沒錯，是一小塊麵包。他一彎身，抓起來，甚至沒有咀嚼，便一口呑了進去。當它到達他的胃時，引起一陣可怕的痙攣。

「給你。」西利說，扔給他一個重力袋。

齊倫的嘴唇湊近吸管，打開夾鉗。純淨美味的湯像修復藥膏滑進他的胃。他的身體好像醒過來了，雖然仍然極其虛弱，但已經能感覺到肉湯在他身上起了作用，使他舒服一些。他喝掉最後一口，西利把另一口麵包扔在地上給他。

「不要噎住了。」男孩厲聲吼道，看了門口一眼。

齊倫讓自己細嚼慢嚥。現在，有肉湯墊在肚子裡，不會抽筋得太嚴重。西利一口一口餵他，吃掉整條麵包。

齊倫的胃翻騰得很厲害。他覺得自己可能會把東西全吐出來，但他硬生生地把噁心的感覺呑回去。他不會讓自己吐出來，他得留住這些食物。不過，現在他覺得自己也許被下毒了。他坐起來，身子因爲用力而顫抖，「你剛剛給我下毒了？」

「沒有。」西利一臉被觸怒的樣子。

「那這麼做是爲什麼？」

男孩拿起槍擱在自己的膝頭，然後又放在地上。他摸著扳機，打開來，欣賞地看了一下。終於他說：「我爲你難過。」

他終究有一點人性。

「其他男孩怎麼說？」

「我不是想幫你，如果你這麼想的話。」

齊倫仍然太虛弱，他側身躺下來，氣喘吁吁。

他喜歡西利更甚於馬克斯，西利只是會沉著臉流露敵意，馬克斯卻是眞正的殘忍。他喜歡倚在右舷牆上，這樣他可以看到鏡子，可以盯著玻璃，想像有一道窗通向另一個房間。很奇怪，不知道爲什麼，這些小事會給他一點安慰。他的世界變得好小。

「沙瑞克問起你來。」西利不經意地說道。

「你告訴他什麼？」

「我說你變瘦了。」

齊倫嘆了口氣。原來男孩說這個話只是爲了嘲笑他。

「他讓我向你問好。」西利用一種奇怪的語氣說道。

這些話像是普通的交談，完全沒有道理，齊倫抬起眼睛望著男孩的臉。西利的表情深不可測。他想給齊倫一條生路？

「嗯，那麼……告訴他……」齊倫的腦袋轉著。他應該說什麼？他試著回想第一天來到這裡時，當時他還不飢餓，曾經有過一個好主意，一個可以離開這裡的主意。到底是什麼呢？

齊倫握住拳頭，閉上眼睛。

審判。這個詞喚醒了他。是的。「告訴沙瑞克，讓他和其他男孩要求對我進行審判。」

「塞思會覺得好笑。」

「他們可以告訴塞思，說希望暴露我的罪行。」

「是啊，」西利嗤之以鼻，「塞思會上當受騙才有鬼。他很傻嗎？」西利搖了搖頭。「塞思會殺了我的。」

齊倫揮揮手，好像西利的話是一群蒼蠅。他不在乎塞思要對西利做什麼。他會被活活餓死，他得離開這裡。

29 審判

齊倫在睡覺。自從那次和西利談話，試圖和外界聯絡後，無邊無際的日子像沙漠平原延伸到天邊。他忍受馬克斯偶爾的嘲弄，塞思也會來問他是否願意認罪，但大多數時候除了思考以外，他什麼都不能做。

他想過薇芙莉，想過爸爸媽媽。有時候他會說服自己，他們正在回家途中，他很快會看到他們。他在腦海對他們說話。他告訴他們，他離開這裡以後，打算做什麼。他問他們的意見，有時候他會傾聽。常常，他相信自己聽到的不是幻覺。有些訊息像某種遙遠的鐘聲來到他的腦袋裡。不久，這個聲音聽起來不再像他的父親、母親、薇芙莉，或者其他任何他所認識的人，而是屬於聲音本身。

一天晚上，齊倫感到死亡的氣息徘徊在他臭氣熏天的監牢角落裡，他伸出一隻手。

讓我離開這裡，他無聲地哀求著，我不想死。

你會自由的，一個聲音回答。

齊倫認爲他用耳朵聽見了，而不是用腦袋聽見的。有人在這裡？他睜開眼睛，望著床上的天花板。左邊有呼吸聲，馬克斯．布倫特的槍放在膝蓋上，打著瞌睡。

不是馬克斯的聲音。他懷疑可能是自己的幻覺，但實際上他覺得這句話比這些天來所聽到的更清晰。他閉上眼睛。

什麼時候？他問。

當時機到來。這個聲音介於他的耳朵和心靈中間，變得更真切。

但為什麼我要這樣等待？

受苦是有目的的。

誰的目的？你是誰？

我。

我把我的性命交給你，如果你幫我的話。

我已經幫你了。

齊倫想，也許這是眞的，他的精神一振。

西利持續偷偷地拿來麵包和裝在重力袋的湯。至少有二十四餐，這是在他大約餓了一個星期以後發生的事，所以齊倫知道自己在禁閉室待了一個月。這些食物幫助他維持生命，但不夠，他仍然挨餓，仍然虛弱。他胃裡的痙攣現在似乎更嚴重了，肌肉更僵直，皮膚鬆弛。他很渴，但無法自己走到水槽邊。

他只能聽引擎聲，感受船舶的震動。對齊倫而言，他一直都不曾注意到引擎的嗚嗚聲，但現在聽起來卻像鼓聲那麼響。

他不再害怕。死了這麼多人，再多一個又何妨？他想像自己的身體浮在太空中，像一個永恆的旋轉風車，冰冷不變。這些想像安慰著他。

引擎的嗚嗚聲有了異樣，齊倫不知道他們是改變了航程或是增加速度。塞思可能會瘋狂地想去追新地平線號，發動一場他贏不了的戰爭。齊倫希望塞思和其他男孩被殺掉，他不在乎自己的內心有這種野蠻的想法。如果他們要這樣讓他死在痛苦的飢餓中，是該遭到報應。

引擎越來越大聲了，還有一種他辨認不出的新聲音。他聽到守衛從椅子上起來，把門打開。

齊倫聽得更眞確了。這不是引擎，而是吶喊的聲音。星空者號的孩子們一起喊著：「審判，審判，審判。」聲音重複了一遍又一遍。西利把他的話帶出去了？

齊倫歪著頭。馬克斯·布倫特站在門口傾聽，當他看到齊倫望向自己時，把門甩上，人倚著門。「不要以爲我們會給你一個審判，」他告訴齊倫，「他們儘管聲嘶力竭地喊吧。」

「你要怎麼做？把他們全殺了？你需要他們開這條船。」

「我們不需要任何人。」馬克斯說道，目光緊張地移開。

齊倫想說點什麼狠話，但腦袋裡卻沒有任何字句，於是他再次閉上眼睛，希望男孩會讓他出去。不過心裡想要什麼東西，要求，然後得到它，對他而言已經不再是理所當然的了。

他失去了時間觀念，這個世界只有現在。現在，他在禁閉室裡；現在，他餓了；現在，他渴了。現在，他無法把手從胸前抬起。於是，他只好睡覺。

一聲巨響把他嚇醒。

塞思一臉憤怒地盯著齊倫。「把他拉起來。」

一雙粗糙的手圈住他的手臂，他被拖到走廊上。這個動作讓他想吐，他想站直，但一陣頭暈目眩，他不得不閉上眼睛。

當他睜開眼，發現自己坐在椅子上，他的四肢無力地癱著。他面前是星空者號的男孩們，他們望著在台上的他。

這是禮堂？自從受到攻擊以後，他就沒有來過這裡了，過去他們在這裡舉行選美和才藝表演。他還是小男孩時，曾經唱過「你是我的陽光」。現在他要接受審判。

坐在底下座位的男孩們似乎被齊倫的外表所震驚，他意識到自己看起來一定很糟。但，他們也好不到哪裡去。前排的亞瑟·德崔克，手臂上有很嚴重的瘀傷，好像有人一直綁住他似的，他的眼眶也是瘀青的，鼻孔掛著沾血的衛生紙。身為齊倫的朋友，塞思和他的嘍嘍一定少不了要找他麻煩的。

沙瑞克·哈桑也在前排，嘴巴破了。他可能解釋過齊倫沒那麼壞，然後臉上挨了一拳。他似乎一如既往地那麼警惕和漠然，但當他望向齊倫時，眉頭皺起，拳頭緊握。

塞思的「領導作風」不僅僅表現在這些大一點的男孩身上，小男孩也都一臉懼色。一個四歲的孩子哭得臉色發白，他的手臂吊著繃帶，另一個男孩坐到他身邊來時，他嚇壞了。

「安靜！」有人喊道。

是塞思，他站在講台後面，穿著保安隊的制服，不過太大了，他用腰帶束緊。西利和馬克斯站在他身後，拿著他們的槍。

齊倫也許是得到了他的審判，但他知道在這兩支槍管下，沒有人會替他說話。所以，這只會是一場公開的羞辱，然後他們會把他關回去，就這樣。

「閉嘴，仔細聽。」塞思暴躁地說道，「我們要開始進行對齊倫．奧爾登的審判。馬克斯．布倫特，請念出他的罪名。」

馬克斯掏出一個小筆記本，「齊倫．奧爾登阻止星空者號追捕新地平線號，現在我們可能再也找不到我們的家人。齊倫阻止我們從輻射機房營救我們的父母，現在梅森．阿德凡爾、謝爾頓．懷特和瑪麗亞．平傑伯全都死了，其他人則生了重病。

因爲不擅駕駛太空梭，他破壞了大氣控制系統，我們之所以還活著，是因爲塞思．阿德凡爾及時出手。齊倫．奧爾登的領導還有許多不稱職的地方，他對這艘船和船上的人造成危險。」

這些話既可怕又偏激。齊倫看著人群。大多數男孩很害怕的樣子，小孩子哭了起來。希望他們群起反抗塞思是不可能的。

「本庭召喚第一個證人，馬特．艾爾布萊特。」塞思說道。

這是一場鬧劇。一個接一個的男孩站到齊倫身邊，撒著漫天大謊，因爲西利和馬克斯的槍指著他們。齊倫試著聽他們在說什麼，想找辦法爲自己辯護，但他是那麼累，又這麼痛苦，即使知道自己命懸於此，也根本無法集中精神。

過了一段時間，他不再聽其他人說話，只是專注地替自己想出一套辯詞。但他實在太疲倦，很快地，腦海的那些字眼消失了，房間也消失了。他只是坐在那裡。終於沒有人再說話了。他抬眼看到塞思回到講台，面目猙獰。

「從這些不利於他的證詞看來，判處齊倫．奧爾登死刑似乎天經地義，除非他願意承認自己的罪行。」

「是！」有人喊道。

齊倫望著人群，想看看到底是誰。

「但我想聽聽他自己的說辭！」這是一個熟悉的聲音，不過齊倫想不起來是誰。不管說話的人是誰，他都躲在人群中。

「沒錯！」前排的沙瑞克說道，眼睛望著齊倫。「讓這個混蛋解釋解釋。」

齊倫看著沙瑞克，他審慎地保持表情中立。他看不出來男孩是不是要幫自己，但他知道這是他的機會。

塞思第一次看著齊倫，打量著他。

「齊倫？」塞思用一種脅迫的口氣，「你準備好要認罪了？」

齊倫點頭。這麼長的一段時間，他不斷告訴自己，明天他就會認罪，但他挨過一個又一個的明天。如果他現在不認罪，他們就要殺了他。星空者號的指揮權不值得他用生命來換。

講台似乎有一英里遠。他不可能走到那裡的，不是嗎？

他整個人靠在椅子上，手放在椅背後，試圖讓自己站起來。他的身體打著哆嗦，膝蓋彎曲，但他穩住自己，想拼攏雙腿。

這是他第一次站立，靠在椅子上。他繞到椅子背後，用另一隻手抓住講台，然後整個人靠過去。他的全身重量幾乎都放在上頭，讓講台撐住他。他看了看男孩們，所有人都沉寂不語。許多人的臉被劃傷，青腫，表情煩惱恐懼。如果他投降了，日後他們就得這樣過活。

他做不到。

不，他不能讓步，不能認罪。於是，他想著自己打算說的話。

實話。他的爸爸老是這麼說，實話的力量是強大的。

「你不可以拿著槍指著證人的腦袋，然後說這是一個公正的審判。」沙啞的字句從麥克風透出，他的嘴唇像黏住了似的，聲音顫抖得宛如風中的蘆葦。

「你在幹什麼？」塞思低聲說道，「好了，伙計。我們結束這一切吧。」

「這次的審判建立在謊言上。」

「他在說什麼？」一個十一、二歲的男孩大聲喊道，「我聽不見。」

「他說，他很抱歉，」塞思撒謊，「他的所作所爲對不起大家，所以，現在讓我們忘記這一切，給他吃點東西。」

齊倫搖了搖頭，「我沒有這樣說，」他喊道，「我不會認罪，你只能殺了我。」

觀眾席鴉雀無聲，即使那個一直在哭的小男孩也停止哭泣。塞思把齊倫推向一邊，站在講台後。齊倫步履不穩，他沒有扶好，倒在地上。

「本庭宣判齊倫．奧爾登公開處決。」塞思宣布。

「帶他去航站。」他告訴西利。

男孩盯著塞思，一動不動。

「快！」塞思不耐煩地喊道。

「但——」西利的眼睛盯著齊倫。

來了，齊倫心想。他很害怕，但他不會閉上眼睛。如果他們要殺掉他，他們便應該看到他的眼睛。他牢牢地盯著西利，等待著。

「該死，」塞思喊道，「馬克斯，帶他離開這裡！」

馬克斯也沒有動，「我沒想到我們要殺人。」他終於說道。

「『想』不是你的工作，馬克斯！」塞思奔向馬克斯，想奪走他的槍。

齊倫比塞思更接近馬克斯，他無法打鬥，但可以翻身。他用力朝馬克斯的膝蓋一踢，男孩一個踉蹌，他的槍掉到地上。齊倫憑著最後一股力氣，爬過去，用身子壓在槍枝上。

「該死，你這個混帳！」塞思叫道，「你爲什麼不放棄？」

塞思用拳頭痛打齊倫，口沫四濺。齊倫堅持著，忍受塞思的拳打腳踢，死命地把馬克斯的槍抱在胸前。他不是死便是活。死或活。他想活著再見薇芙莉一面，於是他奮力大喊：「救救我！」

突然間，塞思不再壓在他身上。沙瑞克掐住他的喉頭，把他拉走。塞思努力想扳開沙瑞克，腳仍然在踢齊倫，然後一個七歲大的男孩整個人抱住塞思的腿，另外一個更小的孩子抱住塞思的另一條腿。不久，塞思被一群男孩包圍，所有人在他身上又抓又扯。

群情激動，爆發出十幾場鬥毆。有些男孩想幫塞思和他的手下，但他們在人數上吃虧。一堆男生圍攻西利，拿走他的槍，把他壓倒在地。馬克斯想逃到門口，一個十二歲的大男孩抓住他，將他摔在地上。

結束了。

圓臉上長著雀斑的亞瑟．德崔克走到齊倫面前。「你沒事吧？」他問。

齊倫招手讓他過來，「把他們關到禁閉室裡。槍全找出來，帶來給我。」

亞瑟推開圍住塞思的人群，對沙瑞克大喊。然後齊倫看到一件不可思議的事：沙瑞克和其他八個男孩，拖著咆哮的塞思走出禮堂。「你會後悔的！」塞思朝齊倫吼道。

就在此刻，亞瑟拿到了槍，把它們交給齊倫。

「取出彈匣。」齊倫告訴他，看到他胖胖的手指操作機械。一個男孩給他帶來一包裝滿水的重力袋，他急急地喝了下去。亞瑟拿出子彈讓齊倫看了一下。「好了。現在，把它們藏在沒有人找得到的地方，亞瑟，把所有的槍都收起來。」

亞瑟拿著武器匆匆離開，幾乎絆倒自己。

「齊倫，你沒事吧？」小馬修．切蘭布關心地摸著齊倫的臉頰。

齊倫笑了，「幫我找點吃的來。」

30 恢復

頭幾天，齊倫只能喝湯，吃一點麵包。他躺在中央指揮部的一張鐵床上，回答一些如何清潔空氣過濾器，或者晚餐要殺多少隻雞之類的問題，但大多數時間，他都在打瞌睡。

一當他可以坐起來了，便趕緊打開控制台螢幕，查看被關住的塞思、西利和馬克斯。塞思像一隻籠子裡的動物走來走去，馬克斯悶悶不樂，西利很安靜，但十分警戒。如果塞思發現西利幫過齊倫，他會有危險的。也許他應該把西利帶離開那間牢房，單獨把他關起來會安全一點。

不一會兒，他改變主意。就是西利打斷了馬修·帕金斯的手臂，他聲稱這是一個意外，但齊倫認為就因為這件事，他也應該在禁閉室待上一段時間，至少要等到齊倫能夠完全維持太空船的秩序再說。

這三個人接管太空船長達一個月，許多男孩非常憎恨他們，但齊倫懷疑暗地裡有人同情塞思。有時他感覺到有人用一種不太友善的眼光看著他。他必須掌控住整艘太空船的成員，以確保塞思的反對勢力不會再崛起。

「很高興你回來了。」一個晚上亞瑟·德崔克說道。

他和齊倫變成好朋友，當所有人都入睡了以後，他們經常聊到深夜。亞瑟抱著一杯熱巧克力摀著肚子。

「熱巧克力總是讓我想起媽媽。」齊倫輕聲說道。

亞瑟銳利的目光望著他。孩子們達成一種默契，不再提及父母、女孩，或任何和過去的生活有關的事。這是一種生存方式。但今天晚上，齊倫想回憶一下。

「她總是加很多可可進去，和一大匙羊奶，讓它變得比較油一點。」

「我喜歡泡濃一點。」亞瑟說。

「攻擊發生時，你的父母在哪裡？」齊倫問道。

「我不知道。爸爸可能在糧倉，媽媽應該在花園，或者……」亞瑟看著自己的杯子。「這是最難受的地方，我不知道他們發生了什麼事，沒有人可以問。」

「我想我的父親死了。」齊倫說出來的時候，自己也嚇了一跳。他一直不允許自己想這件事，現在卻脫口而出，彷彿他一直十分確定似的。

「眞的嗎？」亞瑟輕聲問道。

「我的父母都到了右舷航站。」齊倫知道他從來沒有告訴過任何人。「我看見媽媽上了一部太空梭，但……」

亞瑟望著窗外，齊倫猜測他們想的是同一件事情：他們所有的朋友都還在那裡，在冰冷的黑暗中旋轉。齊倫不發一語，他和亞瑟安靜地喝著熱可可。

「你知道吧，齊倫，」亞瑟終於開口，「塞思眞的想除掉你。」

「你不認爲他只是虛張聲勢？」

「一開始可能只是虛張聲勢，但我不知道最後是不是也是。」

齊倫在自己的座位上不安地動著，他不喜歡談那一天發生的事。

「我的意思是……他仍然十分危險。」

「是的，沒錯，大多數男孩都清楚這一點。」

「有些人想把他救出來，」亞瑟說道，他矢車菊一般的藍眼睛盯著齊倫，「如果反叛成功，塞思會造成很大的危害。」

「所以我們才關住他。」

「你應該讓我把槍拿出來。」

「不用槍。」齊倫說得斬釘截鐵的，咳了一下。

「我們不知道會發生什麼事。」亞瑟警告。

「沒錯，但我們不能像塞思那樣。如何能證明我們是對的，就是堅持不做他那樣的作爲。」

「你能想到離開禁閉室的方法，他也能的。」

「也許吧。」亞瑟可能是對的。除非，齊倫能控制塞思的支持者。「你認爲誰反對我？」

亞瑟仔細想了想，寫下十個名字。第一個是托賓．艾姆斯，當初這個男孩打算到機房去找他的母親。

「把托賓叫來，我和他談談，好嗎？」齊倫說道。

「你確定嗎？」

「我想和他談談。」他就是不重視塞思才會和他產生嫌隙，他不想在托賓身上重蹈覆轍。托賓老是讓齊倫想起刺蝟，他的棕色粗髮根根直豎，一張圓臉上，眼神飄忽不定。當他來到齊倫身邊時，一臉倦意。

「亞瑟把你吵醒了嗎？」

「我在照顧我媽媽。」男孩繃著臉說道。

「她怎麼樣？」齊倫壓低自己的聲音，他知道這會讓他看起來聰明、冷靜一些，也成熟一些。

「不太好，」托賓吼道，「如果你讓我們下去——」

「這樣一來我們都會死。你知道我們爲什麼不能去那裡，托賓。救他們的唯一途徑就是我們採取的方法，你可以問問你媽媽。」

「我會……」男孩的話沒有說完。

看來，她沒有清醒，她可能會死，他們都可能會死。

「我叫你來，不是爲了爭辯過去，」齊倫努力維持自己的耐性，「我需要一個負責醫療事務的人，聽說你看過很多教學錄影帶，懂很多。」

「我必須這麼做！他們不只受到輻射感染，還受到減壓影響，身上很多擦傷……」

「我讓你負責醫務室，」齊倫說道，「選三個能幹一點的人當你的助理，開始訓練。」

托賓很驚訝，好一會兒沒有開口說話。「訓練什麼？」

「幫你。亞瑟負責糧倉，玉米幾乎已經成熟，我們得快一點採收，這表示大家都得操作設備，努力工作。可能會有人受傷，我們需要做好準備。」齊倫沒有告訴托賓讓他待在醫務室，是爲了不讓他對齊倫形成掣肘。如果男孩很認眞執行自己的工作，他不會有時間起來搗亂。

托賓離開，有點摸不著頭緒，但還是找了三個朋友幫忙他管理醫務室，他們四個人每天都花好幾個小時看教學影帶和醫學百科全書。

當齊倫覺得自己可以走動時，醫務室是他第一個去的地方。藥品櫃子擺得亂七八糟，空氣氣罐扔在地上，但所有患者都有乾淨的床單，他們似乎得到很好的照顧，即使他們虛弱得嚇人。八個，只有八個大人還活著。哦，天啊，不要再有更多人死了，齊倫祈禱著。

他坐在維多莉亞．漢德的床邊，望著她腫脹的臉，看看有沒有清醒的跡象。她是船上唯一僅存的醫療人員，他們非常需要她。

「她說過話嗎？」他問她坐在一旁的兒子，奧斯汀。

「今天沒有。」男孩說道。他的樣子很嚇人，一頭淡金色頭髮，蠟黃的皮膚。「昨天醒了。」

「她幫你們了嗎？有給你們任何建議嗎？」

奧斯汀搖了搖頭。

齊倫拉起女人紅腫的手，握了一下，希望得到一點回應，但她甚至連呼吸也沒有變化。

他站起身子。「我覺得你做得很好，」他對站在身後的托賓說道，「你媽媽怎麼樣？」

男孩笑了，「她今天上午開口說話了，她認出我來。」

齊倫感覺到托賓已經原諒了他，「她說了什麼？」

「我們多數是談我爸爸，他可能會在哪裡，他回來以後，我們要做什麼。她想替他做一個蛋糕。」

齊倫笑了，「我能吃一塊嗎？」

男孩有點不情願地點點頭，「當然，你可以吃一塊。」

第二天，齊倫感覺自己恢復很多，可以去看看農業艙的損害。他不知道四十個小時的零重力會造什麼後果，他急於親自看看。

塞思處理了最緊迫的事，但有些問題仍然存在。糧倉燈比平時黯淡得多；植物園一排白楊倒下，幾個男孩合力把它們放進碾碎機裡；熱帶艙裡，一棵棕櫚樹倒在檸檬樹叢裡，壓死幾棵小樹；一小群羊受了傷，但雞似乎很健康，雖然雞舍很髒。不過，這些損害算是極輕微的，齊倫知道，如果男孩們繼續穩定地工作，能夠完成必要的維修。

讓他們專注於工作是一個問題，艦上的情緒低沉也是令人憂心的。女孩們離開超過六個星期，男孩們一天比一天更加擔心。他們的內心不再那麼恐慌，只是沉重的絕望。有一些人甚至乾脆停止工作，其餘的則十分迷茫。

齊倫知道自己得做點什麼，他得給大家一點希望。

31 變化

在玉米田裡待上漫長的一天後，晚上回到中央指揮部，齊倫坐在艦長的椅子上，看著終端機，這些感應器會接收到太空船的訊息，遠在肉眼看到之前。但他仍喜歡翻轉螢幕，從不同方位看看船外，望向黑暗的星雲，彷彿他有可能會正好瞥見新地平線號或母親太空梭的影像。

另外一個和他待在中央指揮部的是沙瑞克，他吃著搗碎的穀物和豆類，臉上映著終端機螢幕的藍光。齊倫喝專為艦長泡的茶，那是用地球的佛手柑和茶葉製成的伯爵茶，氣味辛香，沒有加糖或羊奶，可以幫他集中注意力。

沙瑞克把碗放在桌上，用手搓著臉，他一直是嚴肅而安靜的，攻擊事件後他變得更成熟，幾乎和亞瑟承擔一樣多的責任。

「我還沒有向你道謝過，沙瑞克。」齊倫說道。

男孩轉頭，「謝我什麼?」

「謝你在審判時幫了我一把，我認為是你救了我的性命。」

「我不這麼想。事實上，塞思要比你害怕多了。」

「但你仗義挺身，我很感謝。」

沙瑞克黑色的眼睛盯住齊倫，「士氣很低落，你知道的。」

「怎麼會不低落？」

「馬特．艾爾布萊特今天沒有出現，我嚇了一跳。我在他母親的床上找到他時，他說，我們一直不斷嘗試是毫無意義的，因爲我們永遠不可能找到他們，時間過去太久了。他不是唯一一個這麼說的。」

「我不知道該怎麼做，沙瑞克。」齊倫說道，希望自己能想出一個好法子。

「我只知道我做的工作越來越多，休息的時間越來越少，而且我發覺有更多人推卸責任、生悶氣。太空船這樣不行的。」

齊倫把他的茶杯放到艦長座椅旁邊的杯架，往後靠在椅背上。他對沙瑞克的信任幾乎已經和亞瑟一樣多。他是少數幾個很可靠的男孩。

「你覺得差別在哪裡呢？」

男孩看著他，不解。

「你沒有放棄。你和馬特．艾爾布萊特之間的根本差異到底在哪裡？」

沙瑞克的手肘靠在椅臂上，認眞思考，然後搖搖頭，「我只知道，每天早上起床後，我會面向麥加方向朝拜，然後祈禱。」

「有幫助嗎？」

沙瑞克聳聳肩，「我爸爸要我這麼做。」

齊倫點點頭，回想那個可怕的夜晚，他幾乎快死了。那一夜，有一種聲音撫慰了他。

「那麼你相信上帝。」齊倫說道。

「是的。」

「爲什麼？」

沙瑞克似乎對這個問題感到十分困惑，「對我來說，這似乎沒有什麼可質疑的，這一切的背後一定有著什麼。」他指著窗口，有一、兩顆星星在昏暗的星雲中閃爍著。「我的意思是，這一切的生命，你和我，僅僅是因爲某種宇宙的意外而誕生的嗎？這不合理。」

「我明白你的意思，」齊倫沉思地說道，「但是，你認爲我們是少數？」

「你是什麼意思？」

「你覺得我們是船上唯一的信徒？」

沙瑞克搖搖頭，「不盡然。反正現在情勢不同了。爸爸總是說，散兵坑裡沒有無神論者。」

「你的家人爲什麼不選擇上另一條船？」齊倫問道。這也是他常常想問自己的問題，他和他信仰虔誠的家人，和星空者號的人格格不入。

沙瑞克聳聳肩，「我也不認爲穆斯林家庭能適應另一艘船。」

齊倫點頭沉思。

那天晚上，齊倫躺在艦長床上，思索他究竟帶領這些孩子做了什麼。他一直是實際、有邏輯和負責任的，但他沒有啓發他們。

「如果我讓他們失望呢？」他在黑夜裡低聲說道。

他們需要一個願景，那個聲音說道。

他坐起來，裹著雙腿的床單沙沙作響。

「祢是眞的嗎？」他低聲說道，「我該怎麼辦？」

給他們一個願景。

「怎麼做？」

你會想出辦法的。

「我需要更多的指引！」他喊道。但接下來，他什麼也聽不到了。

願景，那個聲音這麼說。這就是男孩們所缺乏的。這是一個可以了解自己命運的方法，一個目標，令他們即使悲痛時也能繼續生活和工作。

齊倫又想起那天晚上，許多男孩終於知道他們的父母死在航站的大屠殺，他發現了那篇佈道講辭。這篇講辭燃起同伴們的希望，讓他們繼續活下去，至少不放棄。齊倫明白，那些話讓男孩們覺得自己仍然和失去的親人有所聯繫，就像沙瑞克說的。

他得找到更多講詞。他下了床，轉亮檯燈，打開艦長的電腦目錄，發現一個佈道辭的文件夾，裡頭的標題是「荒蕪的子宮，肥沃的心」和「我們的作物是我們的孩子」。沒有什麼佈道辭和他們目前面臨的問題有關，但他還是把所有講辭都看過一遍。

它們談到了這個偉大的任務、太空船到達新地球的光榮時刻，以及艱鉅建構工作的開始。這是一個神聖的使命，一個和神以及其他人類的約定，不僅是地球上的人，還有他們的孩子，以及幾千年後，他們孩子的孩子。

這些話打動齊倫，他覺得它們很眞實。在人類的歷史上，星空者號的任務集合了全人類的努力。延續地球生命的起源全依靠它，絕不能失敗。當然，這一定是神的意志。

那麼，爲什麼？爲什麼上帝要讓那些人殺掉他們的家人，帶走女孩？爲什麼祂要讓這個任務處於危險之中？除非……這是祂計畫的一部分？

痛苦是有意義的，齊倫心想。他在禁閉室裡的痛苦和飢餓讓他變得純淨，他做好準備接收神的旨意。上帝允許這次攻擊，所有星空者號的船員將打開心靈傾聽祂的聲音。

齊倫徹夜未眠，讀講辭，做筆記，在昏黃的燈下寫出自己的想法。他寫得越多，內心就越感覺他明白自己的命運所在。那個聲音在指引他，他知道自己該做什麼。

一大早，其他男孩起床，走到中央碉堡吃早餐，他們發現一百二十張椅子一行一行地排在一個講台前。齊倫．奧爾登穿著一身黑色西裝，打著領帶，站在講台後，鬍子刮得很乾淨，暗紅色的頭髮往後梳，指甲修得十分整齊。

齊倫的嘴巴對準麥克風，「每個人都請坐，我有一些想法打算和大家分享。」

孩子們猶豫了一會兒，然後他們看到每張椅子上放著塗上黑莓果醬的新鮮麵包。他們愉快地坐了下來。只有一半的男孩過來，但沒關係，這是一個好的開始。

他對亞瑟點點頭，男孩按下一個按鈕，打開喇叭，播出貝多芬奏鳴曲。亞瑟把光源調暗，只留下一盞燈照著齊倫。齊倫想像自己反射這道光，給這群悲哀驚恐的小男孩一點安慰。

他眞的能做到這樣？他眞的能啓發人的心靈嗎？

「謝謝你們的光臨。」齊倫看著筆記，前一天晚上讀來是這麼精彩。現在，六十雙眼睛看著他，等待著，這些字句顯得軟弱無力。他覺得自己身上的光芒褪去。但軟弱無力也聊勝於無。

「過去幾個月，我們經歷了很多，」他開口說道，「我們失去了所愛，和我們的家人、我們的朋友分開，我們不知道他們在哪裡，是不是安全。除非離開這團星雲，否則我們什麼都不能做，唯一能做的便是等待，以及希望有最好的結果。」

齊倫聽到後面傳來憤怒的哼聲，但他沒有停下來，也沒有看看到底是誰。

「爲什麼這些事會發生在我們身上？我們被派到廣袤的宇宙，按照神在地球上的完美創造，重塑我們的新家。」許多男孩困惑地看著他，若有所思。「毫無疑問地，我們都相信這個任務的正確性，不是嗎？讓我們舉起手，表示相信我們的使命是上帝的旨意。」

齊倫舉起右手，許多男孩也舉起手。

「看看你的周圍，看看這些舉起來的手。我們大多數人都知道自己執行神的旨意，不是嗎？現在，把你的手放下，讓我問你們一個問題。」

所有人聽話地把手放下，齊倫停頓了一會兒，望著男孩，大家都看著他，等著聽他要說些什麼。這似乎比他想像中容易得多。

「現在，願意每週一次參加佈道的人請舉手。」只有五隻手舉了起來，和齊倫猜測得差不多。「每月一次的舉手？」

多了六個人，但大多數男生訕訕地看著齊倫。

「你們可以把手放下了。」齊倫等待男孩放下手，「我在想，如果我們關注這個任務的精神層次，也許事情會變得不一樣。如果我們變得更用心了，也許當我們需要的時候，神會更加善待我們？如果我們更明白上帝的旨意，我們的母親、父親以及姊妹今天會不會便還在我們身邊？讓我們跪下來，只要每週一次，感謝上帝給我們這樣的特權，讓我們踏上這個全人類很快便會稱之爲『家』的星球，大家說好嗎？」

他看了看房間四周。群眾中有人的神態帶著懷疑，當然，很多男孩似乎沒有專心在聽他說話，但大部分又似乎在思考他說的話。有人甚至還很想哭的樣子。

「我認爲在日常生活中，我們忘記自己是誰。我們將是一個新文明的祖先。我們在星系的一個——」齊倫深吸一口氣，大聲喊道，「一個從沒有見識過的角落，替無數代人類打好基礎。我們會找回女孩們，和她們一起創建一個新世界！」

他打動他們了。許多人敬畏地看著他。阿莫．斯帕林可的手撐住下巴，盯著齊倫，全神貫注，讚嘆不已。曾經打算推翻齊倫的男孩托賓．艾姆斯，似乎也覺得如醍醐灌頂。

「這就是爲什麼我要開始一個新的傳統。每個星期天早上，我們要到這裡來，一起吃麵包，談論這些事情。最後我們跪下來，感謝上帝把我們帶到這艘神聖的太空船，讓我們穿過整個星系。我們感謝上帝選擇我們成爲……」

說到這裡，他停頓了一會兒，讓他們等待，「世界的開創者。」齊倫走到講台前，男孩們可以看到他的整個人，他莊重地跪下，雙手交握，低頭祈禱。

好幾分鐘，他們只是盯著他，但隨後，孩子們一個接著一個跪了下來，頭抵住前面的椅背，垂得低低的。少數人留在座位上，齊倫早就預見會有這種情況，但大多數人都被說服了。

齊倫跪了幾分鐘，感受房間裡的氣氛，當男孩們在祈禱時，四下一片靜默，但慢慢地，緊張的氣氛褪去，齊倫察覺到周遭平和寧靜，他抬起頭，微笑地說道：「阿門。」

下一個週日，土司麵包塗了大蒜和橄欖油，齊倫帶領大家感謝上帝讓他們收穫。再下一個星期天，是玉米麵包加了羊奶油，齊倫感謝神讓家禽艙裡的一批小雞孵化。

幾個月過去，他讓每一個人大聲念出自己的祈禱文。這是一個很好的方式，可以讓他了解每個人的想法。他知道這個佈道會鼓舞士氣。

一個星期天，一個叫莫奇．帕克的男孩說道：「我感謝上帝，讓我參加這些佈道會，這讓我覺得心頭舒服一些。」

齊倫注意到幾個人點頭表示同意，許多人仰望著他。

成功了。在上帝的幫助下，他變成一個能啓發人的領導者，對此他深表感謝。

一個星期天，約莫是攻擊事件後的五個月，齊倫從他的講台上抬頭，發現幾乎每一個男孩都出席他的講道。一個小男孩在講道結束後走到他面前，拽著他的外衣。「我的父母在天堂嗎？我可以和他們說話嗎？」

齊倫感到很欣慰，看著小男孩柔和的雀斑臉，「是的，有一個天堂，你應該每一天跟你的父母說話。」這個回答來得如此直接、自然，齊倫感覺這一定是事實。

男孩綻放紅潤的笑容，走到朋友們身邊，轉述齊倫說的話。

齊倫現在很確定了——自己是在爲神工作。

32 塞思的麻煩

船上一片漆黑。齊倫躺在他的新宿舍，艦長的床，一張非常柔軟又寬敞的墊子上。這個地方適合帶薇芙莉來，如果還能見到她的話。他的臉壓在枕頭上，想像那是她柔軟的髮絲。

至少有一千次，他想要改變太空船的航向去找她。操縱星空者號去追蹤新地平線號幾乎是一種生理需求，昨天他幾乎下令了，但亞瑟．德崔克勸他最好還是保留在原來的航程上。

「讓他們來找我們。」他說。

沙瑞克也持同樣看法。「你一直是對的，齊倫。現在我們除了等待，什麼都不能做。如果他們想在這團該死的星雲裡找到我們，我們必須待在他們認為我們會在的地方。」

「在星雲裡發動攻擊，」亞瑟嚴肅地說道，「是一種巧妙的策略。」

「我們會找他們算帳的，」齊倫陰鬱地說道，「等我們踏上新星球，我們會找他們算帳的。」

事實上，現在太空船又恢復秩序，所有的男孩都按部就班地工作，齊倫把所有時間都用來想薇芙莉。他當然也擔心自己的父母，但薇芙莉需要他，他卻不在她身邊。

他翻來覆去也睡不著，所以打開床邊的燈。一幅梵谷的畫掛在他對面的牆上，有著絢麗的黃色草朵，這讓他前所未有地渴望地球：如果他們從來沒有離開過地球，要找到薇芙莉就容易得多，他可以走路或跑步去找她，然後把她帶回來。但他不在地球上，他在一條太空船裡，穿過可怕的粉紅色星雲，無處可去。

當他床頭櫃的通訊台亮燈時，他嚇了一跳。

「艦長，請你到禁閉室裡來！」齊倫聽到通訊台的另一頭傳來轟然的砰聲和叫聲。

「這是怎麼回事？」

「犯人在打架，艦長，他們互相殘殺！」

齊倫穿上寬鬆的痲布褲子，套上涼鞋，幾秒鐘內，登上電梯，迅速下樓到禁閉室去，甚至來不及喘口氣。電梯門打開，他聽到打鬥的聲音迴盪在走廊上，聽起來像動物在搶一塊骨頭。

當他到達禁閉室時，發現塞思站在西利身邊，踢他的肚子，馬克斯則無力地阻止他。西利失去了意識，馬克斯也好不到哪兒去。塞思的呼吸濁重，指關節因為瘀青變成藍色，但他仍然不停地踢西利，一下又一下。

「住手。」齊倫說道。

塞思似乎沒有聽見。

「住手！」齊倫喊道。他把鑰匙從守衛身上奪過來，打開牢房的門，衝向塞思。然後，他們倆倒在地上，齊倫一拳又一拳地打著他的臉，大聲咒罵。

一開始，塞思還抓著齊倫的臉，想把他推開，但沒辦法。於是，他在地上翻滾，讓齊倫揍他的身體。

齊倫終於停下來，塞思的眼睛腫脹，下唇破裂流血。齊倫的拳頭一陣劇痛，他的指關節撞在塞思的牙齒上，氣喘吁吁，疲憊不堪。兩個接受警衛這項新任務的小男孩，驚恐地盯著他。

「你們在看什麼?」他呸了一聲。

「對、對不起。」其中一人說道，十三歲，叫哈維．馬肯。他一隻蒼白的手捂著肚子，好像要吐了似的。

「把他們分開，一個人一間牢房。」齊倫下令，站起身來，似乎這個時候才有點驚訝自己所做的事。「他們早就應該分開。」

「對不起。」哈維再說一次。

「這不是你的錯。」齊倫強迫自己說道，「是我的錯。」

哈維不敢再看齊倫一眼，連忙和另一個守衛朱尼爾，走進牢房，抓住塞思的手臂，把他拖過走廊。齊倫堵在門口，防止馬克斯逃跑。但這個男孩已經精疲力竭，他躺在地上，用一雙漠不關心的眼睛看著齊倫。

西利一動不動，齊倫遺憾地看著他。他明明知道西利待在塞思身邊會有危險，但他沒有分開他們。現在的西利簡直半死不活。

當守衛回來，把馬克斯拖到另一個牢房時，齊倫把西利翻過身來。他的臉因爲瘀傷而青紫，手腕用一種奇怪的角度彎在胸前，扭著的手看起來像某種受傷動物的爪子。齊倫撕開西利的上衣。男孩的身上全是藍色和黃色的新舊傷痕。他早就應該把西利帶開。

「聯絡醫務室，讓他們帶一個有束帶的擔架來，再帶一些繃帶和消毒藥水給另外兩個人。」

幾分鐘後，兩個睡眼惺忪的孩子從醫務室過來，還穿著睡衣，他們把西利放到擔架上。他們也帶來幾個鐵碗，裡面裝了消毒藥水、軟膏和繃帶，齊倫把它們放進囚牢欄杆裡，先是給馬克斯，他躺在鐵床上扶住自己的額頭；然後是塞思，他靠在牆上，上氣不接下氣，嘴唇腫脹得很厲害。

「你可能需要一些止痛藥。」他對塞思說道。

「也許吧。」

塞思翻了翻那些藥品，找到一條軟膏，擦了擦血跡斑斑的嘴唇。從他處理傷口的方式來看，齊倫猜塞思護理過不少傷口，這些傷口很有可能是從他父親那兒來的。這也許是他一生都如此憤怒的原因。

「我想偉大的齊倫．奧爾登牧師也不是那麼完美的。」塞思說道，包紮著他手臂上的傷口。

「你打我打得夠狠的。」

「我從來沒有說過我是完美的。」

塞思笑了，「你不需要說。」

齊倫看著自己流血的拳頭，有些慚愧，「對不起，我不該打你的。」

「你有理由。」塞思擰開一瓶阿斯匹林，扔了一把放進嘴裡，大聲地嚼著。他一瘸一拐地走向水槽，喝自來水。

「你爲什麼攻擊西利？」

「猜一下。」

「他做了一件你不高興的事。」

「可以這麼說。」塞思斜斜地睨了齊倫一眼。「就是他害我被關到這裡來的。」

「你怎麼知道的？」

「他告訴我的，」塞思笑了，搖搖頭，「眞是傻瓜。他感到內疚。」

兩個人沉默地對坐著，塞思一邊治療自己的傷勢。然後他呻吟了一聲，躺在鐵床上，用手臂遮住眼睛。

「我希望能回到過去。」齊倫說道。

塞思看著他，有點驚訝。

「我會有不同的作法。」齊倫承認，不知道爲什麼在塞思幾乎快殺了他以後，他還想和這個男孩談這些事。

薇芙莉和他的父母不在了，塞思是和他最相近的人。亞瑟很聰明，但年紀太小，沙瑞克值得信賴，但距離有點遙遠。齊倫心想，這不只是因爲自己和塞思同年，或者都有領導能力，還有其他的因素。他知道自己是出色的，塞思也是。在不同的情況下，他們可能是朋友。

「我想我也會有不同的作法。」塞思終於說道，然後補充了一句：「比如說那個失敗的審判。」

「你真的會殺了我？」齊倫問道，暗自希望塞思不會注意到他聲音裡的恐懼。即使現在，男孩被銬在另一間屋子裡，齊倫仍然怕他。

塞思想了一會兒。「我本來只是想讓你屈服，」他說，「當我放你出來時，你就不會再給我找麻煩。」

齊倫內心一陣顫慄。塞思幾乎要成功了，當時，他幾乎願意做任何事，就為了吃一口食物。

「但孩子們要求一場審判，」塞思說道，「他們表現得一副要你血債血償的樣子，但我感覺得出來，他們是要幫你。我知道，我不會有真正的控制權，除非……」

「所以你真的打算殺了我？」

塞思抽鼻了一下，好像這個問題是一隻惱人的蒼蠅。「我沒有那樣做，不是嗎？」

「但是你想。」

「想和做是不一樣的。」

「你打算餓死我。」

「當我爸爸發現我偷喝他的酒時，他把我折磨得更厲害。整個收穫季，我一天只有一碗湯。你可以試試。」塞思的臉腫得很厲害，看不出他的表情，但齊倫知道，一提到父親，塞思便心痛。「當然，當我爸爸沒看到時，我會偷吃點東西，」他補充說道，「不過，你也是。」

「你知道？」齊倫問道，「你知道西利偷麵包來給我？」

「是我讓他這麼做的，」塞思忿忿地說道，「我不想讓你知道是我給你的。麵包應該是一個開始。」

「什麼開始？」

「鼓勵。讓你合作。」

齊倫心想，這也幾乎快成功了，塞思不知道他就要投降了。他永遠不會知道，他告訴自己。

「如果我讓你離開這裡，你會再試一次，對吧？」

「試什麼？」

「接管這條船。」

塞思沉默了許久，齊倫認為自己不會得到答案了，他站起身來，走到門口。

塞思說道：「你就是這麼做的，不是嗎？」

齊倫停步，然後，不帶一絲情感地說道：「明天我會拿幾件衣服來這裡給你。」他離開了禁閉室。

33 星星

齊倫正在操作大型聯合收割機，把乾草結合成捆。另外兩個男孩架著單人操作輸送機，小心翼翼地用機器前端如爪子般的怪手堆疊乾草包。那個輸送機看起來很有趣，但齊倫不認爲讓一個小男孩來操作收割機是安全的，所以他也無法和他們交換。

現在，他被高高地卡在機器座位上，駕駛這部龐大的機器，割下一排一排的草，準備用來鋪睡床或者墊在雞和山羊的窩裡。突然，一隻手搭在他的肩膀上，他嚇了一跳，轉頭一看，原來是亞瑟來了，身子平衡在收割機的的踏板上，上氣不接下氣的，臉上冒汗，鏡片後的眼睛瞪得大大的，十分警戒。

亞瑟在說話，但機器的引擎聲太大，齊倫聽不見，於是他關掉拖拉機，還有打包機，才聽得到亞瑟說話。

最好是好消息，他想。

「星雲變薄了！」亞瑟向他大喊。

「什麼？」齊倫盯著男孩，「變薄是什麼意思？」

「我的意思是，我們可以看到星星了。」

齊倫打算親自去看看。他向兩個操作輸送機的男孩揮揮手，跟著亞瑟走出牧草艙，進到電梯，通向中央指揮部。

「有多少星星？」齊倫等不及地問道，「不只是幾顆？」

「很多。我認爲，我們幾乎到了星雲的邊緣。」

齊倫的心怦怦直跳，激動得必須靠在電梯牆上。

過去幾個月，他已經完全恢復了，但肌餓那一段時間，給他留下一個後遺症。只要他一激動，腎上腺素便讓他變得虛弱，頭暈眼花。現在他就有這種感覺。

電梯門打開，齊倫走上走廊，跟著亞瑟進到中央指揮室。大約有十幾個男生在中央指揮部，沒有人發出聲音。他們一個個凝視著窗外，齊倫聽得到他們的呼吸聲。陰霾的星雲變薄了，有星星，數以百萬計，數以千萬計，太空船加速往粉紅色氣體邊緣而去。

這讓齊倫想起他的父親曾經向他描述過，在地球上，白天是看不到星星的。「黃昏時分，它們會一下子全部湧現。」他說道。齊倫沒有機會看到這一幕，但現在卻發生在他眼前。星星一顆一顆出現，彷彿剛剛藏在絲簾後。

「我的天啊。」他低聲說道。

這是眞的。他們已經到達這團可怕的星雲外緣。齊倫看著這些閃爍的星星好一會兒，想看出其間的不同。它們有的是紅色的，有的是藍色的，有些發著黃光。他忽然有一個想法，對正坐在操控台前的沙瑞克大喊：「啓動雷達掃描！他們可能也離開星雲了！」

沙瑞克盯著齊倫好一會兒，好像不太理解，但他的手迅速地在控制面板上移動，啓動太空船上的每一部雷達，接收任何可能的頻率，又打開八道雷達波束，發送光波到黑暗中，尋找十萬英里內的任何物體。整個機艙的人保持沉默。似乎沒有人期望會有什麼奇蹟發生，所以當一個人聲從沙瑞克的通訊台傳出時，所有人都嚇得跳起來。

「求救，求救，星空者號，收到信號，請回答。這裡是薇芙莉．馬歇爾。求救，求救，星空者號，如果你——」

「那是什麼？」亞瑟倒抽一口氣說道。

另外幾個男孩大叫，有個男孩跪了下來。齊倫只能盯著沙瑞克，他從指尖一直到心靈的最深處都在顫抖。是她的聲音！

這個訊息不斷不斷地重複，終於，齊倫能夠開口說話了。「回答她。」

沙瑞克拿起麥克風，找到正確的頻道，「這裡是星空者號，薇芙莉，妳在哪裡？喂？」

所有人圍在沙瑞克的通訊台旁，薇芙莉細細的聲音不斷地重複這個訊息。齊倫緊張地豎起耳朵，傾聽有沒有任何回應。她的聲音聽起來那麼微弱、渺小，但卻平靜堅定。她的語氣是勇敢的。

「沙瑞克，」齊倫急切地說道，「重複你的訊息——」

「喂？」是一個年輕女孩的聲音，怯怯地試探著問。

齊倫從沙瑞克手上搶過麥克風，「叫薇芙莉聽。」

「你是誰？」女孩問道。

「叫薇芙莉聽！」齊倫大叫。

另一個人的聲音從麥克風傳來。「齊倫嗎？」

齊倫的心凍住了，他聽到她的聲音了。是薇芙莉。

「薇芙莉，妳在哪裡？」他流下眼淚，不在乎其他男孩的目光。在這一刻，他只想要薇芙莉。現在！

「我不知道。但是，不會太遠。通訊沒有任何延遲。」

「妳們沒事吧？」

「是的，我們沒事。你們沒事吧？」齊倫認爲她說話也帶著哭音。

「我們沒事！」

「你能讓瓊斯艦長來接我們嗎？」

「哈佛不在嗎？或者我爸爸？」齊倫顫聲問道。

薇芙莉停頓了一會兒，聲音變了，她的喉頭哽住。「這裡沒有大人，齊倫。只有我們這一群女孩。」

幾個男孩哭了起來。彼得．史超布不斷捶著金屬牆。齊倫的心沉了下去。但他鎮定自己，讓麥克風靜音，朝房間裡的人說道：「大人們在太空梭裡，當他們衝出星雲，我們會找到他們。」

幾個男孩點點頭，但大部分仍沮喪地盯著地上。

「齊倫，你能請瓊斯艦長來嗎？」薇芙莉的聲音有些歇斯底里，「或者任何一個駕駛員都行。有誰知道怎麼來接我們嗎？」

「艦長……現在不在這裡。我們會帶妳們上船，一會兒我們再談這件事，好嗎？」

亞瑟走到雷達站，移動螢幕，然後出現一條紅色的訊息：移動的物體。

他指著一個移動的點，「這一定是她們。她們在我們前面，朝我們過來。」

「你能不能編寫攔截程序？」齊倫問亞瑟。

男孩看著導航設備，有些遲疑，「我可以試試。」

齊倫升起一股無名火，但他竭力壓下去，低聲說道：「盡力吧。」

這本來不是一件容易的事，但亞瑟發現，因爲看得見星星了，所以導航程式能夠編寫出自動攔截程序。當太空船轉向右舷，齊倫感覺胃一陣翻騰。

「還有多久？」

亞瑟看著面前的螢幕，「幾個小時。」

他等不了那麼久。他希望能把中央指揮部裡的男孩們都趕走，他要私下和她說話，但這似乎不公平。

「妳好嗎，薇芙莉？妳健康嗎？」

「是的，我很健康。我們都是。」

「還有誰在那裡？」沙瑞克喊道，「我妹妹呢？」

「所有的女孩都在，除了法拉西蒂・維根和……和……莎曼珊。」

「妳們怎麼逃掉的？」

她沉默了很久，最後說道：「我不想在通訊台裡說，齊倫。」

情況一定很糟，從她的口氣裡聽得出來。

「我想和我的姊姊談談！」艾爾發・摩爾一臉愁容地伸手想拿齊倫的耳機。

齊倫想繼續和薇芙莉說話，但她很快地說道：「齊倫，這裡有很多女孩想和家人說話。」

齊倫有點難過。爲什麼她不想和他說話呢？艾爾發拉著齊倫的耳機。他把耳機交給男孩，坐在艦長的椅子上。

等待是痛苦的。他無法和任何人說話，男孩們纏著他問問題，他不予理會，直挺挺地坐著，像一塊僵硬的磚頭，拳頭緊握抵住前額，咬著牙關，眼睛緊閉。

終於，所有人都不再煩他。他不停地想像薇芙莉把太空梭撞向星空者號的船體，她從來沒有操作過任何一部飛行器。她會不會在回家的前一秒死去？

不久，對講機響起，薇芙莉的聲音穿過喇叭傳來。

「我看到你了！我可以看到星空者號了！」薇芙莉尖叫，「哦，我的天啊！」

齊倫一下子坐直。

「十分鐘。」亞瑟說道，手指在鍵盤上移動。齊倫感覺到星空者號急劇減速，坐在椅子上的自己變輕了。

亞瑟的螢幕上，薇芙莉的太空梭像個飛撲而來的小點，繞行著對準航站大門。

齊倫從自己的椅子上站起來，全速跑向走廊。他恨不能再快一點，啪的一掌打在電梯按鈕上，一邊等著，一邊踢了大門一腳。

「快，快！」他咬牙切齒地喊道。當他一進到電梯裡，他想如果切斷電纜可以讓這個東西快一點，他會的。

當他跑到航站時，發現幾乎所有的男孩都聚在那裡，不發一語，期待地盯著氣閘大門。齊倫跑到通訊台，大叫：「沙瑞克，讓我和太空梭通訊。」

「她關掉耳機了。」沙瑞克說道。

「什麼!?」

「她說我讓她分心。」

「她們多近了？」齊倫問道。

「我剛剛打開外門。」

齊倫感到臉上的血管劇烈跳動。他盯著大門，嘴唇緊抿，等待著，身上的每一塊肌肉都繃得緊緊的。

「拜託。」他低聲說道。

屋子一片靜默。托賓・艾姆斯咬著上唇，手塞進腋下，好像這樣能讓自己暖和一些。傑里米・平托蹲著盯著大門，不斷來回搖擺。

突然，一個可怕的金屬聲響徹航站，齊倫的心凍結。但隨後他聽到了液壓砰的一聲，外門關閉，空氣有節奏的抽入氣閘。內層氣閘門打開。孩子們後退，騰出空間，太空梭慢慢飄了進來，歪歪倒倒地像一隻笨拙的巨鳥。它立在他們面前，安靜，不動，然後舷梯放下，幾十雙小女孩的腳出現，起先有些猶豫不決，但當女孩們看到自己的兄弟、朋友、男朋友，她們加快了腳步。

突然，屋子裡人聲沸騰，有哭聲有笑聲，還有尖叫聲。女孩們投進男孩們的懷裡，不斷說話。

薇芙莉走在最後。齊倫知道她會最後一個出太空梭。她看起來很瘦，面色蒼白，走路一跛一跛的。她的頭髮一條一條地纏結在頭皮上，臉頰凹陷，眼神憔悴。

齊倫上前，伸出手臂摟著她，她倒在他身上，他打橫抱起她，走下舷梯。

「我能走路。」她說，鼻尖抵住他的耳朵。

「我知道。」他低聲回答，抱著她走過航站，穿過走廊。

當他們單獨進到電梯裡，薇芙莉用雙臂摟住齊倫的脖子，彷彿害怕會再和他分開。她忍不住抽泣，身子微微顫動著。

她也許幾天沒有洗澡了，也許是幾週，但齊倫不在乎。

他不會再放開她。

34 相聚

他脫下她的衣服，讓她赤裸著身子，坐在他的床邊，然後他去準備洗澡水。蒸氣讓洗臉台上的鏡子罩上一層白霧，他用手指試了試水溫，發現她呆呆地坐著，眼睛眨了眨，彷彿不敢相信自己置身何處。

齊倫放了香精進去，讓水散發出香氣，然後走到她身邊。

「艦長不會生氣嗎？」她問，聲音微弱無力。

齊倫跪在她面前。她嘴角的肌肉抽搐，望著他的臉，似乎想知道又怕知道。

「不會。」他盡可能輕聲說道，等著看她是不是要問另一個問題，但她沒有。他溫柔地扶著她瘦弱的手臂，然後她搖搖晃晃地站起來，他領著她走到浴缸邊。

她進到浴缸裡，齊倫看到她腿上的疤痕。那是一道鮮明的鋸齒狀紅色斜線，像是在肌肉底下挖了個洞似的。她肩上還有一個拇指大小的醜陋痂疤，閃著黑光。當她坐了下來，他看到她肚子上有一道傷痕，肚臍以下直到接近恥骨的位置，看起來像手術疤痕。

「他們對妳做了什麼？」

她看著他，眼神淒涼，「什麼都做了。」

現在他什麼都不想知道。他拿起一塊海綿，淋上橄欖皂，讓它擠出泡沫。

他用海綿擦著她的背部，沿著脖子擦到她細瘦的手臂，她的腋窩。他的大拇指撫過她平滑的椎骨，揉著她的肩，擦著她的後頸。慢慢地，他扶著她的背，讓她整個人進到浴缸裡，水浸濕了她的頭髮，她的髮絲垂在眉間。

他在她的頭髮上倒了洗髮精，用手抹著她的頭皮，感覺她的頭髮一團團黏住。他不會忘記這一刻，她躺在水裡的模樣，完全地信任他。接著，他用海綿抹著她的肋間，手指撫著她脅下的肉，他聽見她輕輕地嘆了口氣。他拿著海綿沿著她的肚子，滑過整個傷疤，然後順著她的腿滑到腳，搓揉她的每一根指縫，又用拇指揉著她的腳底，她又嘆了口氣。

當她垂下眼皮，齊倫扶著她站起來，把她裹在棉毯裡，帶到艦長的床上。她感激地躺了下來，頭一沾枕便立刻睡著了。

昏暗的燈光下，他望著她，擔心著她，傾聽她從嘴裡吐出的每一個呼吸。

她是那麼可愛，那麼柔軟，還是他的薇芙莉，但有些事改變了。她似乎虛弱而不安。

她睡得很不平靜，翻了一次身，輕聲啜泣，「媽媽……媽媽。」但又睡著了。

他的胃咕嚕咕嚕叫，他想起來自己一整天沒有吃過東西了，但他不能離開她。他很不理性地害怕自己萬一起身到廚房去弄一些麵包和水果，回來後她就走了。過去的幾個月裡，他經常作這樣的夢。於是，他等著，一整夜坐在椅子上看著她，聽她的呼吸。

當她終於醒來，齊倫從一個淺淺的瞌睡中驚醒，睜開眼睛，看到她坐在床上抱住自己的膝蓋，東張西望。他揉著惺忪的眼睛。

「那麼，艦長走了。」她說，聲音很低，讓他想起他是多麼喜歡聽她說話。

「是的。」

「你的父母呢？他們在這裡嗎？」

齊倫搖了搖頭。薇芙莉看著他，腦袋不停地轉著，想起來了。「我們回到航站時，沒有看到任何一個大人。」

「是的。」讓她自己發現眞相十分痛苦，但直接告訴她恐怕更糟，因此齊倫等著她自己去理解。

「船上沒有大人了，齊倫？」她終於說道，蒼白的雙唇向下一彎。她的手插進頭髮裡，抱住腦袋。他渴望摸摸她的頭髮。

「當時只有少數幾個大人留下來，但核反應爐外洩，他們傷得非常嚴重。其他在襲擊事件中沒有喪生的人都去找妳們了。」她慢慢地點了點頭。她距離他是如此遙遠，他很害怕。

「妳發生了什麼事，薇芙莉？」

她躺回床上，眼神空洞，「有什麼可以吃嗎？」

「我馬上就回來，」齊倫說道，「別離開，好嗎？」

她點點頭，但就在他打開門離開房間時，她背過了身子。

齊倫跑過走廊。太空船安靜得很詭異，齊倫猜所有的男孩都在和他們的姊妹、女友和朋友談話，想知道這一段時間裡所發生的可怕事情。

他到廚房抓了一條昨天烤的麵包，一片山羊奶酪，一些杏仁和李子，一些用鼠尾草和迷迭香調味的冷雞胸肉，這是薇芙莉的最愛。他倒了一小碗珍貴的橄欖油，想起薇芙莉喜歡用麵包蘸著吃。

他把所有東西都裝在籃子裡，跑回艦長的宿舍，發現薇芙莉坐在他的辦公桌前，讀著一部電子書，有些愁容。她穿著他的褲子，它誘人地掛在她的臀部上，那件大大的細麻襯衫罩住了她整個身子。現在她下床了，看起來振奮許多。她臉上堅毅的神情鼓舞了他。

「來。」他把食物放在她面前。

她撕開麵包，遞給他較大的那一塊。「我猜你是新的艦長？」她說，抬高一邊眉毛。

「妳認爲應該是別人？」

「不，這是合理的，也是正確的。你會做得很好。」她心不在焉地說道，用麵包蘸了橄欖油，放進嘴裡，閉上眼睛，細細品嚐。

他坐在她面前，盯著她。她似乎受了很大的創傷，他知道她需要談談。也許她會的，如果他先開口的話。她一邊吃，他告訴她如何和太空梭失去聯繫、反應爐外洩，他和塞思一起救了大人們，以及塞思如何背叛和監禁他。

「我不敢相信塞思會這麼做。」薇芙莉咬了咬嘴唇，「聽起來不像他。」

「相信吧，薇芙莉。」齊倫看著她的臉。

她試著推論這件事，「他的父親去世了，我想這讓他幾近崩潰。」

他告訴她塞思想餓死他，終於他得到一個審判的機會，然後推翻了塞思，接著他便一直在學習如何成爲一個領導者。他幾乎要告訴她有關佈道的事，這是他最大的成就，但他想給她驚喜。而且，他也迫不及待想知道她的事。

「告訴我，妳離開後發生了什麼事，薇芙莉，告訴我，好嗎？」齊倫放下手中的麵包，雖然他很餓，但除非他明白她和其他女孩發生了什麼事，否則他吃不下，他需要知道一切。

她點點頭，似乎接受說出這件事是無法避免的。他們談了幾個小時。她談到一個叫阿曼達的女人，以及新地平線號上奇怪的風俗，她告訴他她腿上的這個可怕疤痕是怎麼來的，腹部的穿刺痕跡又是怎麼回事，她即將成爲新地平線號上十幾個嬰兒的母親，這一切都讓他嚇壞了。而最可怕的，便是所有的大人都還被關在新地平線號上。

「妳看到我爸爸媽媽了嗎？」齊倫急急地問道。

「沒有，齊倫。我只見到我媽媽。我們沒有時間說話，我不知道還有誰被關在裡面。」

「妳沒有問一下我的父母？」齊倫問道，覺得自己渾身冰涼。

薇芙莉的臉垮下來，但聲音仍然顯得堅強，「那艘太空船裡現在正發生一場內戰，齊倫。我想如果反對派獲勝，他們很快會放我們船上的人回來。」

「如果反對派沒有贏呢？我眞不敢相信妳拋下他們。」

「你不知道自己在說什麼。」薇芙莉的黑色眸子像兩顆滾燙的石頭盯著他的臉。「他們朝我開槍，齊倫。他們會殺了我。」她氣憤地看著他，五官扭曲，然後，她的頭垂下，埋在手心裡。

「我應該更努力一些的。」

「對不起。」齊倫來到她身邊，把她摟在懷裡。「薇芙莉，妳盡了最大的努力，再也沒有人能像妳這樣。妳必須把女孩帶離開那裡。」

她哭了起來，整個人靠在他身上，泣不成聲。「我不想走，但媽媽要我走。她說，他們會逃走的。齊倫，如果他們沒有逃走呢？這都是我的錯！」

「妳是個英雄。」他堅定地告訴她。他再次明白，這是個令人讚嘆的女孩，他的餘生都要和她在一起。他用雙手捧住她被淚水沾濕的臉，期待地看著她的眼睛。「不要責怪自己！聽到了嗎？這不是妳的錯。妳救了女孩們。」

「不是所有人。」她低聲說道，臉埋在他的襯衫裡，聲音模糊而微弱，齊倫幾乎聽不見。他明白當她講起莎曼珊的事時，她並不希望真的讓他聽見。那個女孩被一名守衛槍殺，就在薇芙莉的眼前死去。

「妳知道那不是妳的錯，對吧？」他說。

「我沒有想到佈道會場被監控了，」她的語氣呆滯，「我太希望計畫能夠成功，完全沒有想到如果被抓到會有什麼後果。」

「薇芙莉……」他把頭髮從她的眼前撥開，用袖子擦掉她面頰上的淚水，然後吻了她的眼皮，她的鼻子，她的下巴，她的面頰，她的額頭，她的嘴唇。她貼緊他，但他把她推離開一些，告訴她：「妳的計畫成功了，妳回來了。女孩也是。妳做到了。」

「我想念小曼。」她低聲說道。

齊倫不知該說什麼，他把她帶離開辦公桌，進了臥室，讓她坐在床上，單膝下跪，拉著她的手吻了一下。

「我需要妳。」他告訴她。

她望著他，他可以看到她眼睛裡的感情。

「我覺得妳已經是我的妻子。」他告訴她。

她點點頭，「我也覺得。」

他起身，把她的臉拉向自己，吻她。他們一起躺到床上，抱住對方，親吻著，手伸進彼此的頭髮裡，翻滾，除了濃重的呼吸聲，一切靜默。

尾聲

那些忠誠的人只認識愛平凡的一面；只有不忠誠的人才知道愛是一種悲劇。

——奧斯卡・王爾德

35 陌生人

他們一直睡著，直到被一陣敲門聲喚醒。

薇芙莉抬起頭，喘著氣，這才想起自己置身何處，然後她的頭跌回枕上。我回來了，她無聲地對自己說道，微微一笑。

齊倫起身，用手搓了搓臉，把門打開。

亞瑟．德崔克站在臥室門外，他咬咬下唇，「齊倫，大家都在等你。」

齊倫茫然地盯著亞瑟，「等我做什麼？」

「佈道會。你遲到了。」

薇芙莉坐起來，睡眼惺忪地揉著眼睛。她很高興看到有著月亮圓臉的亞瑟．德崔克。她向他揮揮手，他靦腆地點頭。

「每個人都到了嗎？」齊倫問道，有些尷尬。

「是的！我發了麵包。我們用了昨晚兩倍的量，因爲女孩們回來了。果醬不夠，要到下週草莓收成才會有，所以我用蜂蜜。」

「現在幾點了？」

「八點二十！你得快點！」

「幫我拖一下。」齊倫說道，關上門。

薇芙莉看到他跑向臥室的衣櫥，拿下一件亞麻襯衫，套上西裝褲，喃喃自語：「我眞不敢相信我忘了。」

薇芙莉把毛毯裹在肩上。一整個晚上她冷汗涔涔。現在，她只覺得打顫。「這是怎麼回事？」

「這是一個新活動，」他不太專心地說道，「我想提振大家的精神，妳應該來。」

「來哪裡？」她的口氣裡帶著一絲恐懼。

亞瑟剛剛說「佈道」兩個字了嗎？她茫然地看著房間裡的東西——一個舊馬鞍，一張泛黃的照片，十九世紀獵人拿著他的來福槍。她覺得很迷惘，就像剛剛上了新地平線號那樣。齊倫在打一條眞絲領帶，她警惕地問道：「你在準備什麼？」

他笑了，「講道。他們在中央碉堡。快點，要不然會錯過的。」

薇芙莉整個人僵掉了，她坐在那裡一動不動。齊倫跑到辦公桌邊，拿起一部平板電腦。到門口時，他才想起她，跑回來和她吻別。

「妳會來嗎？在中央碉堡。我想讓妳知道我做了些什麼。」

她是想問他到底做了些什麼，但來不及問，他就走了。她盯著關上的門，手臂抱住膝蓋，努力壓抑一股湧生的恐慌與威脅。

鎮靜下來，她告訴自己，這裡不是新地平線號。妳回家了。

但她不能相信。她摸著齊倫在她身上所留下的痕跡，下巴和嘴唇留著他的鬍子摩擦過的粗糙感覺。他們彼此緊緊擁抱，讓她渾身酸疼。她想像過太多次，希望會是完美的。它幾乎是完美的了，他這麼深情地看著她的眼睛和身體，他的手指在她的皮膚流連，拂著她臉上的髮絲。

但當一切結束後，她不禁感覺好像還有其他的可能，他們之間也許會有結果。

她告訴自己，隨著時間的推移，這一切會來的。所有事沒必要在一個晚上內發生。睡在他懷裡的美好感覺，讓她忘了自己。

昨晚似乎顯得不眞實，彷彿靈魂出竅，她自己站在外頭觀看這一切似的。她拿出齊倫的一條麻布褲子，和一件外衣，甚至沒有照照鏡子或者整理一下頭髮，便赤腳沿著走廊走去，金屬地板讓她的腳底冰涼涼的。她的心臟似乎已經將所有的血液從手腳、腦袋裡吸走。她眨了眨眼，把面前的一片漆黑眨掉。

中央碉堡裡擠了滿滿的人，四周是嘈雜的說話聲和笑聲。女孩們一方面因爲大人和父母不在而傷心，一方面則對自己能回到家，和她們的兄弟、朋友和男朋友在一起而感到欣慰。男孩則知道有些人的父母還活著，就在新地平線號上，這也讓他們快樂。

薇芙莉能感覺到房間裡充滿希望，卻有點渺遠，這並不能眞正打動她。她坐在後排，看到齊倫站在講台後面。他笑得很開心。

「謝謝大家過來。」他說，等待人群坐定。他的目光落在薇芙莉身上，微笑地看著她，然後再繼續。「首先，我要歡迎女孩們回來。我們非常、非常想念妳們。」

男孩發出歡呼表示贊同。齊倫笑著，示意他們安靜下來。

「大約五個月前，」他開口說道，「我們的社會被撕裂。男孩們留下來，擔心我們的父母和姊妹，也害怕我們自己支撐不住。女孩們被陌生人帶走，不得不忍受一些不可饒恕的侵犯。」

「他懂什麼？」薇芙莉聽到前面幾排的人傳來低語。是莎菈，搖頭皺眉，她們相互看了對方一眼，薇芙莉知道她們想的是同一件事：爲什麼齊倫要佈道？他知不知道自己聽起來就像安妮．馬瑟？

「當你遇到一個可怕的打擊，」他接著說道，「你有兩種選擇：放棄，或者繼續前進。但你不能孤獨地面對這一切。人類是社會動物。我們需要彼此，我們男孩在等待妳們女孩回來的同時，得做一些什麼事讓彼此緊密結合，創建一個更強而有力的新社會。我們做到了。

星空者號重建自己，變得充滿活力、健康。我們嘗試過，我們疑惑過，我們的夢想挫敗過，我們每個人都有悲傷，但我們也知道，每一個星期，我們可以暫時拋開一切，來到這裡。我們一起分享麵包，一起談話，提醒彼此：生命的目的，遠比個人小小的計畫和煩惱重要。」

他望向觀眾。薇芙莉想起一部老舊影片，關於一個驕傲而專一的交響樂團指揮家。現在他也用同樣的神態看著他的音樂家們。

「這些星星的背後有一個造物者，祂讓我們實現夢想，隨著時間的潮流，奔向我們的未來，我們的命運，成爲一個新世界的開創者。」

整個屋子十分靜默。他打動他們了，她想。即使是那些年齡大一些的女孩也聽得很用心。

「我們不知道明天會發生什麼事情。」齊倫說道，「這是從一個極大的教訓中得來的，不是嗎？我們一直過得很和平，以爲日子會一直這樣下去。但我們錯了。星雲的面紗後面有威脅進逼，我們沒有看見，它讓我們受傷、流血，瀕臨死亡。但現在我們明白誰是我們的敵人。我們會戰勝他們。

我怎麼知道？我怎麼能那麼肯定我們將會爲親人報仇？我是從內心深處告訴你們的。」

他停頓了一下。他的言談舉止讓薇芙莉想起安妮·馬瑟，她幾乎要發出呻吟。她明白，這是他的天賦，他的才能。它一直以來都被隱藏著，那是一種奇怪的能力，讓人們相信他了解一些神祕的眞理，只有他能向他們展示。因爲只有他知道神的意志。

這是一種危險而可怕的謊言，更可怕的是，他相信這個謊言。

「經過了那一番痛苦和艱難，我們在這裡所做的一切是特別的，」齊倫說道，「就像一道在黑暗宇宙中發出的光芒，是上帝所點燃的，卻在我們內心燃燒。我們所做的犧牲，我們所忍受的痛苦，都有一個目的：讓我們走到這一步。」

齊倫張開雙臂，彷彿要擁抱坐在面前的所有年輕人。

「我們是新世代。有了上帝的幫助，我們可以在新星球創立我們的新家。我們會歡迎大眾來到我們豐裕的世界。但在此之前，我答應你們：我們一定會找到我們的父母，我們會懲罰把他們從我們身邊帶走的人，我們將是勝利者，不久的將來，會開創我們的新地球，我們的新家！」

齊倫微笑地望著面前全神貫注的面龐，離開講台，跪了下來，雙手互扣放在下巴。他在祈禱。看到群眾跟著齊倫這麼做，薇芙莉站了起來，蹣跚地走出房間。

我害死莎曼珊，她靠在走廊的牆上，心想，我殺了一個男人，我把媽媽拋下。經歷過這麼多的災難和痛苦，我以為我逃出安妮．馬瑟和她的瘋狂。

但我沒有。

36 齊倫

齊倫站了起來，感謝今天的佈道進行得很順利。他得做一點更新，即席地提及女孩回來的部分，但即便如此，和他平日的演講仍然銜接得天衣無縫。一如往常，他感覺到這些語句如行雲流水自動通過他，流向群眾們。每次佈道都讓他更具信心。

所有人站起來時，他看了看四周，想找薇芙莉，但她沒有在位子上。她走了嗎？雖然她不在，讓他嚇一跳，但他還是順利地進行下面的程序，大聲喊道：「誰希望分享自己的感謝？」

結果，幾乎每個人都有想感謝的事，所以這次的佈道進行得比較久。齊倫耐心地聽著，但他的注意力一直漂向薇芙莉那張空椅子上。她在哪裡？她爲什麼走了呢？她病了嗎？她的腿在痛嗎？他讓她生氣了？他知道自己佈道時沒說什麼冒犯或錯誤的話，所以他應該沒有惹惱她。

最後的祈禱結束，齊倫穿過人群，徒勞地尋找她。幾個孩子握著他的手，感謝他。可愛的小塞拉菲娜·姆貝威胖胖的小手抱住他的腿，但他眞的急於離開，幾乎把自己絆倒。

他小跑經過走廊，走到他的宿舍，薇芙莉不在那裡。他坐下，又站起來，覺得自己愚蠢、糊塗、心痛、沒用。然後他想起來她去哪裡了：回家。

他奔下兩層樓，到家庭宿舍艙。宿舍的門半開著，他發現她坐在廚房地板上哭泣。地上亂糟糟地堆著腐爛的黑色蔬菜，櫃檯上是一堆綠色的發霉麵團。

「薇芙莉。」他喊道，一臉茫然。

「你走吧，拜託。」她說，不看他。

他跪下來，一隻手放在她的膝蓋上，「有什麼不對勁嗎？」

「都不對勁！」她呻吟著，背倚著櫃子。

「告訴我。」

「不要，齊倫。」她推開他。他抗拒著不動，但她實在太虛弱，無法推開他，她放棄了，癱在那裡。

「我哪裡也不去，除非妳告訴我到底怎麼回事。」他說，「什麼事讓妳這麼難過？」

「你。」她低聲說道。

「什麼？」

「你，齊倫。」她抹掉眼淚，「你剛剛到底在做什麼？」

「妳是什麼意思？那場佈道？」

「是的，佈道，」她語氣挑釁，「你知不知道自己變成什麼了？」

她伸手抓住櫃檯，讓自己站起來。她似乎搖搖晃晃的，但不讓他碰她。

「薇芙莉，我不懂。」他說，跟著進到起居室裡。

她沒有說話，開始整理東西，收好茶几上的杯子，疊好一堆紙，將門口的三雙鞋子排整齊，拿起披在椅子上的一件外套，掛進衣櫃裡。這一段時間，齊倫看著她，覺得困惑而受傷。

「跟我說話。」他懇求道。

當她望向他時，他看到她的憤怒。「我眞是不敢相信，齊倫。」

「什麼？」

「你眞像她。」

「誰？」

「安妮·馬瑟！」

「誰？」他不太記得這個名字，雖然聽起來很熟悉。他在什麼地方看到過？

「她是新地平線號的領導人，齊倫。她是這次攻擊背後的主腦。」

他沉重地坐在沙發上，十分沮喪。薇芙莉怎麼可以拿他和這麼邪惡的人相提並論？

「她是他們的艦長，」薇芙莉接著說道，「女祭司和救世主。她控制著整艘船，齊倫，她做了可怕的事情。」

「我不像她，」齊倫反駁，「我是一個好人。」

「她以前也是。」薇芙莉說道，口氣軟化了。她坐在他旁邊，一隻手放在他的手臂上。「但她一直說她知道神的意志。齊倫，沒有人知道神要什麼。」

「告訴人們我所衷心相信的事沒有什麼不妥，薇芙莉。」他有一絲不滿。

「不妥的是假裝自己是一個先知。」她說，下巴形成一道剛硬的線條。

她的話太不公平，重重地打擊了他。

「妳知道我經歷過什麼嗎？」他抗議道，「我遭受毆打，我挨餓，幾乎被殺死！」他站起身，把她的手推開。「妳不知道妳們走後這條船變成什麼樣子！」他大喊，臉漲得通紅。

他期待她會退縮，但她直挺挺站在他面前。

「但我知道新地平線號是什麼樣子，齊倫。安妮·馬瑟表面上看起來虔誠，但骨子裡卻暴力又瘋狂。如果你繼續往這條路上走，你就會成爲她那樣！」

「我在努力要讓我們成爲一個和善的社會！讓大家成爲家人！」

「你可以這麼做，但不必假裝你知道上帝的旨意。沒有人知道，表現出一副什麼都知道的樣子是錯的！」

「爲什麼？這沒有道理！我們所想的、所做的、所說的，都是祂的旨意，這很明顯，不是嗎？」

「我不認爲。」她的嘴抿得緊緊的。

「不管人們做什麼決定，我們都無法控制事情會如何發展。」

「而你認爲是神在控制。」

「當然！一切都是祂的安排，一切發生的事都是有道理的！談一談這個，對孩子們有幫助，這可以讓他們繼續往前走，否則，他們早就放棄了，薇芙莉。每個人都那麼……傷心和無助。我必須讓他們堅強起來。」

「唯一的辦法是佈道？」

「我給他們一些東西去相信，我給他們一個未來！」

「你給他們一個未來？」

齊倫盯著她。怎麼會發生這種事？她所有的信任都到哪裡去了？她也盯著他，面無表情。她的眼神向來都這麼空洞，她的唇線都這麼冷硬嗎？

「但是……薇芙莉，站在妳面前的是我。」

她的表情十分痛苦，微微頷首，頭無力地垂下，指尖顫抖地按住自己的眼皮。「這就是為什麼我那麼害怕。」

「親愛的……」他伸手把她攬在懷裡，「妳可以相信我。」

「我可以嗎？那麼證明給我看，齊倫。放棄這件變態的事。」

「什麼變態的事？」他叫道，「我這一生從來沒有感覺這麼心安理得過！我知道生命的目的，薇芙莉。我們的目的。我們有一個使命要去實踐，我需要妳幫助我。」

「不能透過這種方法。如果你看到我所看到的……拜託，齊倫。」她拉起他的手吻了一下。

「拜託，拜託不要變成那個女人。」

「我不是安妮．馬瑟！」他喊道，用力把她推開，她絆了一下。齊倫衝出走廊，跑進自己的宿舍，砰地倒在床上。這張床，幾個小時前，他還和她一起躺著。

她怎麼能這樣評價他？她怎麼能認為他創造出來的一切美好事物是不好的？所有人都喜歡，

為什麼她不？他知道會有人持懷疑態度，但從來沒有想到薇芙莉也會！

他從來沒有經歷過這種深深被背叛的感覺。然而，他還是一心一意地愛著她。

也許當她平靜下來，她會改變主意。也許她會試著去信任他。我要讓她信任我，他想。

有人在敲門，他坐起身子。

「進來！」他抱著一些希望。也許她會來道歉。

但，是亞瑟・德崔克，一臉興奮。

「齊倫，我們可能找到新地平線號了！」

「在哪裡？」他跳了起來。

「來吧，我讓你看看！」

他跟隨亞瑟到中央指揮部，盯著雷達站。他們前面的螢幕上有一個小點，朝新地球的方向和他們的航線平行移動。

「太容易了。」沙瑞克微笑著說道，自從攻擊事件以後，這是他第一次笑。「通過星雲後，雷達就能運作了。」

「這一定是新地平線號，」亞瑟說道，「你看它走得多快。」

的確，一個點飛過螢幕。是他們！齊倫怔怔地想著。

他忘記了薇芙莉，以及她那一番傷人的話。

他有工作要做。

37 薇芙莉

薇芙莉躺在媽媽臥室邋遢的地板上。

自從媽媽離開後，幾個月來，它不曾改變過，時間彷彿凍結了。薇芙莉把母親的開襟羊毛衫擱在胸前，她抽泣著。她不只是想念母親，還想念過去的生活，因爲她知道它已經一去不復返了。她沒辦法再回到過去的那個薇芙莉．馬歇爾。而齊倫，她根本不認識他了。他在講台上的笑容，他舉起手好像要擁抱群眾的方式，他用的字眼，一切都讓她想起……如果薇芙莉仔細去想，她會反胃的。

哭完了，薇芙莉逛到果園，摘了幾個李子和杏仁，坐在一棵蘋果樹下吃。來到果園聽蜜蜂在頭頂上嗡嗡採蜜的聲音，讓她感到開心一些。留在她和母親共有的屋子令她痛心，她知道自己可能再也見不到媽媽了。

媽媽會對我說什麼？薇芙莉想著，她大概會問我對他有什麼感覺。她會問我能不能忘懷過去這一切。

「我仍然愛他，媽媽。」她低聲說道，眼睛盯著果園土壤上的苔蘚。她可能會永遠愛著他。但她不能讓自己變得像阿曼達那麼盲目。阿曼達對安妮．馬瑟一昧天眞的信任是很可悲的，讓她看不見眼前所發生的邪惡事情。

不，薇芙莉不會這樣。但，她眞的仍然可以成爲齊倫的妻子？現在，她怎麼能嫁給他？這個想法讓她產生新的傷痛，她把臉埋在芬芳的果園土壤裡。泥土沾在她的牙齒間，她無意識地咀嚼著，口水混合著泥沙，她哭到睡著了。

第二天早晨，太陽燈一打開，薇芙莉坐起身子。她的嘴裡黏著青苔，頭髮和衣服上都是沙子。她找到一根水管，喝了幾口冷水，漱了一漱，吐出來，然後又喝了好幾口水，吞下去，精神稍稍振作。她拿起杏子，看到水果讓她肚子咕嚕咕嚕作響。她想去中央碉堡拿一些雞蛋，但在這之前她希望先做一件事。

她一瘸一拐地走在樹林裡，呼吸水果花朵的芬芳氣味。進到電梯，她選好樓層，等待著。她搖搖頭讓頭腦清醒，強迫自己調勻呼吸。做這件事沒有錯，她只是需要一些資訊。

禁閉室很安靜。有一名警衛值班，是波西．斯威夫特，一個動作緩慢的男孩。她發現他在椅子上打瞌睡，警棍放在膝蓋上。薇芙莉走近時，他動了一下。

「允許訪客探望他嗎？」她問道。

「不許，他單獨監禁。齊倫．奧爾登下的命令。」

「別擔心，齊倫說可以的。」薇芙莉說道。

「眞的嗎？」

「我是他的女朋友，他信任我。」

男孩小心翼翼地看著她，但她盯得他低下頭去。

「妳必須登記。」波西把一本簿子推向她。

這不是背叛，她告訴自己。她簽了名，然後把簿子推過去，穿過走廊去找塞思。

她發現塞思躺在監牢右邊遠端的一張鐵床上，她清了清喉嚨，他的目光轉向她，然後他坐起來，十分驚訝。

「你知道我們回來了？」她問道。她覺得他老了。她走後他又長大許多，頭髮留長了，掛在眼睛前面。她看到他臉頰青腫、手腕細瘦。齊倫對他做了什麼？

「我知道，」塞思說道，然後修正了一下自己的語氣，「歡迎回來。」

「我猜也是。」他謹慎地說道，懷疑的目光轉向她。「妳來這裡做什麼？」

「你看起來眞糟。」薇芙莉說道。

「我有一些問題。」

「什麼問題？」

薇芙莉坐在地上，一條腿伸直，另一條腿弓著，瘦削的下巴放在膝蓋上。「你爲什麼要餓死齊倫？」

塞思哈哈一笑，「這是他告訴妳的吧？」

「這似乎太殘酷了吧。」

「是他自己餓自己的。他不斷欺騙船員，我得阻止他。所以，我不讓他吃東西，希望他承認事實，但他不願意。」

「他很固執，」薇芙莉說道，悲從中來，「但也不能這樣待他。」

「我沒有讓他挨餓。我讓一個守衛偷偷塞給他一些食物，他吃了。」

「哦。」薇芙莉的聲音變得柔和了。「這件事發生在你爸爸死後，對不對？」

「是，在齊倫殺了他以後。」塞思抓了抓脖子上的一塊皮膚，薇芙莉記得，他一緊張就會這樣。「有一百萬種方法讓他們走出機房，他選擇了最危險的那一種。」

「所以你打算接管這艘船？」

塞思疲勞地點點頭，「他犯的錯誤，對我們所有人造成威脅。他撞壞了大氣控制系統，妳不知道嗎？我們必須全天候工作來修復它，而孩子們從來沒有駕駛過單人艇。還有，他把我們的父母困——」塞思哽咽。

「你爸爸的事我很難過，塞思。」

「我也是。」他哭道，彷彿女孩的話令他驚訝。「他是一個狗娘養的，但現在我想念他。我想我們會愛我們所習慣的一切。」

薇芙莉盯著塞思。他似乎變了，變得謙卑，而且也合作些。她比較喜歡現在的他。

「你知道齊倫主持佈道這件事？」薇芙莉問他，一邊眉毛提高。

他點點頭，「他在替自己創立一個邪教，不是嗎？」

「你不喜歡嗎？」薇芙莉說道，盡量不讓自己的口氣有任何好惡的暗示。

「我只知道，他沒有進行任何一場選舉或者組織中央委員會。他不顧所有規章制度，一切自作主張。任何懷疑他的人不是被關在禁閉室裡，便是在醫務室裡快病死了。」

聽到塞思這樣說，薇芙莉覺得血都涼了。

塞思盯著她，「妳爲什麼來這裡？」

薇芙莉偏著頭，態度謹慎，「我有一些問題。」

「妳是齊倫．奧爾登的女朋友，想知道什麼去問他。」

「我不知道他是誰了。」她的眼淚流下，她把它們抹掉。

塞思看著她，十分驚訝，「有麻煩嗎？」

「沒什麼。」她說，甚至不太明白自己的意思。

「我還是不懂妳爲什麼在這裡。」他的目光在她臉上梭巡，看著她的反應。「即使你們吵架了，妳爲什麼會想聽別人的看法？」

「我想用自己的頭腦做判斷。」薇芙莉擠出一個乾笑。

「好，妳和我有共同點。」

她又感覺到一股噁心，她不知道該怎麼辦，她不想背叛齊倫，但他眞的是那個她所愛過的齊倫？或者他已經變成了一個危險人物？

「那麼，塞思，」薇芙莉說道，聲音小心翼翼地保持平穩，「你不喜歡齊倫的政策，你打算怎麼做？」

「不要問我。我試過，但失敗了。」

「這是你自己的錯。」

「我知道。」

她的嘴巴因爲驚訝而張開，薇芙莉沒想到他會這麼輕易認錯。

「我對人太粗魯，太像我爸爸。」塞思輕聲說道。他不看薇芙莉，雖然她盯著他。「齊倫比較和氣，這就是爲什麼他會贏。」塞思彎身，額頭放在膝蓋上咕噥著，薇芙莉幾乎聽不到他的低語。「我不是一個好人。」

薇芙莉想講幾句安慰的話，但她覺得不管說什麼都是謊話。

「我告訴妳一件事情，」塞思說道，抬眼看她。「不能讓齊倫成爲可悲可笑的教主。我們不能讓他這樣毀了自己，也毀了這條船。」

這正是她想聽到的，也是她擔心的。

「只要讓我離開這裡，好嗎？」塞思說道。他抓住其中一根鐵杆，讓自己接近她。「我們可以救齊倫，我會讓妳知道我可以做得更好。」

「我不需要你讓我知道什麼。」她輕聲說道。他們透過鐵杆互相看了看。

突然，地板在她腳下傾斜，讓薇芙莉身子一晃，感覺世界在搖動。她盯著塞思，他睜大眼睛，扶住監牢的鐵杆。「又來了，」薇芙莉呻吟，「他們又回來了。」

「不，」塞思低聲說道，「我猜是我們在改變方向，還有加速。」

薇芙莉睜大眼睛看著塞思，他的臉色蒼白。她從來沒有見過他這麼害怕過。

「爲什麼我們——」

「我們要去追他們。」他的語氣出奇平靜，「但如果齊倫認爲我們追得上，他就是瘋了。」

「那該怎麼辦？」薇芙莉說道，「我們不能放棄自己的父母。」

「我們必須做一個協議。」塞思說道。

薇芙莉伏倒在地上，看著鐵杆上小小的劃痕。她苦澀地低聲念道：「一個協議……」

「是的，」塞思平靜地說道，「我們必須要勇敢。」

星際狩獵三部曲1——光芒

發行人：陳嘉怡
作者：艾米・凱瑟琳・瑞安
總編輯：陳曉慧
主編：方如菁
譯者：崔容圃
責任編輯：侯佩宜・薛芳瑜・李懿芳
美術編輯：徐正懿・黃俐嘉
出版者：核心文化事業有限公司
發行地址：807高雄市三民區通化街47巷3-1號
電話：07-3130172　　　　傳眞：07-3130178
讀者服務專線：0800-211215
郵撥帳號：42062461東雨文化事業有限公司
網址：www.kingin.com.tw
E-mail：kingin.com@msa.hinet.net
總經銷：宇林文化事業股份有限公司
總經銷電話：07-3130172
總經銷地址：807高雄市三民區通化街47巷3-1號
物流中心電話：07-3747525　07-3747195
物流中心傳眞：07-3744702
物流中心地址：高雄市仁武區仁心路236之1號A棟

初版：2012年06月
售價依封面價格為主

國家圖書館出版品預行編目資料
星際狩獵三部曲1－光芒
艾米・凱瑟琳・瑞安；崔容圃譯
-- 初版. -- 高雄市：核心文化，2012.6
面；公分
譯自：GLOW
ISBN 978-986-6503-56-6（平裝）
874.59　　101007897